# डेस्कटॉप

(कहानी)

**सामयिक प्रकाशन**

*केन्द्रीय हिंदी संस्थान,*
*मानव संसाधन विकास मंत्रालय, भारत सरकार*
*द्वारा सम्मानित प्रकाशक*

# डेस्कटॉप

रीता सिन्हा

सामयिक प्रकाशन
नई दिल्ली-110002

**ISBN : 978-81-7138-222-4**

*प्रकाशक :*

**सामयिक प्रकाशन**

3320-21, जटवाड़ा, नेताजी सुभाष मार्ग

दरियागंज, नई दिल्ली-110002

संस्करण : प्रथम, 2011 ₹ 250.00



*आवरण* : निर्दोष त्यागी

*कम्प्यूटर कम्पोजिंग* : कल्याणी कम्प्यूटर सर्विसेज, नई दिल्ली

*मुद्रक* : बी.के. ऑफसेट, दिल्ली

**DESKTOP** *(Stories)*
*by* REETA SINHA

*Published By* : **SAMAYIK PRAKASHAN**
3320-21 Jatwara, Netaji Subhash Marg,
Daryaganj, New Delhi - 110002 (INDIA)
*Tel.* : (011) 2328 2733, Fax : 2327 0715
Mob.: 09811607086, 09868934715
*E-mail* : samayikprakashan@gmail.com
samayikprakashan@rediffmail.com

*मेरी बंद पड़ी लेखनी को*
*जिसने ऊर्जा की नई धार दी*
*मेरे मन की मुंडेर से*
*लुढ़क रही रोशनी समेटकर जिसने*
*रुकी जिंदगी को गति दे दी*
*मेरी जिजीविषा की हर बूंद जिसके लिए*
*अपनी शक्ति का स्रोत रही*
*और जिसके स्नेह सच को*
*मैं कभी झुठला न सकी...*
*उसी मित्र और जीवन संगी*
***डॉ. एम. रहमतुल्लाह** को*
*सस्नेह और सादर...*

# अनुक्रम

## सीमाओं की जकड़बंदी से मुक्त...

भूमंडलीकरण के दबावों और छलावों से उपजी अवशता का संत्रास भोग रहे जनमानस की क्षुब्ध पीड़ा की मूक छटपटाहट की गुहार का सर्जनात्मक विस्फोट है, रीता सिन्हा की 'बोल मेरी मछली', 'मुक्ति', 'ओनली टू परसेंट चलेगा', 'छंटनी' और बिरनी, 'कीड़ा और पहाड़ी हवा' जैसी अद्‌भुत कथा रचनाएं। पृष्ठ बंद कर देने के बावजूद जिनका खदकता मर्मस्पर्शी पाठ इबारतों की भीतियों की ओट नहीं छूट पाता। उचाट चेतन उन्हीं गली-गलियारों में विचरता, विसंगतियों की अंतर्तहों को टटोलता, मोहभंग के एक ऐसे घटाटोप में स्वयं को आकंठ घिरा हुआ पाता है, जहां से बाहर निकलने की कोई सांकल उसे उपलब्ध होती नजर नहीं आती, लेकिन कहानियां अगर यहीं समाप्त हो जातीं, तो उनका पाठ चेतन को इस कदर उचाट न करता। घनीभूत दबावों की अविसर्जित,

उद्विग्नता प्रतिरोध के उन प्रस्थान बिंदुओं के प्रसव का संकेत करती है कि विकास के चौंधियाते मनोरम सपनों का प्रायोजित तिलिस्म वह दिन दूर नहीं जब वह किरच-किरच हो अपने तलछट के साथ बेपर्द होकर रहेगा।

रीता सिन्हा का कथा-वितान सीमाओं की जकड़बंदी से मुक्त, विस्तृत, गहन और व्यापक है। उनके लेखकीय सरोकार बहुपरतीय हैं, जो उन्हें प्रखर युवा लेखकों की पांत में समकालीन बोध की सजग और प्रतिबद्ध रचनाकार के रूप में प्रतिष्ठित करते हैं। स्त्री होकर वह आधी दुनिया के संघर्षों से संपृक्त नहीं हैं, बल्कि समूची व्यवस्था के निरंकुश सत्ता प्रतिष्ठानों के वर्चस्व और उसकी परिणति को देखती दृष्टिगत होती हैं। उनके कथा-वृत्तांतों में गहरी गुंथी, विचलित करती उस केंद्रीय चिंता को अलक्षित नहीं किया जा सकता, जो मनुष्य के भीतर तेजी से क्षरित होते मानवीय मूल्यों और संवेदनाओं के सूखने का कारण है। उस सूखे के अनियंत्रित विस्तारण को रेखांकित करने के लिए वह जिन विषैले जंतुओं के बिंब-विधान को संपुष्ट निर्मिति के लिए इस्तेमाल करती है, वह हिन्दी कथा-साहित्य में मेरे लेखे पहली बार किया गया है। अर्थान्विति को वह भाषा के संवेदी खुरदरे गद्य के संस्पर्शों की आंच से जिस तरह सिझाती हैं, वह उनकी अभिव्यक्ति के लिए आश्वस्त करता है। निश्चय ही उनका यह कथा-संकलन नए कथा-स्वाद से पूरेंगा, ऐसा विश्वास है। मेरी ओर से उन्हें हार्दिक बधाई है।

**चित्रा मुद्गल**

# भूमिका

इस संग्रह की कहानियां मेरे मस्तिष्क के डेस्कटॉप पर सुरक्षित उन फाइलों के बिंबों की परिणति हैं, जो वर्षों से कभी मेरे भीतर की छटपटाहट और कभी मेरी बौद्धिक जिज्ञासा के समय बनती रही हैं। अपने जीवन और आसपास की कुछ घटनाएं, हमें किसी भी क्षण प्रश्नाकुलता की बेचैनी से भर देती हैं, जिनमें संगुंफित होती हैं अमिट पीड़ा, अपमान से भरी स्मृतियां और सीमा लांघती उत्पीड़क परिस्थितियां। मेरी कहानियां केवल औरतों के दर्द की उपज नहीं हैं, बल्कि यह उन समस्त लोगों के जीवन की यंत्रणाओं के एहसास से जन्मी हैं, जो अपने घर, दफ्तर, इंटरव्यू के चक्रव्यूह आदि में फंसे कराहते हैं, पर अपनी वेदना और त्रस्त करने वाली स्थितियों को व्यक्त नहीं कर पाते। उनके जीवन की ये स्थितियां कंठ में फंसे मछली के कांटे की तरह हैं, जो न बाहर निकलते हैं और न ही अंदर जा पाते हैं।

अस्मिता और प्रश्नाकुलता की बेचैनी आज केवल स्त्रियों की ही समस्या नहीं है, बल्कि बच्चों और वृद्धों की भी है। भूमंडलीकरण और वैश्वीकरण के इस दौर में बाजार की 'गिव एंड टेक' की नीति हमारे जीवन में भी हावी है। पति-पत्नी

का जीवन हो या पिता-पुत्र का या फिर दूसरे रिश्ते हों, यहां भी मूल्यों में बाजारी मिलावट अबीर में अभ्रक की तरह चमकती है। 'चेहरे पर चेहरा' का मुहावरा तो आज पुराना पड़ चुका है। विकृतियां जिस तरह हावी होते-होते जीवन की सच्चाई बन जाती हैं, उसी तरह यह मुहावरा भी आज हर व्यक्ति के जीवन का अमिट सत्य बन चुका है। इसकी भी उपेक्षा नहीं की जा सकती कि 'चेहरा विहीन चेहरा' के समक्ष आज अपनी अस्मिता का घोर संकट है।

भ्रष्टाचार आज लोगों की घुट्टी में समा गया है। जब तक अधिकार नहीं मिलता, नैतिकता और मूल्यों की भाषणबाजी तब तक ही चलती है। विडंबना तो यह है कि गले तक भ्रष्टाचार में डूबा व्यक्ति भी दूसरे पर भ्रष्टाचार का आरोप लगाता है।

*'दोष पराए देखि करि चला हसंत-हसंत।*
*अपनी याद न आवहिं जिनका आदि न अंत।।*

कबीर की इन पंक्तियों को समझने की फुर्सत आज किसी के पास नहीं है। आज इसका विश्लेषण भी बेमानी है। कभी-कभी दूसरों पर उंगलियां उठाने वाला व्यक्ति जब इन्हें बोलता है, तो कुछ अटपटा नहीं लगता, क्योंकि आज हम विडंबनाओं और विसंगतियों के आदी हो चुके हैं।

कहना न होगा कि यह दौर विडंबनाओं का है। वैसे विडंबनाएं तो हर युग में रही हैं, लेकिन यह युग संश्लिष्ट विडंबनाओं का है, जिन्हें हटाने के लिए कृतसंकल्प व्यक्ति की नीतियां भी विडंबनाओं से भरी हैं। कहानियां लिखते समय जब ये विडंबनाएं एक-दूसरे पर चढ़ने लगीं, तो कोलाज बनता चला गया। कुछ कहानियों में मैंने प्रतीकों का प्रयोग किया है। पाठकों को लग सकता है कि ये प्रतीक पुराने हैं। आज तो हर चीज नई है। नैतिकता नई, मूल्य नए, संवेदनाएं नई, यहां तक कि रिश्ते भी रिसते-रिसते जब पुराने पड़ने लगते हैं, तो इन्हें बदलने की आकुलता भी भीतर दिखाई पड़ने लगती है। सच पूछिए, तो आज हर चीज बदल चुकी है, रिश्तों की परिभाषा भी। अब इसमें भी बाजारवाद की जड़ें जम चुकी हैं। फिर भी कुछ संवेदनाएं पुरानी नहीं पड़तीं। वे शाश्वत हैं। हर युग में इनकी महत्ता है। इसी तरह कुछ प्रतीक भी हैं, हमेशा सदा बहार।

बेरोजगारी हमारे ही देश की नहीं, बल्कि विश्व की समस्या है। आर्थिक मंदी हमारे देश के बाजार में सोने के भाव की तरह उछली, जिसने पूंजीपतियों को और भी धनाढ्य बनने का स्वर्णिम अवसर दिया। भारत की इस छद्म आर्थिक मंदी से

लाखों लोगों की जीविका के आधार छीन लिए गए। वेतन में कटौती की गई, पर यह कटौती केवल नीचे के कर्मचारियों के वेतन में हुई। कंपनी के उच्चाधिकारियों के तो पौ बारह रहे। इस मंदी के नाम पर कितनी जिंदगियां तबाह हो गई, इसका सही आंकड़ा किसी को नहीं पता, मीडियाकर्मियों को भी नहीं, क्योंकि इस मंदी के डायनासोर ने उन्हें भी नहीं छोड़ा।

'सा विद्या या विमुक्तये', 'तमसो मा ज्योतिर्गमय' आदि की अनुगूंज आज शिक्षा के परिसर में सुनाई अवश्य पड़ती है, लेकिन विडंबनाओं और भ्रष्टाचार के परिदृश्य में यह आवाज कानों को उसी तरह छेदकर हमारे अस्तित्व को झकझोर देती है, जैसे स्त्री-देह व्यापार में लिप्त साधुओं का प्रवचन हमें हतप्रभ करता है।

महाजनी मस्तिष्क और सामंती मनोवृत्तियों से हर व्यक्ति को जूझना पड़ता ही है, क्योंकि न घर इनसे मुक्त है और न बाहरी दुनिया। आज स्त्रियों के मानसिक दोहन में वृद्धि के सच को नकारा नहीं जा सकता, तो वृद्धों के जीवन की त्रासदी की गूंज सामान्यतः हर घर की चौखट पर प्रतिध्वनित होती है। राजनीति की कलुषता केवल शासन तक ही सीमित नहीं है, बल्कि यह घर की दीवारों में भी सीलन उत्पन्न करती है।

आज लोग विकल्प की खोज करते रहते हैं। रिश्ते भी इससे बचे नहीं हैं, लेकिन कोई विकल्प अंतिम नहीं होता। हमारे भीतर गांठें बनती हैं। तनाव, घुटन, कुंठा, बेचैनी, प्रश्नाकुलता आदि इसके कारक तत्व हैं। गांटें बेहद टीसती हैं। अगर इसका मुंह पूरा खुल जाए और जमा मवाद बह जाए, तब तो ठीक है, लेकिन जब कुछ गांठें अधखुली रह जाती हैं, तब इसकी टीस हमें जीने नहीं देती। आपने मछली को कभी एक मग पानी में छटपटाते देखा है? कुछ मछुआरा भी अजीब होता है। वह अपनी कठौती की मछलियों को न मरने देता है और न ही पूरा पानी देता है कि मछलियां उसमें आजादी से तैर सकें। मछलियों की छटपटाहट शायद मछुआरे के अहं को संतुष्टि देती हैं। पुरानी स्वस्थ परंपराएं, नैतिक मूल्य, मानवीय संवेदनाएं, सामाजिक रिश्तों की अवधारणाएं आदि आज ऐसे दरख्त हैं, जिनमें कई छेद हो गए हैं, जिससे इनके प्रति हमारे भीतर की आश्वस्ति स्थिर नहीं रह पाती। कहा जाता है कि रबर को जितना दबाया जाता है, वह उतना ही ऊपर उठती है। हमारी जिजीविषा और महत्त्वाकांक्षा भी इसी तरह है। भ्रष्टाचार के क्रूर पंजे की जकड़न में प्रतिभा, योग्यता और कर्म की शक्ति छटपटा रही है, पर विडंबनाओं के इस दौर में शायद यही इसकी नियति है। हमारे समक्ष अब दो ही रास्ते हैं

पहला कि हम भी इस भ्रष्टाचार का हिस्सा बन जाएं और दूसरा कि हम टूटकर बिखर जाएं। भ्रष्टाचार के वटवृक्ष को खत्म करने की शक्ति जब हममें है नहीं, प्रतिभा आज बेमानी है, तब फिर कौन-सा विकल्प हमारे सामने है? फिर भी कुछ लोग डटे हैं इन दोनों से अलग तीसरे रास्ते पर, जहां उत्पीड़न और मानसिक यातनाएं हैं। देखें उनका यह साहस कब तक टिकता है। वैसे ईश्वर से तो यही प्रार्थना है कि वे उन्हें शक्ति दें।

कभी-कभी बड़ी विचित्र स्थितियां सामने आती हैं, जब हमारे मित्र हमारे खिलाफ तनकर खड़े होते हैं, लेकिन उस समय तो और भी विचित्र स्थिति होती है, जब मित्र और अमित्र की पहचान की सीमा-रेखा गुम हो जाती है। रिश्तों की भी यही स्थिति है। फिर भी हम सामाजिक प्राणी हैं। चरैवेति...चरैवेति!

वैसे यह भी सच है कि जब कोई व्यक्ति, जिन्हें हमने अपना समझा है (भले ही उसने हमें नहीं समझा हो) हमें पिन चुभाता है, तो उस समय हमारी सर्जनाशीलता की उर्वराशक्ति ही नहीं बढ़ती, अपितु व्याकुलता की वह मनःस्थितियां सृजन की अनुकूलता में वृद्धि भी कर देती है। फिर व्यष्टि समष्टि में परिणत होती है। 'मैं' के अहं से मुक्ति मिलती है और संपूर्ण सृष्टि की पीड़ा में अपनी पीड़ा उसी तरह मिल जाती है, जैसे नदियां समुद्र में मिलती हैं।

आज भी हमारा परिवार और समाज रूढ़ियों से मुक्त नहीं है। प्रगतिशीलता के इस दौर में दो पीढ़ियों के विचारों और मूल्यों की टकराहट भी स्वाभाविक है। इसीलिए रूढ़ियों की मौन तख्ती, जो मध्यवर्गीय परिवारों के घरों की दीवारों पर सदियों से लटकी हुई है, वह धीरे-धीरे टूट रही है। हमारे भीतर मुक्ति की भी छटपटाहट है, लेकिन हमारे सामने एक बड़ा-सा सवाल भी खड़ा है कि हम किससे-किससे मुक्ति चाहते हैं?

मेरी दृष्टि में 'मां' शब्द में कई संश्लिष्ट संवेदनाएं निहित हैं। इनकी गहराई तक पहुंचना कठिन है तो इसकी विशालता का मापक यंत्र भी ढूंढ़ना मुश्किल। अपनी बंदिशों में भी मां तो 'मां' ही है।

मैं अपनी मां की कृतज्ञ हूं। उसका ऋण कभी नहीं चुका सकती। मेरे स्वर्गीय पिता ने मुझे बेटी समझकर कभी कोई पिंजरा नहीं दिया, जिसमें मेरा दम घुटे। मेरे गुरुजनों और बड़ों ने हमेशा मेरा मार्गदर्शन किया, जिससे मेरी सर्जनात्मक क्षमता में वृद्धि होती रही। मैं उनका भी कर्ज नहीं चुका सकती। ममत्व, स्नेह और आशीर्वाद तो अमूल्य हैं। इनका कर्ज कैसे चुकाऊं?

मेरे इस संग्रह के प्रकाशन में सबसे अधिक योगदान चित्रा मैम (वरिष्ठ लेखिका चित्रा मुद्‌गल जी) का रहा है, जिनके प्रति मैं अपनी कृतज्ञता किन शब्दों में व्यक्त करूं? जिस चेहरे की सिलवटों में / माथे पर रखे हाथों के स्पर्श में/ मिलावट की कोई गंध नहीं है / जिनके साथ बैठती हूं तो/भीतर कुंठा नहीं पनपती/ बेचैनी की छटपटाहट में/प्रश्नाकुलता के बीच/मेरा शक्तिबोध आहत नहीं होता/जिन्हें देखकर जीवन के सच्चे अर्थ का सुसुप्त बोध जगने लगता है/ऐसी पथ-निर्देशिका / जो मां और शिक्षिका बनकर/ मेरे समक्ष हमेशा खड़ी रहीं/उनके वात्सल्य की मैं हमेशा के लिए ऋणी हूं।

अंत में मैं श्री महेश भारद्वाज के प्रति अपना आभार व्यक्त करती हूं, जिन्होंने मेरा यह कहानी संग्रह प्रकाशित करके मुझे उपकृत किया है। यदि हमारे गुणी एवं प्रबुद्ध पाठकों को मेरी कहानियां अच्छी लगीं, तो मैं इसे अपने परिश्रम और सृजन-कर्म की सार्थकता मानूंगी।

हार्दिक धन्यवाद के साथ!

रीता सिन्हा

# अधखुली गांठें

गांठ यदि पूरी तरह खुल जाए, तो एक उम्मीद रहती है। यदि नहीं खुले तो भी खुलने की उम्मीद टूटती नहीं है, पर यदि आधी खुले, तो खुलने और न खुलने के बीच का वह भाग केवल टीसता है। सवाल यह है कि ये गांठे अधुखली ही क्यों रह जाती हैं, जिनसे मवाद बहता नहीं, सिर्फ रिसता है? और रिसता हुआ यह पिघला दर्द! क्या आप भी कभी इससे गुजरे हैं?

घुमड़...ड...घड़...ड़...! झम...झम...झम...!

एक सप्ताह से कभी न रुकने वाली बारिश।

मिसेज शर्मा ने खिड़की का एक पट थोड़ा-सा खोल दिया। सामने कई टूटे गमले इधर-उधर बिखरे थे। सभी गुलाब और बेला के पौधे अपने आधार से छूटकर नीचे लुढ़क गए थे और मिट्टी के बहने से उनकी जड़ें दिखने लगीं थीं। छत के दरवाजे के ऊपर छज्जे पर रखी टीनों से पानी की धार गिरने के कारण छत पर लगभग पिंडलियों तक पानी जम गया था।

हड़...हड़...हड़...! ओह! इस बार की बारिश पूरा पटना डुबाएगी क्या? सरकार बदली, पर हालत वही की वही। थोड़ी-सी बारिश हुई नहीं कि पानी

घुटने तक। और रिक्शा वाला...हूं। इन लोगों की तानाशाही को कौन देखता है। जरा-सा चलो कि बीस रुपये। मार्क्सवाद! इसी तरह मार्क्सवाद बढ़ेगा और यह बसंती चार दिन हो गए, पर आएगी क्यों? कोई पगार थोड़े ही कटता है। जरा-सा रोई नहीं कि दीदी तो पिघल ही जाएगी, लेकिन दीदी को कौन देखता है? ऑफिस तो पहुंचना ही है। चाहे हँसकर पहुंचो, चाहे रोकर। मिसेज शर्मा बड़बड़ाई।

"दीदी ओ दीदी! दरवाज्जा खोलिए।"

दरवाजा खुला तो बोरी सिर पर डाले बसंती।

"अच्छा, आज तुम्हारी नींद टूटी?"

"हे दीदी, पूरा घर पानी में डूबल है। चौर, दाल सब पानी में भींग गईलै दीदी।"

"कितना चावल खरीदकर रखती हो, जो रो रही हो?"

उसके स्वर की कटार से बसंती तिलमिलाई, पर मंजी खिलाड़िन की तरह चेहरा बदलकर बोली, "यही कोई चार-पांच किल्लो।"

मिसेज वर्मा गुस्से से तिलमिला रही थी, पर कुछ कहने का मतलब था बसंती की उल-जलूल बातों में समय बर्बाद करना, इसलिए बिना कुछ बोले वह अपने कमरे की ओर बढ़ गई।

"दीदी लागत है गुस्साईल हैं।"

बड़बड़ाती हुई बसंती रसोईघर की चौखट पर खड़ी देखती रही सिंक के नीचे जूठे बरतन के ढेर।

'दीदी बरतन नय धोयलकिन...'

जैसे उसने अपने आपसे कहा। फिर साड़ी कमर में खौंस मशीन की तरह हाथ चलाने लगी।

मिसेज शर्मा उसे कनखियों से देख रही थी। जब बसंती की नजर उधर उठी, तो पलंग पर बैठकर वह अखबार पलटने लगी।

पर, कुछेक दस मिनट ही हुए होंगे कि बसंती झाड़ू लगाने उस कमरे में आई। मिसेज शर्मा ने अखबार एक ओर पटकते हुए तल्ख स्वर में पूछा, "इतनी जल्दी कैसे सारे बरतन धुल गए?"

"आय दीदी के बात। बिना बरतन धोए आयल छी कि दीदी?"

बसंती के तवे के समान रंग पर सफेद दांत देखकर मिसेज शर्मा की सहेलियां खूब हँसती थीं, पर वह चिढ़ी बैठी रही। जब नहीं रहा गया, तब किचन में गई और सब बरतन उलट-पुलटकर देखने लगी।

कढ़ाई में सब्जी का पीलापन, थाली में दाल और विम का मिश्रण और चम्मच में...।

''यही बरतन धोया है तूने?'' स्वर झल्लाया हुआ था।

''कि भेलै दीदी?'' झाड़ू हाथ में लिए बसंती किचन में हाजिर।

''इसी तरह जूठे बरतन में खाना पकेगा?''

''आंय दीदी रह गेल होतै। धर दिहौ। फिर धोय देव।''

मिसेज शर्मा ने उसे तीखी नजर से देखा और बाथरूम में घुस गई। वहां से निकली तो बसंती सारे काम करके तैयार।

''आंय दीदी नहाय में बड़ देर होय गैल।''

उसने घड़ी देखकर कहा, ''बड़ देर! केवल पंद्रह मिनट ही तो हुए हैं। तूने पोछा भी ठीक से लगाया नहीं होगा। बरतन फिर से धोई या नहीं?''

फिर तवे से चेहरे पर सफेद हँसी की छटा। ''आय दीदी के बात...। तऽ जाय छी दीदी।''

''चाय नहीं पीयेगी?'' मिसेज शर्मा ने चाहा कि उसे रोककर देख ले कि उसने सारे काम ठीक से किए या नहीं, पर बसंती इस तरह के 'सोच' में उससे आगे चलती थी। बाहर के दरवाजे की कुंडी खोलकर जल्दी से बोली, ''छोड़ देहु दीदी। सांझ के पी लेन।'' और तेजी से यह कहते हुए निकल गई कि ''दीदी दरवज्जा बंद कर लिहो।''

बसंती की राम कहानी। कभी आंखें लाल तो कभी तेवर तीखा।

''आंय दीदी कमाव नय तऽ खायब की...बेटा नय पूछै छै दीदी। आज हुनका खूब गारी देलकै...'' आंसुओं की धार।

''तो क्यों बेटे के पास है? छोड़ दो उसको। कमाती तो है ही। छोड़ने पर ही उसको तुम्हारा महत्त्व समझ में आएगा।''

''नय दीदी! कितनी मनौती के बाद जनमल है बेटा। कैसे छोड़ देवै। अब बेटा नय पूछै छै तऽ त, हम्मर भाग दीदी।'' उसने पल्लू से आंखें पोंछी।

मिसेज शर्मा भुनभुनाई सब नौटंकीबाज मेरे ही माथे। कपड़े दो, तो 'बहू पहिनी लेलकै'। खाना दो तो 'आय दीदी पोलीथीन दिहौ नी। तुहार घर के खाना बेटवा कऽ बड़ी पसिंद पड़ै छै'। एक तो दफ्तर की टेंशन ऊपर से यहां इसकी नौटंकी।

शनिवार की शाम को थोड़ी निश्चिंतता रहती थी कि कल संडे है, पर वह शाम को आई ही कि अम्मा शुरू हो गईं। "बसंती की बदतमीजी तो सीमा पार कर रही है। तूने तो इसे सिर पर चढ़ा रखा है।"

"अम्मा क्या हुआ? आप लोग उसके मुंह क्यों ज्यादा लगती हैं?"

बहू के ठंडेपन से अम्मा तिलमिला उठी। 'हां, तुझे क्या पड़ी है उसे कुछ कहने की। भले ही वह मुझे गाली दे या स्नेहा को कहे कि 'बांझ की जानतै बेटा के दर्द' अम्मा के गुस्से से भरे, पर भींगे, तरल स्वर पर वह अवाक रह गई। स्नेहा की ओर उसने देखा तो उसकी लाल आंखों में दर्द, बेबसी, उलाहना, क्रोध और न जाने क्या-क्या था कि वह अंदर तक सिहर उठी।

बाल्टी में नल का पानी गिर रहा था और बाथरूम में मग हाथ में लिए मिसेज शर्मा सोच रही थी कि स्नेहा ने क्या कह दिया कि बसंती ने इस तरह ...लेकिन उसकी इतनी हिम्मत कैसे हो गई? उसने याद किया कि स्नेहा का यहां आना बसंती को अच्छा नहीं लगा था। उसके भींचे हुए जबड़े उसने देखे थे। उसने उसका भुनभुनाना भी सुना था कि दिन पर दिन, बर्तन के ढेर पर ढेर...। लेकिन, स्नेहा भी तो उसे कुछ भी कह देती है। यह नहीं देखती कि किस परिस्थिति में वह दाई बनी। वह भी किसको क्या कहे। दो पाट के बीच में खड़ी है।

शादी के दस साल बाद भी स्नेहा ने कंसीव नहीं किया।

'पठारों के बीच की बंजर भूमि, ऐसा दरख्त जिस पर वंशबेल नहीं चढ़े तो उसका काम ही क्यों? जब सास कहती तो स्नेहा दबे स्वरों में परेश से पूछती, 'किसी बच्चे को एडॉप्ट कर लें।'

लेकिन परेश के घर में वकील पिता के स्वरों की अनुगूंज थी, 'गंदे-संदे खून से यदि कभी मेरी जान भी बचे न, तो भी मैं उसे अपने शरीर में नहीं चढ़वाऊंगा।"

इकलौते बेटे के पिता का दर्द पड़ोसी भी समझते थे।

स्नेहा जब बहू बनकर फरीदाबाद की कोठी में आई तो वकील साहब ने फरमान जारी किया, "बहू अब नौकरी नहीं करेगी। घर कौन देखेगा और फिर कोई डॉक्टर या इंजीनियर तो है नहीं कि घर बैठने पर अखरेगा।"

एक-दो साल तक स्नेहा का डॉक्टरी ट्रीटमेंट हुआ, लेकिन जब कोई फायदा नहीं हुआ, तो डॉ. रेणु तिवारी ने परेश को भी अपना वीर्य जांच कराने के लिए कहा और इसकी आवश्यकता प्रिस्क्रिपशन पर लिख दी। परेश ने उस समय तो उसे कुछ नहीं कहा, पर बाहर आते ही उसका गुस्सा फूट पड़ा, 'केवल ठगती है स्साली यह सब...। पता नहीं इन लोगों को डिग्री भी कैसे मिल जाती है। कुछ नहीं जानती है यह।' उसका चेहरा क्रोध से विकृत होने लगा तो स्नेहा उसे आश्चर्य से देखने लगी।

''लेकिन यह तो यहां की सबसे प्रसिद्ध डॉक्टर है और इसकी इतनी अच्छी प्रैक्टिस...''

परेश ने उसकी बात को काटकर एक-एक शब्द को चबाते हुए कहा, ''कुछ नहीं है यह डॉक्टरनी...''

एक दिन स्नेहा टेलीविजन में 'क्योंकि सास भी कभी बहू थी' देख रही थी कि परेश ने उसके हाथ से रिमोट लेकर न्यूज चैनलों को घुमाना शुरू किया।

एक चैनल पर डॉक्टर से परामर्श का प्रोग्राम चल रहा था। डॉ. मल्होत्रा कह रहे थे, 'पुरुष का वीर्य यदि पतला हो, तो पत्नी को गर्भ नहीं ठहरता।'

चैनल चेंज करते-करते भी कमरे में डॉ. की आवाज गूंज गई।

स्नेहा ने परेश को देखा तो वह सहज दिखा। कुछ देर तक वह उसके लगातार चैनल चेंज करने पर टी.वी. की आधी-अधूरी तस्वीरों को देखती चुप बैठी रही, लेकिन जब रहा नहीं गया तो काफी लाड़ दिखाते हुए मीठे स्वर में बोली, ''डॉक्टर रेणु ने आपसे जो कहा, उसे कराने में हर्ज ही क्या है? फिर हर बीमारी का ट्रीटमेंट तो है ही।''

परेश ने उसकी ओर देखा तो आंखों से आग बरस रही थी।

स्नेहा का चेहरा सफेद हो गया। इसके पहले कि वह कुछ कहती या समझती, एक झन्नाटेदार थप्पड़ उसकी कनपटियों पर पड़ा और उसे लगा कि पंखे के साथ वह भी घूमने लगी है।

परेश पर जुनून सवार था। कुछ गालियां स्नेहा को सुनाई पड़ रही थीं। भाभी चलिए यहां से। यहां पर आदमी नहीं जानवर रहते हैं। छी इतनी गंदी गालियां।

''शबार उपरे मानुष शत्तो, तार उपरे केउ नाइ...'' चंडीदास की यह पंक्ति वह बच्चों को पढ़ा रही है।

'नहीं-नहीं ये लोग मनुष्य तो हैं ही नहीं, जंगली हैं जंगली।'

आं, कहां है वह...अर्धचेतनावस्था में उसे लगा कि उसकी ओर किसी का हाथ बढ़ा है। उसने अपना दाहिना हाथ ऊपर उठाकर खुद को बचाना चाहा, पर जोर से उसे ठोकर लगी और वह पलंग से नीचे औंधे मुंह गिर पड़ी।

'देखिए तो कैसा आदमी है। कैसे बाल खींचकर पीट रहा है, जैसे पत्नी नहीं, खेत चर गया कोई जानवर हो। बड़ा खराब रास्ता है यह...लेकिन आते-जाते इन झुग्गी-झोपड़ियों में यह सब तो देखना ही है। इस तरह की झोंटा-झोंटी और गाली-गलौज छीः...।'

अर्द्धबेहोशी की हालत में स्नेहा को लगने लगा कि वह पटना की बहादुर पुर गुमटी के पास खड़ी है। पर नहीं, वह वहां कैसे चली गई? उसने आंखें खोलने की कोशिश की तो देखा कि वकील साहब टुकुर-टुकुर सब देख रहे हैं। उसकी सास सोफे पर ही लेट गई है। उसे लगा कि वह कुछ कह रही हैं।

"आं क्या? हां, मां जी की ही तो आवाज है।"

"अरे, छोड़ दे न रे परेश। तेरी मर्दानगी ही न वह देखना चाहती है, तो दिखा न दे उसे। तेरे लिए लड़की की कोई कमी थोड़े है।"

स्नेहा बेहोश हो गई और परेश थककर एसी वाले कमरे में बैठ गया। वकील साहब बहू के चेहरे पर पानी के छींटे मारने लगे। स्नेहा को जब होश आया तो उसका चेहरा, ब्लाउज और साड़ी का अधिकांश हिस्सा पानी से भींग गया था। उसने ससुर को अपने ऊपर झुके देखा, तो हड़बड़ाकर उठने लगी।

उसकी सास ने जैसे सबसे ज्यादा काम किया था। पलंग पर लेटी वह कराह रही थीं। बीच-बीच में वह उस दिन को भी कोस रही थी, जिस दिन स्नेहा जैसी मनहूस पैरा की लड़की उसके घर आई।

स्नेहा ने उठकर साड़ी ठीक की और किसी तरह लंगड़ाते हुए अपने कमरे में आई। पर यह कहने की बात नहीं कि वह मन से, उसी दिन विधवा हो गई।

उमेश बाबू को पहला हार्ट अटैक हो चुका था। स्नेहा की छाती में काफी दर्द था, पर वह खामोश रही। लेकिन पता नहीं किस शुभचिंतक ने फोन पर उमेश बाबू को इस घटना की सूचना दे दी और वे इसके तीसरे दिन ही स्नेहा के पास फरीदाबाद पहुंच गए।

वकील साहब के घर में ही अदालत लगी। गवाही देने वाले दो थे परेश और उसकी मां। यहां गीता की शपथ लेकर सच बोलने की प्रतिबद्धता की घोषणा की भी कोई आवश्यकता नहीं थी।

जेठ की दोपहर, उमेश बाबू स्टेशन से सीधे वकील साहब के घर पहुंचे थे। सोचा, 'अब स्नेहा को वहां से लाकर ही कुछ खाऊंगा।' पर वहां पहुंचते ही गला सूखने लगा। बाहर और अंदर की लू के कारण जो अस्फुट आवाज वहां गूंजी, वह टूटी-फूटी कुछ इस प्रकार थी 'औरत पर हाथ उठाता है। कैसा संस्कार दिया आप लोगों ने। हमारी संस्कृति में...आपके खानदान में बहुओं को इस तरह...आप लोगों के बारे में पता नहीं लगाया, यही गलती की। पैसे का रौब दिखाता है, लेकिन पैसा हो जाने पर संस्कार कहां से मिलेगा। रख लूंगा बेटी को जीवन भर। कूवत है मुझमें, लेकिन सबको जेल की चक्की नहीं पिसवाई, तो फिर कहना...''

वकील साहब उन पर पूरी तरह हावी थे। पहले तो वे भी जोर-जोर से चिल्लाए। एक गाली के बदले चार गालियां दीं। आखिर वे बड़े-बड़े अपराधियों को बाइज्जत बरी करवा चुके थे। फिर एक अदना से रिटायर्ड क्लर्क को कैसे सह सकते थे। पर उमेश बाबू बार-बार जुबान से ओंठ और थूक से गला तर करने की कोशिश करके भी नहीं बोल पा रहे थे। इससे बाद में उन्होंने कुछ बोलने की आवश्यकता नहीं समझी और कुटिल मुस्कान के साथ तैयार होकर कोर्ट जाने के लिए निकल पड़े।

इस एपीसोड में पड़ोसी शामिल तो हुए, पर दर्शक दीर्घा में बैठे लोगों की तरह। उनकी फुसफुसाहट उस दीर्घा के घेरे को पार नहीं कर सकी।

पटना आकर उमेश बाबू लगभग बीस दिन बुखार में रहे। डिलिरिअम के समय कभी वे गालियां देते, कभी रोते और कभी 'क्या करूं', कहकर आंखें फाड़कर चारों ओर देखने लगते। जब तक उनका बुखार पूरी तरह नहीं उतरा, घर में सबकी नींद उड़ी रही।

अभी उन्हें तीन हजार पेंशन मिलता है। पी.एफ. का पैसा पहले ही खर्च कर चुके हैं। केस, मुकदमा के दाव-पेंच का भी कुछ पता नहीं है।

उधर वकील साहब के पास न पैसे की कमी है और न अपराधियों की।

''कहिए तो स्साली को उठवा दें।'' कई बार वकील साहब के पास अनुगृहीत नेताओं का फोन आ चुका है। पहले तो उन्हें भी लगा था कि कुछ

लफड़ा होगा, पर जब छह महीने तक कुछ नहीं हुआ, तो यह सोचकर निश्चिंत हो गए कि 'धत् वह तो खुद्दे मरा हुआ है। कर भी क्या सकता है।'

डेढ़ साल हो गए हैं। स्नेहा और परेश का तलाक अभी हुआ नहीं है। इसकी प्रक्रिया चल रही है, पर इस बीच स्नेहा और उमेश बाबू को मरवाने की धमकी कई बार फोन पर मिल चुकी है। उमेश बाबू जानते हैं कि फोन कौन करता है।

दिल्ली में रहने वाले एक संबंधी ने फोन पर बताया कि परेश की इश्कबाजी की चर्चा गर्म है। लिव इन रिलेशनशिप। लोग हँसते हैं कि दहेज में इस बार वह बच्चा ही लेगा। पर, उमेश बाबू ने गहरी सांस लेकर कहा, "छोडो उन कमीनों से अब क्या लेना-देना। भाड़ में जाए वह हरामजादा वकील और वह कुसंस्कारी परेशवा...'

स्नेहा को देख मिसेज शर्मा अंदर से हिल गई। वह समझ रही है कि बसंती ने जाने या अनजाने उसके मन की परतों में खौला हुआ पानी डाल दिया है, जिससे स्मृतियों के फफोले फट गए हैं। पीड़ा से उसका चेहरा पीला पड़ गया है और गड्ढों में धंसी आंखों के नीचे का कालापन गहरा गया है। उसे लगने लगा कि सचमुच उसने बसंती को काफी सिर पर चढ़ा रखा है, पर आखिर वह भी क्या करे? बसंती बदतमीज है, पर ईमानदार तो है। इससे पहले तो उसने दो महीने में चार दाइयां बदली हैं। दाई आजकल मिलती कहां है। एक दिन मजदूरी करेगी, तो पचास-साठ रुपये कहीं गए नहीं। वह फिर दो सौ, तीन सौ रुपये महीने में क्यों करेगी झाड़ू-पोछा? लेकिन अब तो उसे रखने का अर्थ है कि आ बैल मुझे मार।

गहरी सांस लेकर वह अपने कमरे में फर्श पर ही बैठ गई। इस घर की उलझती जा रही समस्या कैसे सुलझेगी? दिन भर हाड़-तोड़ मेहनत के बाद भी वही ढाक के तीन पात। इससे तो अच्छा था कि वह कुंआरी ही थी। कम-से-कम अपनी इच्छा से खा और पहन तो सकती थी।

मिसेज शर्मा का मन चाह रहा था कि एक-डेढ़ घंटे तक निश्चिंत होकर सो जाए पर कैसे? अभी तो बसंती के आने का समय है और मां-बेटी दोनों भरी बैठी हैं। एक गहरी सांस लेकर उसने कुर्सी टेरस पर निकाल ली और उसके पीछे के भाग से सिर टिकाकर आंखें बंद कर लीं। भूख तो थी, पर खाने की इच्छा मर गई थी।

आधे घंटे के बाद बसंती आई और काम करने लगी। मिसेज शर्मा ने उसे टोका नहीं। वह शाम में उसे चाय देती थी, पर बनाने नहीं उठी। जब बसंती जाने लगी, तो उसने कठोर स्वर में आदेश दिया 'रुको'...।

उसके तने हुए चेहरे को बसंती ने चुपचाप देखा और मूर्तिवत खड़ी रही।

उसने दो सौ रुपये उसके हाथ में देते हुए लगभग डांटते हुए कहा, "ये रहे तुम्हारे इस महीने के अब तक के पैसे। अब कल से तुझे आने की जरूरत नहीं है।"

मिसेज शर्मा के जबड़ों की कसावट और गहरे मौन को देखकर बसंती को अहसास तो था कि आज दीदी से डांट मिलेगी, पर उसे काम से निकाल दिया जाएगा, यह उसने सोचा नहीं था। सुनकर वह कलपने लगी। पल्लू से आंसू पोंछते हुए दयनीय स्वर में धीरे-से बोली, "कैन्हऽ निकालै छौ दीदी। तुहार घर मा अपनापन लागै छै। तू हमरा कऽ मारी लऽ दीदी, पर नय निकालौ। हिनकर नौकरी नय छिनैतियै तऽ हमरा इतना दुरगिंजन होतियै की?"

कमरे की चौखट पर बैठकर बंसती ने अपने गाल पर थप्पड़ मारा। "हमरी जुबान बड़ी खराब छै। दीदी कऽ बोली देलियै। माफी मांगै छियै दीदी। गोड़ लगै छियै..." उसने अपने दोनों हाथ जोड़कर सिर से लगाया।

"नहीं बसंती, तू समझने लगी है कि मुझे कोई दाई मिलेगी ही नहीं। तूने पहले भी अम्मा और स्नेहा से बदतमीजी की है। मैंने तुझे समझाया था न, पर तू क्यों समझेगी। तू तो समझने लगी कि तेरे बिना मेरा काम ही नहीं चलेगा। यही बात है न? तुझसे मैं अच्छी तरह क्या बोलने लगी कि तू अपने को अम्मा और स्नेहा के बराबर समझने लगी।" मिसेज शर्मा गरजीं।

"ऐसन नय करो दीदी..." बसंती ने रुपये नीचे रखकर फिर हाथ जोड़े। "अब कभियौ ऐसन नय होतै।"

मिसेज शर्मा 'नहीं-नहीं' बोलकर उसे नहीं रखने के लिए अड़ी थी, पर भीतर उथल-पुथल मची थी। वह जानती थी कि न अम्मा कुछ काम करेगी और न स्नेहा। स्नेहा ने इतना कुछ भुगता है, फिर भी इसे मेरे ऊपर तरस नहीं आता। घर में तिनका तक नहीं उठाती। घर के काम और...दफ्तर भी...। सब कुछ कैसे होगा? फिर यह गलती तो स्वीकार कर ही रही है।

उसने अम्मा और स्नेहा को देखा। वहां क्रोध फुफकार रहा था। बसंती हाथ जोड़े खड़ी थी। उसने गहरी सांस लेकर कुर्सी पर बैठते हुए कहा, "ठीक है। मैं कुछ नहीं जानती। स्नेहा और अम्मा अगर तुझे माफ कर दें, तो मैं तुझे एक मौका दूंगी।"

इधर अम्मा हिसाब-किताब लगाने लगी थी कि बहू ऑफिस के बहाने घर से निकल जाएगी और उन्हें ही काम करना पड़ेगा, इसलिए वे नर्म पड़ने लगीं, पर स्नेहा जानती थी कि उसके घाव अभी हरे हैं, जिससे न उसे अम्मा काम करने देगी, न पापा और न भैया, जिससे वह तनी रही।

अंत में समझौता हुआ कि बसंती को एक मौका दे दिया जाए।

मिसेज शर्मा का सिर टनटना रहा था। वह चाय बनाने किचन में चली गई और बसंती अपने पल्लू से आंसू पोंछते हुए सीढ़ियां उतरने लगी।

आकाश में स्याही की कई सिलवटें थीं। कुछ बसंती के भीतर पड़ने लगी थीं और कुछ मिसेज शर्मा की आंखों में दिखने लगी थीं।

इसके पंद्रहवें दिन।

"क्या हुआ बसंती रात में सोई नहीं क्या?"

जमा दूध आग पर चढ़ते ही पानी छोड़ने लगा।

"दीदी, बेटवा हुनका घर से निकाल देलकै। खूब पीयऽ लगलै दीदी। ऐसन मारलकै हुनका कि सिर फट गेलै।"

"लेकिन क्यों?" मिसेज शर्मा ने गैस पर चढ़े दूध और पानी में चाय की पत्ती डालते हुए उसकी ओर देखा।

वह पल्लू से आंखें पोछती रही।

"क्यों निकाला उनको तुम्हारे बेटे ने?" चाय छानते हुए मिसेज शर्मा ने फिर पूछा।

"ऑफिस से कुच्छु पैसा मिल्लै। सब पैसा मांगी रहै छै दीदी। हुनका सूगर के बीमारी है। सूखी कऽ तऽ है रोकुम होय गैले (उसने अपनी तर्जनी अंगुली हिलाते हुए उसकी ओर देखा।) इलाज भी तऽ जरूरीए छैनी। कि करवै दीदी। हम्मर भाग। बेटवा के शादी का करजा भी बाकीए छै। महाजन सिर पर सवार रहै छै दीदी। हम्मर माथा तऽ कुच्छु काम नय करै छै। कित्ता मनौती मांगी कऽ..." वह लगातार अपने पल्लू से आंखें पोंछती रही।

''कितना पैसा मिला है?''

''चौंतीस हज्जार।''

बसंती के चेहरे पर हल्की मुस्कान आई, लेकिन मिसेज शर्मा की आंखें फैल गईं। उसने मन में सोचा, चौंतीस हजार तो क्या, अभी चौंतीस सौ भी उन लोगों के पास नहीं है। उसके मन में बसंती के प्रति ईर्ष्या अंकुरने लगी। घबराई भी कि अब उसका फिर दिमाग चढ़ेगा। कहीं काम छोड़ नहीं दे। पर मन के भाव छिपाकर बोली, ''लेकिन वह पैसे का करेगा क्या?''

''दुकान खोलतै दीदी।''

''तो, अच्छा तो है। अभी जो शराब पीकर तमाशा करता रहता है। काम में व्यस्त रहकर सुधर जाएगा।''

उसके स्वर की तल्खी को महसूस कर बसंती ने कनखियों से उसे देखा, जैसे कह रही हो, ''हम्मऽ समझी गेलियै दीदी, तोहरा अच्छा नय लागलौं...''

मिसेज शर्मा चौंकी। कुछ तीखे स्वर में पूछा, ''क्या कहा?''

''कि पता दीदी, सुधरतै कि नय।''

मिसेज शर्मा उसका मुंह देखने लगी। कुछ देर पहले की वह उदासी, सूजी हुई आंखों की लाली और चेहरे की वह थकान कहीं नहीं थी। उसकी जगह एक भरी-पूरी गृहस्थिन का संतोष था। 'धत् इसकी तो इसी तरह की नौटंकी चलती है।' उसने मन ही मन कहा और चाय की ट्रे लेकर डाइनिंग रूम में आ गई।

''कोर्ट की डेट कब पड़ी है?''

पापा के प्रश्न पर मिस्टर शर्मा ने स्नेहा को देखा। फिर धीरे-से कहा, ''इसी चौदह अप्रैल को।''

''उस हरामजादे ने शादी कर ली?''

''छोड़िए न पापा। अब उससे क्या लेना-देना।''

''छोड़ दूं? कैसे छोड़ दूं? उस कमीने से जेल की चक्की न पिसवा सका, इससे बड़ा मेरा क्या दुर्भाग्य होगा। इसकी जिंदगी तो बर्बाद कर ही दी उस हरामी के पिल्ले ने।''

पापा को गहरी-गहरी सांस लेते देख मिस्टर शर्मा घबराए। हार्ट के पेशेंट हैं। कहीं कुछ हो न जाए।

अम्मा अपने पल्लू से आंखें पोंछने लगीं। ''हे काली मैया सर्वनाश कर दो उस नीच के परिवार का...। मैं दो पाठा (छोटा बकरा) की बलि चढ़ाऊंगी। अभी तो बच्ची के तीस भी पूरे नहीं हुए। कैसे जिएगी?''

स्नेहा उठकर वहां से चली गई। अम्मा के आंसू रुक नहीं रहे थे। मिस्टर शर्मा उन दोनों को देखकर सोचने लगे कि कहीं इनकी तबीयत खराब हो गई तो और भी परेशानी...।

मिसेज शर्मा सबके लिए टेबुल पर चाय रख रही थी। उसने गहरी सांस लेकर सोचा, 'उस मनहूस बसंती ने दिन की शुरुआत ही अपनी मनहूसियत से की। इस बार भी यह संडे हाथ से गया।'

ट्रिंग...ट्रिंग...ट्रिंग...। ''अरे देखो, किसका फोन है?'' मिस्टर शर्मा फोन की ओर लपके।

''अच्छा, एक्स सालेजी नमस्कार। कैसे हैं? जरा अपनी बहन से कह दीजिए कि मैं अब पापा बनने वाला हूं।''

मिस्टर शर्मा ने रिसीवर रख दिया।

''किसका फोन था?''

''परेश का।''

''क्या कहता था वह हरामी?''

''कुछ नहीं। कह रहा था कि वह बाप बन रहा है।''

''हूं, बास्टर्ड, ब्लडीफूल...। तो बिना तलाक के उसकी शादी भी हो गई?''

''पापा, हमें समझौता के लिए कोशिश करनी चाहिए थी।''

उमेश बाबू की नम आंखें लाल हो गईं।

''तुम्हारा दिमाग खराब हो गया है या बहन बोझ बन गई है?'' वे चीखे। ''अरे तुम चिंता नहीं करो। अभी मैं जिंदा हूं। स्नेहा की जिंदगी का उपाय करके मरूंगा।''

पापा को हांफते देखकर मिस्टर शर्मा घबराए। हकलाकर बोले, ''लोग तलाकशुदा लड़की को अच्छी नजर से नहीं देखते। आसपास के लोग भी स्नेहा को ही दोषी ठहराते हैं। इसीलिए मैंने...'' उन्होंने गहरी सांस लेकर बात अधूरी छोड़ दी।

उमेश बाबू ने अपनी आंखें बंद करके अपने को सोफे में धंसा लिया।

अम्मा अब भी सिसक रही थी और मिस्टर शर्मा सोच रहे थे—'उसका क्या बिगड़ेगा, लेकिन स्नेहा की जिंदगी बर्बाद हो जाएगी।'

"मेरी तो जिंदगी समझौता करके भी बर्बाद होगी, भैया।"

मिस्टर शर्मा ने चौंककर देखा। स्नेहा ने उनके मन की बात कैसे जान ली। धीरे-से बोले, "तू क्या चाहती है?"

"अब मैं अपने पैरों पर खड़ी रहूंगी। इस बार मैं पीएच.डी के लिए यू.जी.सी. का टेस्ट दूंगी।"

"उसके बाद फिर? तू जानती है कि लेक्चरर की वैकेंसी बिहार में कितने सालों से नहीं निकली है और अभी निकलेगी भी नहीं, भले ही हर कॉलेज में हर सब्जेक्ट के लिए कई पोस्ट खाली हो।"

"डिग्री रहेगी तो कहीं न कहीं किसी अच्छे स्कूल में तो नौकरी मिल ही जाएगी न भैया। फिर मैं तो एफलियेटेड पब्लिक स्कूल में पढ़ा भी चुकी हूं। इसके लिए तो क्वालिफिकेशन है ही मेरे पास।"

मिस्टर शर्मा ने कुछ नहीं कहा। केवल उसकी ओर देखते रहे।

"इसकी इतनी लंबी जिंदगी अकेले कैसे कटेगी।" उन्होंने गहरी सांस ली। उन्हें लगा कि अब वे वहां रहे, तो खुद को संभालना कठिन होगा। उठते-उठते स्नेहा के सिर पर हाथ फेरा, तो अंदर सीलन से भरी दीवार भरभराकर टूटी और गिरने लगी।

`बसंती अपने मोहल्ले की चटपटी खबरों के लिए भी प्रसिद्ध थी। कैसे लड़का लड़की को लेकर भाग गया, कहां गोली चली, पुलिस ने कैसे रेजिडेंशियल एरिया में दुकान बंद करने के लिए हड़कंप मचाई, कैसे लोगों ने रंगदारी टैक्स वसूले, कहां नाली के पास नवजात शिशु पड़ा मिला, इतना ही नहीं, कैसे एक नेता ने वहां की एक औरत को फंसाया। कभी-कभी तो इन विषयों में लीन होकर वह इतनी वाक पटु हो जाती कि उसके रसबोध पर आश्चर्य होता। उसकी शृंगार रसलीनता उस अवसर पर भी प्रकट होती, जब मिस्टर शर्मा और मिसेज शर्मा टेरस पर अकेले बैठे ठंडी हवा का आनंद ले रहे होते। उधर देखते ही बसंती के पक्के काले रंग वाले चेहरे पर नई दुल्हन की तरह सलज्ज मुस्कान फैल जाती, जिसे मिसेज शर्मा यदि देखती, तो अपने पति को कोहनी जरूर मारती।

एक दिन वह वहां आते ही मिसेज शर्मा से पूछने लगी, ''आंय दीदी, अखबार में पढ़लौ कि...''

उसने अकचकाकर पूछा, ''क्या?''

इस पर बसंती सिर पकड़कर बैठ गई। उसके चेहरे के रंगों और उसकी फैली आंखों को देख मिसेज शर्मा का पेशेंस लूज होने लगा। उसे डांटते हुए बोली, ''अब बताएगी भी क्या?''

''दीदी उ औरतिया कऽ खून होय गैले।'' वह फुसफुसाई।

''कौन औरतिया?''

''वही जे मंत्रिया के पास जाए छैले।''

''कौन? किसकी बात कह रही है तू?''

''आंय दीदी तू नय जानै छौ। पूरा मुहल्ला मं बदनाम छैले उ, लेकिन अपनऽ बेटवा कऽ जिनगी बनाय देलकै। सरकारी नौकरी मऽ लगवैये कऽ छौड़लकै। कि टीप-टॉप छै घरवा में दीदी। लेकिन ओकर मरद कैसन रहै मोढ़ा...'' उसने मुंह बनाया। ''करवा मं खुद्दे बैठाय छेलै...''

''अरे कौन? किसकी बात कर रही है तू?'' मिसेज शर्मा झल्लाई।

''वही मालती देवी दीदी! हम्मर बेटवा बोलतै रहै कि अब उ चुनाव लडतै।''

''तो खून कैसे हो गया?''

''कि पता दीदी सब बोलै छै कि पुलवा पर लहास पड़लौ छैलै।''

मिसेज शर्मा ने टी.वी. खोलकर देखा, तो न्यूज चैनल पर वही खबर थी। एक चैनल पर संवाददाता एक मंत्री की बाइट ले रहा था। दूसरे चैनल पर उस मंत्री से मालती देवी के मधुर संबंधों की चर्चा चल रही थी।

रिमोट से टीवी बंद करते हुए मिसेज शर्मा बोली, ''ऐसी औरतों का यही अंजाम होता है। जैसा बोओगी, वैसा ही न काटोगी।''

इसके दो महीने बाद आखिरकार परेश और स्नेहा का औपचारिक तलाक हो ही गया। उमेश बाबू का सिर हल्का था कि कोर्ट-कचहरी का झमेला खत्म हुआ। साथ ही काफी छीछालेदर भी नहीं हुआ। घर आए तो खुश थे।

''स्नेहा का कॉन्फीडेंस अब तुम्हें ही बढ़ाना है।'' जूते खोलते हुए उन्होंने बहू से कहा।

मिसेज शर्मा ने कहा, ''जी पापा।''

''तुम उसकी भाभी हो और मित्र भी।''

''हां, पापा।'' कहकर उसने सिर हिला दिया।

''बेटा, जरा एक कप चाय दोगी?''

''जी पापा।'' वह उठी तो अम्मा बोली, ''इस बहू को क्या हुआ? आजकल बड़ी अनमनी रहती हैं। 'हां' और 'जी' के अलावे कुछ कहती ही नहीं।''

पत्नी की बात पर उमेश बाबू चौंके। उन्हें भी पिछले कई महीने से लग रहा था कि बहू टेंशन में है, पर स्नेहा के जीवन के उलझे हुए धागों से वे इतने परेशान थे कि उन्होंने इस पर अधिक ध्यान नहीं दिया। स्नेहा के विवाह के लिए बेटे के साथ बहू ने भी अपने पी.एफ. के पैसे निकाले हैं, यह वे जानते थे। उन्हें यह भी पता था कि हर महीने घर का खर्च मुश्किल से चल रहा है। ऊपर से कोर्ट का चक्कर और घर में बढ़ गया एक और सदस्य। वे समझ गए कि बहू को अपनी इच्छाओं को मारना पड़ता है। पेंशन के रूप में उन्हें जो पैसे मिल रहे थे, उन्हें वे इधर से स्नेहा के नाम से जमा करने लगे थे। उन्होंने बेटे और बहू के बारे में तो सोचा ही नहीं।

ग्लानि से उनकी आंखें भर आईं। कुशन से सिर टिका वे सोफे पर अधलेटे हो गए, तो आंखों के कोनों से पानी नीचे ढुलकने लगा।

''क्या हुआ पापा?'' मिसेज शर्मा ने चाय की प्याली टेबुल पर रखते हुए घबराकर पूछा।

''कुछ नहीं बेटा, ऐसे ही स्नेहा के बारे में सोच रहा था।'' उन्होंने चाय की प्याली हाथ में लेते हुए कहा।

वह धीरे से बोली, ''सेल्फडिपेंडेंट रहने का उसका निर्णय बिल्कुल ठीक है। हो सकता है कि कोई अच्छा लड़का उसे मिल जाए।''

''हां, अब मैं जाति के चक्कर में नहीं पड़ूंगा। सब कुछ देख लिया।''

उनकी आवाज कांपी। दोनों ने एक क्षण के लिए एक-दूसरे को देखा तो कई अनकही पीड़ा उनकी आंखों में बोलने लगी। मिसेज शर्मा ने नजरें झुका लीं, लेकिन कानों में कुछ स्वरों की गूंज की टीस मन के कई कोनों को छूते हुए उसके भीतर उतरने लगी।

''एक क्रिश्चन लड़की को घर में लाकर तूने कुल को बोरने का काम कर दिया। अब स्नेहा के ब्याह के लिए भगवान ही मालिक...''

"अरे कौन जाति की है यह भगवान ही जाने। ईसाई धर्म को तो अपनाने वाले..."

"कहीं यह भंगी-वंगी तो नहीं?" तिरस्कार, उपेक्षा और अपमान की स्मृतियां गर्म तेल की तरह मिसेज वर्मा के मन की परतों में फफोले उगाने लगीं, पर वह मुंह से 'आह' भी नहीं निकाल पाई।

अम्मा ने उसका छुआ खाना लगभग सालभर तक नहीं खाया था...और अपने बेटे के इस कार्य पर ग्लानि से भरे पापा पड़ोसियों से मिलने से कतराते रहे थे। गहरी सांस लेकर वह वहां से जाने के लिए उठी तो उमेश बाबू बाहर आने के लिए बेताब आंसुओं को चाय के साथ गटकने की कोशिश करने लगे।

"दीदी! ओ दीदी, दरवज्जा नीच्चे से बंद है।"

बसंती नीचे से पुकार रही थी। मिसेज शर्मा दरवाजा खोलने सीढ़ियां उतरने लगी। तभी अंधेरे के कारण सीढ़ी के किनारे दाहिना पैर पड़ने से वह गिरी, तो दीवार से सिर टकराया और आंखों के सामने तारे दिखने लगे।

"क्या हुआ बहू?" उमेश बाबू को लगा कि वह गिरी है। वे उसे देखने नीचे आए, लेकिन तब तक उसने अपने को संभाल कर नीचे का दरवाजा खोल दिया।

उसने किसी को बताया तो नहीं, लेकिन पांच मिनट के भीतर उसका दाहिना पैर इतना सूज गया कि बसंती चिल्लाई, "अरे दीदी, इ पैरवा कैसे इतना सूजल है?"

"चुपऽ, चुपऽऽ...। इतना चिल्ला क्यों रही है?"

मिसेज शर्मा ने बसंती को डांट तो दिया, पर घबराहट होने लगी कि कहीं फ्रैक्चर तो नहीं हो गया। "पर यदि ऐसा होता तो चलना मुश्किल होता, शायद मोच आ गई है।" उसने मन ही मन कहा।

पर डांट सुनकर और लोग भले ही चुप रहे, बसंती से चुप तो रहा ही नहीं जा सकता।

"दीदी चूना है घरवा में?"

"क्या करेगी चूना?"

"हल्दी-चूना गरम करी के लगाय देव तऽ दू बेरवा में ही दरद बिल्कुल्ले खतम होय जैतै दीदी।"

"ठीक है, नीचे पान की दुकान से चूना ले आ।" मिसेज शर्मा के पैर का दर्द बढ़ रहा था, पर वह अपने को समझा रही थी कि मोच ही होगी, क्योंकि गिरते वक्त उसका पैर उलट गया था।

उमेश बाबू ने बहू के पैर देखे तो डांटा "क्या पढ़-लिखकर बसंती के चक्कर में पड़ी हो। चलो, डॉक्टर से दिखा लो।"

"कल तक देख लेती हूं, क्या होता है।" मिसेज शर्मा जानती है कि डॉक्टर के पास जाने का अर्थ है, हजार रुपये का फेर, और इतने रुपये निकल गए तो...

उसने गहरी सांस लेते हुए मन ही मन ईश्वर से प्रार्थना की कि बसंती की दवा काम कर जाए।

"पापा, एक खुशखबरी।"

मिस्टर शर्मा ने अपना बैग टेबुल पर पटका।

"आज खबरिया चैनल से कुछ लोग मेरे ऑफिस में आए थे। वे हँसे। परेश के पापा बनने की खबर आधी झूठी थी।"

"मतलब?"

"डॉक्टरी रिपोर्ट के अनुसार वह बाप बनने के योग्य ही नहीं है।"

"कैसे पता चला?" उमेश बाबू ने भीतरी उल्लास को छिपाया नहीं।

"पापा, आप लोग न्यूज देखते ही नहीं हैं। देखिए, अभी सब चैनल इसी पर खेल रहा है।"

"वाह! स्साला वकील। मीडिया वालों ने उसकी औकात समझा ही दी।" उमेश बाबू बच्चों की तरह चहके। "लेकिन, यह परेशवा बड़ा नीच है, दुधमुंहे बच्चे को मारकर वह क्या करता? उसे सब कुछ मालूम तो होगा ही..."

"हां, उस लड़की का संबंध उसी के एक इंजीनियर मित्र से था और उसी ने परेश से उस लड़की की दोस्ती करवाई थी।"

"छीः! छीः! शिव हो! शिव हो! अच्छा हुआ, जो हुआ। नीच अपना संस्कार दिखला ही देता है।" उमेश बाबू ने सोफे पर बैठकर सिर कुशन से टिका लिया।

अब बात तो साफ हो ही गई होगी कि परेश ने स्नेहा के साथ ऐसा क्यों किया? एक साइकलोजिकल प्रेशर। आदमी के लिए सब कुछ हजम करना

आसान नहीं होता। वकील साहब और उनकी पत्नी पर क्या बीती, इसका अनुमान आप लगा ही सकते हैं। बेचारों को मोबाइल का स्वीच ऑफ और लैंडलाइन को डिसकनेक्ट करना पड़ा है। गेट पर ताला लगाकर घर में छुपे बैठे हैं, लेकिन मीडिया वाले, "जहां न जाए रवि, वहां जाए ये मीडिया।" नौकर गेट पर सुबह से खड़ा है। झल्लाकर मीडिया वालों से कह रहा है कि साहब कल शाम को ही मेम साहब के साथ कहीं चले गए हैं। खैर, लेकिन उमेश बाबू के घर का कोना-कोना मोगरे के फूलों की खुशबू से नहा गया है और अम्मा कल दरभंगा हाउस की काली बाड़ी में एक पाठे की बलि देने की तैयारी कर रही हैं।

दूसरे दिन।

"हे मैया! उस वकील और उसके परिवार का सर्वनाश जल्दी कर देना, जिससे दूसरे पाठे की बलि भी दे सकूं।" काली मां के सामने अम्मा ने आंसू भरी आंखों से अपना आंचल पसारकर उनसे भीख मांगी।

बसंती भरे गले से मत्था टेककर बड़बड़ा रही थी। "बेटवा के सद्‌बुद्धि दिहो मैया। बड़ी मारै छै बहुरिया के। कि पता कब कि कर दैतै..."

मिसेज शर्मा के पैर बसंती की दवा से ठीक हो गए थे। वह भी अम्मा के पास बैठी सिर पर आंचल रखकर मन ही मन काली मां से पूछ रही थी कि 'जिंदगी के सभी धागे जो इतनी बेतरतीबी से उलझे हैं, वे कब सुलझेंगे? क्या उसकी जिंदगी सबको देखने में ही गुजर जाएगी? वह अपने लिए कुछ नहीं कर सकेगी? पापा और अम्मा को क्या कभी यह इच्छा नहीं होती कि उसकी गोद में भी किलकारी गूंजे? लेकिन क्यों?

भीतर का दर्द पिघलकर उमड़ने को विकल दिख रहा था, पर अभी तक वह जिस तरह सबकुछ चुपके से पी रही थी, वहां भी उसने ऐसा ही किया। पता नहीं इसे काली मां ने देखा या नहीं। वैसे, उन्होंने तो देखा ही होगा, पर मिसेज शर्मा के घर के किसी सदस्य को इसके बारे में कुछ पता नहीं चला, यहां तक कि मिस्टर शर्मा को भी नहीं।

*('पाखी', जून 2009, प्रकाशित)*

# बिरनी, कीड़ा और पहाड़ी हवा

एक रंग, दूसरा रंग, रंगों पर रंग, सब कुछ गड्डमड्ड।

बेतरतीबी में खूबसूरती की तलाश का अंतहीन प्रयास।

'क्या मिसेज रस्तोगी दिल्ली इसीलिए आई है कैलिफोनिया को छोड़कर? कैलिफोर्निया में क्या कोई जर्मनी नहीं पढ़ता?'

'पर पूछूं कैसे?'

'अतीत को कुरेदना रंगों पर रगों के आघात से कम है क्या?'

'उनकी तो एक बेटी भी है। कैलिफोर्निया यूनीवर्सिटी में डॉ. सिया परमार। उसे दो बच्चे हैं एक बेटा और दूसरी बेटी। फिर मिसेज रस्तोगी दिल्ली में अकेली, इस उम्र में, क्यों?'

नैनीताल की खूबसूरती को ढंकती तंग गलियां। बाजारवाद ने नैसर्गिक सौंदर्य को डंस लिया है। जहर का नीलापन शहर में है और गांवों में भी। वैश्वीकरण ने तो पूरे विश्व को एक ही रंग में रंग दिया।

'सब कुछ रंगों का खेल है तो कई रंगों के मेल में कुरूपता की सिलवटें छिपती क्यों नहीं?'

"सत्तर साल की उम्र में भी आप तो दौड़ लगा रही हैं। यंग्स्टर्स भी फेल हैं आपके सामने।"

मैंने हँसते हुए मिसेज रस्तोगी से कहा तो वे मेरी ओर मुड़कर हँसने लगीं।

पहाड़ी माफियाओं ने वहां के पहाड़ों को जगह-जगह से काट दिया है। फिर भी इन पहाड़ों में जिजीविषा है, अदम्य और अटूट। मेरी दृष्टि मिसेज रस्तोगी पर अटकी हुई है।

बिरनी का डंक।

बचपन में एक बार बिरनी ने डंक मारा था मुझे, जलेबी खाते समय। लेकिन आज भी वह दंश अवचेतन में कहीं चिपक गया है। इस दंश के भीतर से कहीं कोई कुकुरमुत्ता उगा है।

'माफिया क्या केवल इन पहाड़ों में है?'

मेरे भीतर बादल घुमड़कर बरसने लगे हैं। वहां ऐसी घास भी लहलहाने लगी हैं, जो तेज गर्मी में झुलस गई थीं और मैंने मान लिया था कि वे मर गई हैं।

सूजे हुए चेहरे पर पत्थर की बनी, जुड़ी हुई दो आंखें मेरे भीतर झांकती हैं। तपी हुई सड़क पर चलते नंगे, फटे पैर लड़खड़ाकर रुक गए हैं, लेकिन केवल एक क्षण के लिए।

"मौसाजी हवाई चप्पल तो पहन लेते।"

"नहीं, मुझे तो इसी तरह चलने की आदत है।" लड़खड़ाते हुए स्वरों में मैं टूटे हुए अभिमान को हवा में उड़ते देखती हूं। मेरे भीतर बिरनी के झुंडों की भनभनाहट बढ़ने लगी है।

"अब तुम्हारे मौसाजी नहीं बचेंगे नीलू। गुड्डू और बबली ने उन्हें जीते जी मार दिया है।"

मौसी साड़ी के पल्लू से आंखें पोंछ रही हैं और उनकी लाल पाड़ वाली तांत की सफेद साड़ी में जगह-जगह लगे सफेद धागों के टांके मेरी आंखों में चुभने लगे हैं।

"मकान अगर गुड्डू के नाम लिख देंगे, तो रहेंगे कहां?"

लाल बिरनी के शुंडों का दंश। बिरनी का शुंड बड़ा जहरीला होता है। मां नींबू घिस-घिसकर मौसी के हाथ को देख रही है, जो फूलकर थुंबा हो गया है, मौसाजी के पैरों की तरह।

"वह तो सब कुछ बेच-बाचकर शहर चला जाएगा। सारी जमीन तो बेच ही चुका है। कहता है, शहर का खर्च तुम क्या समझो। यहां गांव में तो सब कुछ सस्ता मिल जाता है।"

केले के थंब की तरह मौसाजी के पैर दिखने लगे हैं। 'मौसाजी आपको तो फ्लेरिया है। डॉक्टर से दिखाया नहीं आपने?"

"अरे, फ्लेरिया, वलेरिया जो भी रहे, अब साथ ही जाएगा यह सब।" अब मौसाजी की दृष्टि शून्य में टंगती है और नीचे फिसलकर कहीं अटक जाती है, जैसे उड़ती हुई पतंग कटी हो और किसी झाड़ी में उलझ गई हो।

"जो ही दो-चार बरस जीवित रहेंगे।" मौसी कलप रही है। "मकान पर बबली की भी नजर है। कहती है सरकारी कानून के अनुसार पिता की संपत्ति पर बेटी का भी अधिकार होता है।"

मेरे भीतर लाल-लाल कई बिरनियां भनभनाने लगी हैं। बिट्टू चैनल बदल रही है। बेटे ने मां को हथौड़े से पीट-पीटकर मारने की कोशिश की है। पत्थर की दो आंखें करोलबाग के गीता देवी के लहूलुहान चेहरे पर रख दी हैं किसी ने। उनसे झरते ये आंसू नहीं हैं, पहाड़ी नाले हैं। यही आंखें तो मौसाजी के चेहरे पर है। नहीं, गीता कालोनी के रिटायर्ड ऑफिसर मिस्टर बैनर्जी के चेहरे पर। मैं आंखें फाड़कर देखती हूं। चेहरे पर चेहरे और आंखों पर आंखें बिछती जा रही हैं।

"बहू कहती है कि बुड्ढ़ा पेंशन का खूब पैसा जमा कर रहा है। मरेगा तो ऊपर ले जाएगा। वह दो-तीन महीने में यहां आ ही जाती है।"

मौसी गेठी (आंचल के छोर) से जर्दा की पुड़िया निकालती हैं। मैं उसे ऊपर से जर्दा फांकते देखती हूं। मेरे भीतर के शब्द कागज की चिंदूदी में बदल गए हैं। मैं बोलना चाहती हूं कि मौसी खाली पेट जर्दा मत खाओ, पर वे शब्द उस तक पहुंच ही नहीं पाते।

"बहू आती है तो एक का चार खर्च। मौसा का इधर शुगर काफी बढ़ गया था। उनके सामने ही बोलने लगी कि बुढ़ापे में बीमारी तो होती ही है। इसमें हाय-तौबा क्या मचाना। कोई अमर होकर थोड़े आया है।"

मेरे सामने पानी का हौज है। दुर्गंध ही दुर्गंध...। पड़ोसियों ने ताला तोड़ दिया। दुर्गंध क्या केवल मरे हुए शरीर से निकलती है?

"यह बूढ़ी तो बेटा और बहू के साथ रहती थी न?"

''दोनों शहर से बाहर गए हैं। इसका पेट चलता था।''

''पेट चलता था, इसलिए पानी के हौज में छोड़ दिया?''

ओह, कितनी मक्खियां हैं यहां, मैं हाथ से उड़ाती हूं, लेकिन वे तो मेरे भीतर भिनभिना रही हैं।

''बहू जितने दिनों तक रहती है, मौसा मंदिर में ही रहते हैं। केवल खाने के लिए घर आते हैं। उनके लिए छेना फाड़ती हूं तो ले सन्नी, तेरी दादी छेना फाड़ी है। दूध भी, छेना भी...। क्या मजाल कि अपना पैसा निकाल लें।''

पहाड़ी माफिया पश्चिम के आंगन से झांक रहा है। पहाड़ों के कटे छोटे-छोटे टुकड़े ने नीचे बह रही ठंडी जल-धारा को पूरी तरह रोक दिया। पानी के लिए हाहाकार...भोपाल में तो इसके लिए राशन कार्ड तक बन गया।

''पिछली बार बहू मेरे पीछे पड़ गई। अम्मा सन्नी को साइकिल दिला दीजिए। इसके पापा तो सुनते ही नहीं। बेचारा अपने दोस्तों के सामने डिमोरलाइज होता है।''

''अब मैं किसके आगे हाथ पसारूं? मौसी बालों को लपेटकर जूड़ा बनाती है, तो उसके रूखे और खिचड़ी बालों से कूड़ा बीनने वाली वह बूढ़ी औरत झांकती है, जो अक्सर मेरे फ्लैट के नीचे बैठकर हाथ से जुएं निकालती रहती है।

''दो हजार ही तो पेंशन मिलता है। वह तो गांव के कुछ बच्चे ट्यूशन पढ़ने मौसाजी के पास आते हैं, तो किसी तरह चलता है दाल-भात और एक तरकारी।'' डॉक्टर ने कहा है शुगर और ब्लडप्रेशर की दवाई खाते रहिए, लेकिन...''

मौसी अपने आंसुओं को पीने की कोशिश करती है। वह डरती है कि उसके रोने की बात गुड्डू तक पहुंच नहीं जाए। पिछली बार की बात वह भूली नहीं है।

बिरनी फिर डंक मारती है।

''क्यों दिखाई तुमने नीलू को अपनी फटी साड़ी? क्या दिखलाना चाहती हो कि हम लोग सब मर गए? दूसरों को अपने फटे में पैर घुसवा-घुसवा कर खूब जलील करो तुम लोग हमें।''

गुड्डू बिना कुछ खाए-पीए लखनऊ जाने के लिए घर से निकल गया है और मौसी हाथ में दही-चूड़ा की कटोरी लिए आंगन में खड़ी है पत्थर बनकर।

मैं देखती हूं कि मौसा का शुगर काफी बढ़ गया है। ब्लड-प्रेशर इतना हाई है कि आंखें हमेशा लाल ही रहती हैं।

‘‘दवा क्या करेंगे, दवा का पैसा तो...’’ मौसी गहरी सांस लेती है। आंगन में कुएं की तरफ से दो मेढक फुदकते हुए आए हैं और आंखें मिचमिचाकर मौसी को देख रहे हैं।

‘‘पिछले साल वरुण यहां आया, मंदिर में अपने बच्चों का मुंडन करवाने, तो उसकी दुल्हन एक जोड़ी नई साड़ी दे गई। काफी छिपाती तो हूं, पर ये टांके छिपते कहां हैं।’’

मौसी मोढ़े पर धम्म से बैठ गई है। वे मेढक अब उस ओर चले गए हैं, जहां कभी मौसाजी बैंगन, टमाटर, गोभी आदि उगाते थे।

‘‘गांव की बात है, शादी, ब्याह, मुंडन, जनेऊ हो तो जाना ही पड़ेगा न।’’

लेकिन बहू की आंखों में तो वह साड़ी गड़ने लगी। बोली, ‘‘अम्मा यह रंग तो काफी चटक है। अब इस उम्र में तो आप पहनेंगी नहीं। मैं इसे रख लेती हूं। आप तो घर में ही रहती हैं। मेरी यह साड़ी रख लीजिए।’’

‘‘मैंने देखा कि यह साड़ी तो नीचे फॉल की जगह पर फटी हुई है, पर मैं क्या बोलती?’’

‘‘मम्मा तुमने नानी को जो साड़ी दी, उसे उन्होंने संदूक में छिपाकर रखा। उसके ऊपर दरी...कंबल और वह जो सिलती हैं, पुराने कपड़ों का खेनरा...’’

बिट्टू हँसती है। मेरे भीतर बिरनी अपने शुंडों को खड़ा करके भिनभिना रही है। मैं उसे डांटती हूं, लेकिन वह भी क्या करे, वह तो देखती है कि उसकी मम्मा अपनी सोने की चेन भी टेबुल पर ही छोड़ देती है।

‘‘क्या इन पहाड़ों में खो गई मिसेज सक्सेना?’’

मिसेज रस्तोगी ने मेरी आंखों के आगे अपना दाहिना हाथ लहराया है और मैं टकटकी लगाए उनके चेहरे को देख रही हूं। उनके डिम्पल पड़े तुर्श गालों के ऊपर भी तो मौसाजी की ही आंखें हैं। उसी तरह पत्थर की ही बनी हुई।

‘‘अगर मैं पैरों से लाचार नहीं होती न तो तुम यंग वीमेन से अधिक दौड़ लगाती, लेकिन क्या करूं, उस एक्सीडेंट ने तो बैसाखी थमा दी।’’

मिसेज रस्तोगी वहां पड़े एक चौकोर पत्थर पर बैठ गईं हैं। चलते-चलते उनकी सांसें उखड़ने लगती हैं, लेकिन वह कोशिश करती हैं कि यह आवाज दूसरों तक नहीं पहुंचे।

‘‘वह देखो, पहाड़ों के ऊपर बादल कैसे झुक रहे हैं। मैं जब कैलिफोर्निया में थी तो किटू मेरे बालों को नन्हें-नन्हें हाथों से उड़ाता और मेरे चेहरे को देखकर कहता—.

व्हाइट-व्हाइट क्लाउड्स फ्लाइज,
ओवर दिस माउंटेन।

"बदमाश।" उन्होंने आंचल से अपनी भीगी आंखें पोंछ लीं।

अंडों को फोड़कर कई नन्हें जीव बाहर निकलने के लिए उतावले होने लगे हैं। मेरे भीतर प्रश्नाकुलता की बेचैनी है, पर मैं टुकुर-टुकुर उन्हें देखती रहती हूं।

"मेरा बचपन यहीं बीता मिसेज सक्सेना। हर दिन, शाम के समय, जब पहाड़ों की हरियाली में डूबते सूरज की लाली छिपी होती और पहाड़ झीलों में झांककर बच्चों की तरह हँसता, बिल्कुल किटू की तरह, तो अपने पापा के साथ बोटिंग करके मैं अपने को परी ही समझती।"

मिसेज रस्तोगी हँसीं, तो उनकी भीगी बरौनियों और काजल लगी आंखों में नैनी झील भी मुस्करा उठी। पर यह मुस्कराहट ऐसी थी जैसे लोगों से छिपने के लिए किसी स्त्री ने अपने चेहरे को किसी कंबल से ढंक लिया हो, लेकिन उसकी साड़ी, सैंडिल, यहां तक कि उसके हाथों और पैरों की उंगलियां भी दिख रही हों, बिल्कुल साफ-साफ...।

मेरे अवचेतन में अभी भी बिरनी है, उसके डंक का एहसास मरा नहीं है, फिर भी मिसेज रस्तोगी की हिन्दी से मैं प्रभावित हो रही हूं। इतने दिनों तक अमेरिका, फ्रांस, जर्मनी आदि देशों में रहने पर भी कितनी शुद्ध और काव्यात्मक भाषा है इनकी।

आजकल सिंथेटिक दूध बनने लगा है और घी...छीः! जानवरों की चर्बी, शैंपू और क्या-क्या...तरबूज में भी इंजेक्शन...मिलावट ही मिलावट। दूध, घी, तेल, सब्जी, फल...अब कुछ भी प्योर नहीं रह गया है। यहां तक कि इन्सान भी। हिन्दी को तोड़ना-मरोड़ना तो बाजार की मांग है। वैसे, आज तो रिश्ते भी बाजार के नाम पर तोड़े और मरोड़े जाते हैं।

मेरे भीतर कभी-कभी कुछ चेहरे उगने लगते हैं, जिस तरह बरसात में झाड़ और झंखाड़ उगते हैं। बिरनी भी मेरे पीछे पड़ी है। इसके डंक से भागने मैं पहाड़ों में आई हूं, लेकिन यह तो यहां भी हर जगह मेरा पीछा करती है।

"कृष्ण गोपालजी आपकी आंखों को क्या हुआ?"

"कुछ नहीं, सीढ़ियों से गिर गया मैडम।"

"लेकिन कैसे?"

“अरे यह गिरा नहीं है। इसके बेटे ने मारकर धकेल दिया। दीवार से टकराया तो...यह तो इसकी आंखें बच गईं।” ऑफिस में फुसफुसाहट।

“लेकिन इसका बेटा तो डॉक्टर है।”

“हां, उसको डॉक्टर बनाने के लिए तो इसने पी.एफ. के पैसे भी निकाल लिए। अपने लिए तो इसने कुछ किया ही नहीं। बेचारा जाड़े में भी ठिठुरता रहता है। यह तो प्रिंसिपल साहब इसे अपनी पुरानी बंडी दे देते हैं, जिससे इसकी सर्दी कटती है।”

“लेकिन यह तो अपने बेटे की तारीफ करता था।”

“हां, डॉक्टर बन गया तो दिमाग चढ़ गया। आखिर है तो...”

कृष्ण गोपालजी हमारे कॉलेज में चपरासी हैं। अगले साल रिटायर करेंगे। इनके बाबूजी ने ही प्रिंसिपल साहब की कोठी बनाई है, सुंदर और कलात्मक। वे राजमिस्त्री थे। कृष्ण गोपालजी खुद पढ़ नहीं सके, लेकिन बेटे को प्राइवेट स्कूल में पढ़ाया। कॉलेज में अपनी गाड़ी से आने वाले लोगों को देखते थे। तो देख लिया एक सपना इन्होंने भी।

मेरे भीतर बिरनी के डंक का लाल दाग उभरने लगा है। पर मिसेज रस्तोगी! वे तो खोई हुई हैं कहीं और।

“वह देखो मिसेज सक्सेना, बादल ने झील को किस तरह खुद से ढंक लिया है।”

उनके भीतर मिस्टर रस्तोगी जिंदा होने लगे हैं। सुबह का सूरज बन रहे उनके चेहरे को मैं मुग्ध भाव से देखती हूं। पहाड़ी हवाएं विद्यापति की इन पंक्तियों को गाती हुई मेरे भीतर से गुजरने लगी हैं।

‘सपने देखल हरि, गेलाहुं पुलकें पुरि
जागल कुसुम सरासन रे।’

सपने में कृष्ण से मिलने की पुलक विरहिणी राधा के चेहरे पर महसूस करती हूं। फिर भी मैं पूरी तरह मिसेज रस्तोगी की फीलिंग्स के साथ शेयर नहीं कर पा रही हूं।

घने वृक्षों की छाया झील पर पड़ रही है और मुझे लगता है कि आकाश में अपने डरावने डैने को फैलाए कई चीलें उड़ रही हैं।

मिसेज रस्तोगी अन्यमनस्क हो गई हैं और मैं भी। हमारे बीच चुप्पी छाई है। पर यह चुप्पी इन बादलों और झील के बीच की चुप्पी नहीं है। यह तो शब्दों के चुक जाने के बाद की चुप्पी है।

अभी-अभी एक न्यूली मैरेड कपल सजे हुए बोट पर बैठा है। उनके गालों की तुर्शी झील के पानी में उतरने लगी है। मैं उसे मिसेज रस्तोगी के चेहरे पर ढूंढ़ती हूं, पर वहां मौन उदासी है। मिस्टर रस्तोगी उनके भीतर काफी देर से जिंदा हैं, फिर भी उनकी जिंदादिली जैसे लुट गई है। वहां की हवा में लहराती हुई बेचैनी है, जिससे मैं कसमसाने लगी हूं।

"बोटिंग पर जाने से पहले मैं मछलियों को रोटी खिलाती थी। नैनी झील में काफी मछलियां हैं न। बड़ी प्यारी-प्यारी हैं। रोटी के टुकड़े डालो, तो जैसे तरंगों पर सबको सूचना मिल जाती है और सब की सब वहां हाजिर...जैसे मिसेज रस्तोगी बादलों को सुना रही हैं, मुझे नहीं। उनके चेहरे की झुर्रियों में उदासी सिमटने लगी है। मिस्टर रस्तोगी शायद अब उनके भीतर नहीं हैं।

"आजकल इन्सान भी ऐसा ही करने लगे हैं। गरीबी काफी बढ़ गई है न। अनइम्पलॉयमेंट भी। सरकार करे भी तो क्या करे। पॉपुलेशन भी तो काफी बढ़ गई है।"

मिसेज रस्तोगी पहाड़ों से ऊपर शून्य में कहीं देखने लगी हैं।

मेरे सामने कूड़े के ढेर पर आलू और पूरियां पड़ी हैं। सब्जियों की दुर्गंध सड़क पर फैल रही है और दो-तीन बच्चे उन्हें उठा-उठाकर खा रहे हैं। पास ही थोड़ी दूरी पर कुत्ते भी हैं, उन्हें खाने की ताक में आस लगाए, पर वे बच्चे उन्हें 'हत-हत' कर भगा रहे हैं।

यह बिरनी नहीं, कोई कीड़ा है, शायद पहाड़ी कीड़ा। लेकिन नहीं, मैंने तो इसे दिल्ली में भी देखा है। इसके शरीर से कोई रस निकलता है। गाढ़ा, पर बदबूदार। लोग कहते हैं कि इससे कोई बच नहीं पाया, न गरीब और न अमीर।

"बेटा बिट्टू, कुछ रोटियां बच गई हैं रात की। इसे नीचे रख दो तो कोई कुत्ता-वुत्ता खा लेगा।"

"मम्मा वह जो रोटी मैंने नीचे रखी थी न, उसे कूड़े बिनने वाली ने उठा लिया।" बिट्टू के चेहरे पर जुगुप्सा की रेखाएं फैली हुई हैं।

मैं खिड़की से झांककर नीचे देखती हूं। एक तेरह-चौदह साल की लड़की उन रोटियों को खा रही है, तोड़-तोड़कर बड़े प्रेम के साथ। जैसे वह सूखी रोटी नहीं, लिज्जत पापड़ हों, मसाले वाले।

भूख आदमी को आदमी नहीं रहने देती, जानवर बना देती है। वह कीड़ा अपने रस को फैलाते बढ़ रहा है, बढ़ता ही जा रहा है। जुमे की नमाज पढ़ते समय पाकिस्तान की मस्जिद में बम विस्फोट हो गया है। औरतें घर में नजरबंद हैं। संगीत और नृत्य क्या! जहां सौंदर्य है, वहां इस कीड़े के भीतर का रस और भी गाढ़ा हो जाता है। बदबू उतनी ही गहरी। इंग्लैंड, कनाडा और आस्ट्रेलिया भी पहुंच गया है यह। नस्ली हमले के समय यह भी वहीं था। अपने सहयोगियों की भी यह परवाह नहीं करता। जेट विमान की तरह बढ़ता है, अपना रस छोड़ते हुए।

सामने से कोई पहाड़ी औरत चली आ रही है। उसकी पीठ पर कपड़े में बंधा हुआ एक बच्चा है, बिल्कुल चूहे की तरह।

मेरी नजर उस पर ठहर जाती है। उभरी हुई हड्डियों के ऊपर से सूखा हुआ बेबस स्तन झांक रहा है।

''क्या विदेशों में भी इसी तरह की गरीबी है?'' मेरी नजर उस स्त्री का पीछा कर रही है और मिसेज रस्तोगी की भी।

''हां, कई देशों में।'' मिसेज रस्तोगी रुकती हैं। वह स्त्री हांफती हुई आगे बढ़ रही है। मैं उस कीड़े को देखने लगती हूं, जो आसमान में बढ़ता जा रहा है, बादलों के ऊपर से।

''कुछ जगहें तो बिल्कुल इसी तरह की हैं और कुछ जगह इससे भी बदतर।'' मिसेज रस्तोगी गहरी सांसें लेती हैं।

दिल्ली में मिसेज रस्तोगी थ्री व्हीलर में सफर करती हैं, जिससे गर्म और ठंडी हवा उनके बूढ़े शरीर की हड्डियों तक पहुंच जाती है। अब उनके पास एसी या हीटर वाली अपनी गाड़ी नहीं है।

''गरीब और दलित की राजनीति करने वाले ने सौ करोड़ का महल बनवा लिया, लेकिन बेचारे दलित, वही ढाक के तीन पात। प्याज और सूखी रोटी भी नहीं।''

मैं नोएडा बारह-बाईस के बस-स्टैंड के पास खड़ी हूं। सड़क के किनारे तंबुओं की बस्ती में रहनेवाले बच्चे मेरे सामने हैं। वे मैल से सने काले कपड़ों को धो रहे हैं, नाले के गंदे पानी में।''

टेलीविजन पर एक नेता का लाइव चल रहा है।

“विकास को तो लोग देखते हैं, पर इतना नहीं। जब लोग वोट देने जाते हैं, तो कुछ दूसरा ही समीकरण बनने लगता है।”

“आपने जाति और धर्म को लेकर जो समीकरण बनाया, वह विकास के आगे तो फेल हो गया।” संवाददाता हँसता है।

“नहीं, फेल नहीं हुआ, पर हमारी पार्टी इसकी समीक्षा जरूर करेगी।”

मंत्रिमडल का विस्तार हो रहा है। कुछ पार्टियां अड़ी हुई हैं। वंशवाद का नया खेल। क्या राजतंत्र फिर से लौटेगा?

“फैशन जब बदलता है, तो पुरानी चीजें ही लौटती हैं न, हां कुछ नया उसमें जोड़ दिया जाता है, कुछ खुला और कुछ बंद।”

मेरे पापा यहां कहां से आ गए।

“अब देखो बेटा, बहू, भांजा, सबको कैबिनेट में आमदनी वाला मंत्री पद चाहिए। छोटी मछली को तो बड़ी मछली खाएगी ही। यह तो प्राकृतिक नियम है।”

बस से वहां की घाटियां रंग-बिरंगे चावलों से सजी अल्पना की तरह दिख रही हैं।

“कैलिफोर्निया क्या आप शादी के बाद गईं?”

“नहीं, जब मैं फिफ्थ स्टैंडर्ड में थी, तो पापा वहां चले गए। वे फिजिक्स के काफी बड़े स्कॉलर थे। मेरी बाद की पढ़ाई अमेरिका में ही हुई।”

“लेकिन आप तो काफी अच्छी हिन्दी बोलती हैं।”

“अरे, मैं इंडियन हूं डियर, प्योर इंडियन। आय लव माय कंट्री। आय लव माय कल्चर।” मिसेज रस्तोगी की आंखों में अपने देश के लिए ढेर सारा प्यार उमड़ रहा है।

मेरी आंखों से मिसेज मल्होत्रा झांकती हैं। उनमें सुरूर और गुरूर है।

“मेरा बेटा लंदन में डॉक्टर है। वहां का जाना-माना सर्जन और बेटी को भी अमेरिका की सिटीजनशिप मिल गई है। बस मेरे रिटायरमेंट के दो साल बच गए। अब मैं भी सेटल हो जाऊंगी, वहीं लंदन में।”

मेरे कानों में बांस के पेड़ों से निकली हवा सीटियां बजाने लगी हैं।

टेलीविजन पर न्यूज चल रहा है। एक छात्र का शव आस्ट्रेलिया से भेजा गया है। यहां के नब्बे हजार छात्र केवल आस्ट्रेलिया में पढ़ते हैं। “एक छात्र पर बारह लाख हर साल और नब्बे हजार छात्रों पर...?”

''मेरे हज़बेंड भी इंडियन थे। मैंने तो घर में कह दिया था कि देखो, शादी तो मैं इंडियन से ही करूंगी।''

''क्यों, कोई अमेरिकन आपको अच्छा नहीं लगा?'' मैंने देखा झुर्रियों से भरे उनके गोरे चेहरे पर कोई बच्चा खिलखिलाने लगा है।

मिसेज रस्तोगी हँसती हैं, तो गालों में डिम्पल पड़ जाते हैं। बोलीं, ''एक तो मेरे पीछे ही पड़ गया था। वहां कुछ यंग अमेरिकन एशियन से, खास करके इंडियन लेडी से शादी करना पसंद करते हैं।''

''तो आपने क्या किया?''

पास में मिठाई की कई दुकानें हैं। बिरनी शायद वहीं कहीं भटक रही है, मिठास की तलाश में।

मेरा मन रीति काल की सरसता में डूब रहा है। पहाड़ों की फुहारें चांदी की कलसी हो सुरा ढालने लगी हैं।

''कुछ नहीं, बस पापा को बता दिया।''

उनके चेहरे का बच्चा खिलखिलाते-खिलखिलाते गंभीर हो गया है।

''हमारा कल्चर बिल्कुल अलग है। उन लोगों का शादी का कनसेप्ट भी हमारी तरह नहीं है।''

हम लोग रानीखेत से होते हुए कौसानी आ गए हैं। झरनों का संगीत मन को बार-बार अपनी ओर खींच रहा है। मेरे भीतर पंतजी की ये पंक्तियां गूंजने लगीं हैं—

श्रृंग नाद कर झरते निर्झर
भारी कौतूहल भर मन में!
दूध फेन के स्रोत उफनते
गिरि के गीत मुखर आंगन में।

''आपको पता है, हम लोग हनीमून मनाने कहां गए?'' दूध से सफेद पानी को हाथ से उछालकर मिसेज रस्तागी फिर बच्चों की तरह चहकने लगीं हैं।

मैं प्रश्नों को आंखों में लिए उनकी ओर देखती हूं।

''नैनीताल!'' वह खुलकर हँसती हैं।

''फिर हम लोग घूमते रहे। रानीखेत, कौसानी, हिमाचल प्रदेश, शिमला, सिक्किम, मेघालय, गंगटोक...पहाड़ों के बीच रहिए तो इन झरनों सा मन रहता

है। पहाड़ों पर झुककर बदलियां जब घाटियों को लोरियां सुनाती हैं तो मां की थपकियां याद आती हैं।''

मेरे भीतर लाल बिरनियां फिर भिनभिनाने लगी हैं, जिन्हें मौसी के सूजे हाथ उड़ाने लगे हैं।

मैं आश्चर्य से मिसेज रस्तोगी को देखती हूं।

''क्या आप कविताएं भी लिखती हैं?''

''हां, मैंने अंग्रेजी में कई कविताएं लिखी हैं। जर्मनी में लिखी कई पुस्तकों के अनुवाद भी मैंने अंग्रेजी में किए हैं।''

''आपकी बेटी भी अंग्रेजी पढ़ाती हैं?''

''नहीं, वह फिजिक्स की प्रोफेसर है, वहीं कैलिफोर्निया यूनिवर्सिटी में।''

''और आपके हजबेंड?'' मैंने कुछ सहमते हुए पूछा।

दिल्ली में ऐसी कितनी इंटलेक्चुअल्स हैं, जो अपने पति के साथ नहीं रहतीं। अब तो लिव इन रिलेशनशिप को भी कानूनी मान्यता मिल गई है। बेचारे पड़ोसी। अब उन्हें फुसफुसाने का भी अधिकार नहीं है।

''मेरे हजबेंड डॉक्टर थे, बट ही वाज इंडियन।'' मिसेज रस्तोगी का वर्तमान अतीत से मिलने लगा है।

''अभी क्या वहीं हैं वे?'' मेरी आवाज कांपने लगी है। कहीं मैं कुछ गलत तो नहीं पूछ रही।

''नहीं, उनकी तो डेथ हो गई। मैं यंग ही थी। ओनली फोर्टी फाइव इयर्स ओल्ड। बट ही वाज वेरी हैंडसम। मन से तो बिल्कुल बच्चे...'' मैं देखती हूं कि कई तरल स्मृतियां उनकी आंखों में तिरने लगी हैं।

''आप दिल्ली में अकेली क्यों रहती हैं?''

मिसेज रस्तोगी मेरी ओर मुड़ती हैं जैसे मुंबई बम ब्लास्ट करने वाला व्यक्ति मेरे साथ ही खड़ा हो।

मेरे भीतर एक-एक कर कई चेहरे उगने लगे हैं। मौसाजी, मिस्टर बनर्जी, कृष्ण गोपाल, लेकिन सब एक दूसरे में मिलते क्यों जा रहे हैं?

''क्या आपको ऐसा नहीं लगता कि हम सबके साथ रहकर भी अकेले ही रहते हैं। मिसेज रस्तोगी के चेहरे पर कैक्टस हैं, बड़े-बड़े कांटों वाले और बबूल भी।

"लगता तो है फिर भी एक आत्मसंतोष तो रहता है कि हमारे साथ कोई है। अगर कहीं गिर पड़ूं तो, वह हमें उठा देगा।"

यह आवाज क्या मेरी ही है? लेकिन यह इतनी भारी कैसे हो गई?

रात के समय में नैनी झील के भीतर से उच्छवास निकला है और कौसानी के झरने ठिठककर रुक गए हैं।

मुझे अपने ऊपर क्रोध आने लगा है। सबके फटे में टांग अड़ाने की बचपन की मेरी आदत छूटती क्यों नहीं?

मिसेज रस्तोगी का बचपन जैसे छिन गया है। सत्तर साल की वृद्धा उनके भीतर कराहने लगी है। पहाड़ों के नीचे पड़े एक बड़े से पत्थर पर थककर वह बैठी हैं तो उनके सूजे पैरों में जैसे मौसाजी के पैर मिलकर कांपने लगे हैं।

आधी रात बीत चुकी है। पहाड़ों पर बसी बस्तियों में जलते बल्व तारों की तरह झिलमिला रहे हैं। मैं देखती हूं कि मिसेज रस्तोगी बेड पर नहीं हैं।

नीचे जाती हूं, तो वहां भी नहीं, आखिर गई कहां। क्या करूं, किसी को जगाऊं क्या? अभी-अभी तो सब सोए हैं। ट्रिप में आई लड़कियां भी नाचते-गाते थक गई थीं। नींद पूरी नहीं हुई तो कल घूमने की उनकी सारी प्लानिंग बेकार होगी।

पहाड़ों से घाटियों तक अंधकार पसरा हुआ है। मिसेज रस्तोगी लॉन में रखे बेंच पर बैठी हैं। उनका ऊपर उठा हुआ जूड़ा पहाड़ों की तरफ देखता हुआ जैसे मौन रुदन कर रहा है। मेरे भीतर झल्लाहट है, पर मैं समझ नहीं पाती कि यह अपने ऊपर है या मिसेज रस्तोगी के ऊपर।

"आप सोई नहीं?"

मिसेज रस्तोगी ने धीरे से अपनी आंखें मेरी ओर घुमाईं जैसे घड़ी की बैटरी खत्म हो रही हो और सैकेंड की सूई मिनट की बन गई हो।

"नहीं, बुढ़ापे में नींद कुछ कम आती है।"

"क्या किटू की याद आ रही है?"

"नहीं, मैं तो उन्हें छोड़कर यहां आ गई हूं। उनकी यादों का क्या?"

अंधेरें में मैं देखती हूं। उनके चेहरे पर आंखें नहीं हैं, तिकोने चट्टान हैं, पहाड़ों के नीचे बेजान से पड़े रहने वाले।

आधे जले पेड़ों की बदरंग छाल, जलने की स्मृतियां, अनकही टीस। फिर भी वे पेड़ जिंदा हैं, उनके पत्ते भी हरे हैं। गाइड ने बताया कि गर्मियों में इन वनों

में खुद ही आग लग जाती है, जो जल्दी नहीं बुझती। आधे जले पेड़ भी धीरे-धीरे घने पत्तों से भर जाते हैं। फिर भी जलने का यह दाग तो मिट नहीं सकता।

मैं चुपचाप मिसेज रस्तोगी की बगल में बैठ जाती हूं। आधे पके चावल कहीं डेकची में खदबदा रहे हैं।

"अमेरिका में मुझे काम नहीं मिलता था। मैं बिल्कुल अकेली थी।"

"लेकिन आपकी बेटी तो वहां प्रोफेसर है।"

"हां है, लेकिन अब इस उम्र में मैं अपनी बेटी के बच्चों की आया तो नहीं बन सकती न?"

कहीं खदबदा रहे चावल जलने लगे हैं। बिरनी भी अपने शुंड उठाए मेरे कानों के पास भिनभिना रही है।

"गुड्डू बुलाता तो है। कहता है कि यूपी ही आ जाओ, लेकिन तेरे मौसाजी..." मौसी सड़क के पास कहीं देख रही है। उसकी सांसों की गर्मी मेरे मन को बेचैन करने लगी है।

अब उनके घर के आगे पगडंडी की जगह कोलतार की सड़क है, जिसकी दोनों और लगे गुलमोहर, अमलतास, शीशम आदि के पेड़ काफी बड़े हो गए हैं।

"यहां की जमीन की कीमती बढ़ रही है, पर गुड्डू ने तो ढेले के दाम पर सारी जमीन बेच दी।"

मैं पक्के के तीन मंजिले, चारमंजिले मकानों को देखती हूं।

"काफी मकान बन गए। एक कॉलोनी ही बस गई। सौ घर से भी ज्यादा हैं।"

"गुड्डू कहता है कि दो जगह का खर्च होता है। सब यूपी में ही रहें तो अच्छा है।"

"तो फिर?"

"तुम्हारे मौसाजी नहीं मानते, कहते हैं तुम्हें दाई बनकर रहना है तो रहो, लेकिन मैं नौकर नहीं बन सकता।"

तीन-चार बिरनियां मेरी ओर झपटती हैं। मौसी कहती है देखो, यह बिरनी जहां काटेगी, वहां पूरा फूल जाएगा।

"बहू कोई सीरियल छोड़ती नहीं थी और सन्नी खाने के लिए रोता था। गुड्डू भी ऑफिस से आकर...। क्या करती देखकर तो छोड़ा नहीं जा सकता...।"

मौसी दोनों हाथों से अपने चेहरे को दबाकर कुछ देर तक चुप रहती हैं।

"एक-दो बार तेरे मौसाजी सब्जी ला दिए, लेकिन तुम तो उन्हें जानती ही हो। उन्होंने तो पहले भी यह सब नहीं किया।"

मैं घर के आगे खड़े कठखजूर को देखती हूं। उसके लंबे-लंबे सूखे छाल नीचे लटक रहे हैं।

"वहां साप्ताहिक बाजार लगता है न।" बहू दो-दो बड़े झोले थमाकर कहती, "बाबूजी जरा हरी सब्जी ले आइए, आज सस्ती मिलती है। तब तक मैं सन्नी को होमवर्क करा देती दूं।"

कठखजूर की छालें नीचे गिरी हैं और धनुक टोली के बच्चे उसे उठाने दौड़े हैं। चूल्हे में ये छालें जल रही हैं। ऊपर चावल खदक रहा है।

"अब शरीर तो बूढ़ा हो गया। दो-दो झोला भरकर कैसे लाते सो रिक्शा कर लिए। बहू को लगा कि सब्जी का ही पैसा बचा लिए हैं।"

मौसी ऊपर देखती है, पता नहीं कहां। कभी-कभी मुझे लगता है वह भगवानजी से कुछ कहती हैं, निःशब्द। क्योंकि उसकी आंखों में खौले हुए पानी की भाप रहती है और सांसें लू की तरह गर्म चलती हैं।

"मैं भी पढ़ाती थीं। इसलिए ऑर्डर कभी बर्दाश्त ही नहीं हुआ। हजबेंड मुझे समझते थे, लेकिन बेटी..."

मैं देखती हूं मिसेज रस्तोगी की आंखों में भी वही भाप है मौसी की आंखों वाली। बिरनी मेरे सामने है, पर अब वह भिनभिना नहीं रही है। वह हवा में टंग गई है, मौसाजी की आंखों की ही तरह।"

"मेरे पास बैसाखी है, लेकिन इससे मैं अपने अनुसार ही चलती हूं। बेटी की बैसाखी के सहारे चलना मुझसे नहीं हो पाया।"

मिसेज रस्तोगी ने अपनी बैसाखी उठा ली है और मेरे कदमों के साथ कदम मिलाती होटल के कमरे की ओर बढ़ने लगी हैं। मेरे भीतर से कई आंखें झांकती हैं, लेकिन सब कौसानी में पड़े तिकोने चट्टानों की तरह बेजान हैं। बदबूदार रस छोड़ने वाला वह कीड़ा, कहीं पास ही है, क्योंकि अपने पल्लू में खूबसूरती को बांधकर रखनेवाली, खिलखिलाती हुई इन पहाड़ी हवाओं में भी बेचैनी घुलने लगी है।

*(नई धारा : अप्रैल-मई, 2010)*

## बोल मेरी मछली

"बोल मेरी मछली, कितना पानी?"

"क्या कहा? इतना...?"

"नहीं, नहीं इतना तो बिल्कुल नहीं।"

"......"

"नहीं, एनरजेटिक नहीं, तू तो केवल...हां केवल, जिंदा रह। इस कठोते से निकलकर नदी में कूद गई तो...नहीं, इतना पानी नहीं।"

"......"

"हां, नदी किनारे भी तू इसी कठोते में रह। बार-बार तुझे पकड़ना आसान है क्या? मैं थकता हूं, टूटता हूं और तू...। नहीं, नहीं, तेरा यह एनथयूसिआज्म नहीं। कई और भी काम हैं मुझे। केवल तुझे पकडना ही है क्या? क्या कहा? पानी कम है। तू इसमें मर जाएगी। घबरा मत मछली मैं तुझे मरने नहीं दूंगा। हर दिन तेरे कठौते में एक मग पानी डालूंगा, प्रॉमिस। यह मेरी ड्यूटी रहेगी। हर दिन की।"

"चुप रह। मैं मछली नहीं, औरत हूं। हाड़-मांस की बनी हूं। चिंतन, मनन और मंथन करती हूं। तू मुझसे ही जन्म लेता है। क्या तुमने सुना नहीं, "यत्र नार्यस्तु पूज्यन्ते रमन्ते तत्र देवता।"

"अच्छा तुझे पूजा करवानी है! तो, पास ही मंदिर है, वहां चली जा, शायद पुजारी तेरी पूजा करे। हमारे साथ सड़क पर क्यों निकली? आज तेरी वजह से मेरी रोजी-रोटी छिन गई।"

"छीः! छीः! अपनी कमियों को देख। पर पहले बता मैं तुझे क्या पुकारूं, पुरुष मछुआरा या मनुष्य?"

"बातों में मत उलझा। आज तेरे ही कारण मेरे लिए कई रास्ते बंद हो गए। अपनी सीमा में रह।"

"मैं कठपुतली नहीं कि तू पीछे से डोर खींचता रहे और मैं तुम्हारे संकेतों पर चलती रहूं।"

"पीछे से? अरे! किस युग में जी रही है? अब तो सामने से डोर खींची जाती है।"

गहरी छटपटाहट के साथ गार्गी की नींद टूट गई। पसीने से तरबतर अपने पूरे शरीर को देखती वह उस सपने के बारे में सोचने लगी, जिसकी टीस अभी गई नहीं थी। सामने की ग्रिल पर गिलहरी टिं-टिं-टिंट्-टिंटूआं करती कुछ बोल ही रही थी कि कोई पक्षी व्याकुल होकर टेरस से भागा और उसके पंखों की फड़फड़ाहट की ध्वनि से हवा में सनसनी फैल गई। गार्गी उठकर बालकनी में आई तो वातावरण का काला, गोरा, गेहुआं, लाल, पीला सब रंग मिलकर उसकी आंखों में चितकबरा बनने लगा।

"इसका माथा देखो, कैसा लोढ़ी जैसा निकला है। ऐसी लड़की का भाग्य अच्छा नहीं होता।" पीशी मां ने अपने सख्त हाथों से गार्गी के बाल समेट दिए।

चूल्हे पर मछली तलती मां की भौंहों पर बल पड़ा। एक पल के लिए उसके चेहरे में लहकते कोयले की आंच समा गई, पर वह चुप रही। लेकिन आठ साल की गार्गी के भीतर ऊंची-ऊंची लहरें उठ-उठकर गिरती रहीं। एक लकड़ी सुलगाकर उसकी पीशी मां ने उसके भीतर रख दी थी।

दूसरे दिन मां को रोटी बेलते देख उसका मन भी आटे की लोई बनने लगा। 'मां! पीशी मां ने ऐसा क्यों कहा?"

मां को गार्गी की आंखों में खिंच आई लाल धारी दिख गई, पर अनजान बनकर बोली, "क्या कहा?"

"वही मेरे माथे के बारे में।"

मां की आंखों में फिर कोयला सुलगने लगा। झुंझलाकर बोली, "बकती है।"

"बकती है, माने?"

"कुछ नहीं। तू काफी बुद्धिमती होगी, इसीलिए सब तुझसे जलते हैं।"

"बुद्धिमती होने से भाग्य अच्छा नहीं होता?"

"होता है, पर वह कठपुतली नहीं होती।" मां की बात गार्गी की समझ में नहीं आई, पर भीतर एक गांठ बन गई।

"अरे, रे भाभी! गार्गी को रोहू का सिर क्यों दे रही हैं?" शर्मा अंकल की बात पर मां के हाथ नहीं रुके, किंतु उस दिन गार्गी के गले में मछली का बड़ा-सा कांटा फंस गया।

स्कूल जाने के लिए तैयार गार्गी की थाली में चूल्हे पर चढ़ी दाल को कलछुल से डालते देखकर भी शर्मा अंकल ने मां को तिरस्कारपूर्वक कहा था, "लड़की का सिर हमेशा चढ़ाकर रखना चाहती हैं क्या?"

सुनकर मां ने ढेर सारी गर्म दाल गार्गी की थाली में डाल दी और सिर के आंचल को थोड़ा आगे खींचकर आग पर चढ़ी दाल को चलाने लगी।

शर्मा अंकल का अनावश्यक हस्तक्षेप गार्गी को हमेशा खटकता था, पर मां की कठोर खामोशी उसे पहेली की तरह लगती थी। मां सबकी बात सुनती तो थी, पर उस पर अमल करे, यह उसके लिए आवश्यक नहीं था। गार्गी जब कॉलेज जाने लगी, तब उसने समझा कि संस्कारों और परंपराओं में बंधी उसकी मां का स्वत्व कच्ची लकड़ी का है, जिसमें आग जल्दी नहीं पकड़ती। मां के पास इतना समय भी नहीं था कि वह उसे सुलगा सके। जब-जब धुआं उठा, उसके सामने कोई-न-कोई आ गया। गार्गी या फिर उसके पिता और वह केवल धुंआती रही। वह न जल सकी और न जलने से बच सकी। गार्गी ने मां के भीतर घुमड़ते मेघ को देखा है। उमस भरी नमकीन तरलता का स्वाद आज भी उसे याद है, पर इससे अब उसे उबकाई आती है।

गार्गी के पिता अपने जिस स्टैटस के अभिमान में रहते, उसके खोखलेपन से गार्गी परिचित थी। कभी-कभी उसका मन अपने पिता के प्रति करुणा से भींग जाता, पर यह करुणा उस समय ग्लानि में बदल जाती, जब वे शर्मा अंकल की दया को मित्रता मानते। बचपन में कई बार उसने मां को सिर पर घूंघट डाल तेजी से कमरे से निकलकर आंगन में जाते देखा था और पीछे-पीछे दिखे थे शर्मा अंकल, बिल्कुल निर्विकार से और तब मां की तेज सांसों में छिपी बेचैनी और शर्मा अंकल का निर्विकार चेहरा देर तक एक-दूसरे में गड्डमड्ड होता रहा था।

गार्गी आसमान को देखती है। टुकड़ों में बंटा वह स्याह लिबासों में बड़ा खौफनाक दिखता है। चांद डर से शायद उगा नहीं है। चारों ओर आकाश की काली परछाईं है। प्रोफेसर राममोहन गुप्ता के घर पार्टी चल रही है। कोई मिसेज डे से पूछ रहा है, "आपके कितने बच्चे हैं?"

मिसेज डे की घुटती मरियल-सी आवाज आती हैं, "बच्चे नहीं है।"

"ओ सॉरी! अच्छा! अच्छा! कोई बात नहीं, हो जाएंगे। आपके पति कहां पोस्टेड हैं?"

"मैं पति के साथ नहीं रहती।"

"अच्छा! किसी दूसरे के साथ रहती हैं? दबाते-दबाते भी उस व्यक्ति की मुस्कान उसके होंठों से फिसल जाती है।

पास के सोफे पर बैठे लोग हँस पड़ते हैं। मिसेज डे अपमानित महसूस करती है, पर कुछ बोले बिना वहां से हट जाती है। अपने पीछे वह सुनती है। "एक आदमी से मन नहीं भरता।" जोर का ठहाका गूंजता है। शायद बिजली गिरी है और कुछ जलने की दुर्गंध गार्गी के भीतर भर गई है, धुआंती गंध। वहां से कोई कीड़ा जलने के डर से भागा है।

मिसेज डे को लगता है कि उसकी साड़ी, पेटीकोट, ब्लाउज और ब्रा में वही कीड़ा सरसरा रहा है। वह ऊपर से उन्हें झाड़ती है, पर यह सरसराहट बढ़ती जा रही है। वह बाथरूम की ओर बढ़ती है, लेकिन अब यह सरसराहट सैंडिल में भी हैं...सिर में भी...पूरे शरीर में यह फैल गई है। वह काफी बेचैन दिखती है।

गार्गी सुनती है, "आजकल मिसेज डे कॉल लेडी का जॉब कर रही है।" वह आवाज पहचानने की कोशिश करती है कि किसने कहा, पर ढेर सारे स्वर एक-दूसरे में मिलने लगते हैं। उसे लगता है कि मधुमक्खियों का एक झुंड उसके कानों के पास होता हुआ उसके अस्तित्व में ही अपना छत्ता बनाने के लिए स्पेस ढूंढ़ रहा है। उसके क्लांत मस्तिष्क के डेस्कटॉप पर कई आयकन बनने लगे हैं। स्वप्न के वायरस का कुप्रभाव। डेस्कटॉप में नीचे आ रहा है 'योर कंप्यूटर माइट बी एट रिस्क।" कौन-सी सीडी लगी है इसमें? केवल एक ही लाइन आकर रुक जाती है कि 'आज भी क्या देह इतनी महत्त्वपूर्ण है।"

पर, गार्गी क्या देख रही है? क्या स्टिंग ऑपरेशन? वाइफ स्वैपिंग... मध्यवर्ग...परंपरा...सबके लिबास के चीथड़े हवा में उड़ रहे हैं। यह कौन-सी दुनिया है? कहीं कुछ भी गोपन नहीं, फिर भी, इतना बेधन। गार्गी को लगता है

कि छत के ऊपर का आसमान गोल-गोल घूम रहा है। दीवारें लिफ्ट की तरह खुली हैं और बंद हो गई हैं, लेकिन उसने बाहर फैले अंधेरे में उस मछुआरे को देखा है, जो एक मग पानी कठौते में डाल रहा है। मडगीला भात कहीं खदबदा रहा है, शायद उसके भीतर। वह मछुआरे की मुस्कान देखती है, दोनों कानों को छूकर क्रॉस बनाती हुई। "मेरी आज की ड्यूटी खत्म।" मछुआरा मुड़कर किधर गया? गार्गी देखना चाहती है, पर उसे अंधेरे में कुछ भी नहीं दिखता।

"नहीं, नहीं, घर को उजाड़ने का प्रश्न नहीं ही उठता। आखिर धारयित्री है वह।"

गार्गी ने समझौता कर लिया। वह पटना के एक कॉलेज में इतिहास की व्याख्याता थी। उसने पति के कहने पर इस्तीफा दे दिया।

लेकिन बीते वर्षों में कई बार उसने महसूस किया है कि वह चूक गई। वह पत्नी और मां से अधिक कुछ और ही बन गई।

"बेटा, कागज को इस तरह मुचड़कर क्यों फेंका?"

"मम्मा वह तो रफ के लिए था। उसे डस्टबिन में डाल दीजिए।"

"बेटा यह तो एग्जेक्यूटिव बॉड पेपर है। इसे आपने रफ का कागज बना दिया?"

गार्गी उसे मुट्ठी में उठाती है। गोल किया हुआ वह मुचड़ा कागज कॉर्क की तरह बन गया है। इसे अगर कोई चाहे, तो किसी भी समय रैकेट से उछाल सकता है।

आसमान से कुछ काले साये नीचे की ओर झांकते हैं। गागी देखती है कि कुछ है, जो गिर रहा है। आकाश से चक्कर खाता हुआ।

काई की गंध, इतनी तेज! कहां से? वह इधर-उधर देखती है। उसे लगता है कि वह गंध उसके ही भीतर से आ रही है।

सीनियर कार्डियोलोजिस्ट डॉ. विजय शर्मा की पत्नी। पहले यह परिचय थोड़ा अटपटा था, पर अब आदत पड़ गई है। कई बार उसने अपने रिश्तेदारों को रश्क करते देखा है, देखो, गार्गी का भाग्य, सब कुछ तो मिल गया।

गार्गी ने बचपन में देखा है कि घर में किसी मेहमान के आने पर मां फटे, पुराने कपड़े या चीथड़े को तोशक के नीचे बड़ी सावधानी से छिपाती थी।

संस्कार, दीवारों से चिपकी छिपकली...गार्गी कई वर्षों से इसे गिरने से बचाने में लगी रही है। वह किसी को कैसे बताए कि पैसे से सारी चीजें नहीं खरीदी जातीं।

उसे कभी-कभी लगने लगा है कि वह भी कच्ची लकड़ी है, अपनी मां की तरह, जो सुलगना चाहकर भी सुलग नहीं पा रही है और जिससे उठता हुआ धुआं कमरे ही नहीं, उसके वजूद में भी भरता जा रहा है। क्या उस धुआंनी गंध से उसका रूहानी रिश्ता भी बनने लगा है? नहीं, गार्गी इसे अपने भीतर भले ही रखे, लेकिन उसे अपनी आत्मा का हिस्सा कैसे बना सकती है?

गार्गी के भीतर स्वरों की गूंज की अलग-अलग फाइलें हैं।

"पीछे से? अरे! किस युग में जी रही है? अब तो सामने से डोर खींची जाती है।"

इसके आगे भी शायद कुछ है, किंतु दूसरे फॉन्ट में। गार्गी उन्हें पढ़ नहीं पाती। वह याद करती है कि इसी के बाद वह घबराकर उठ गई थी, लेकिन यदि वह नहीं उठती तो...?

"थका हुआ घर आता हूं और तुम मनहूस की तरह पड़ी रहती हो।"

गार्गी अपने पति के बिखरे बालों और तमतमाए चेहरे को देखती है। अरे, उसने कैसे गाड़ी की आवाज नहीं सुनी? वह शर्मिंदा है। बेड से उठकर वह मुस्कान को ओढ़ लेना चाहती है, लेकिन 'मनहूस' शब्द कहीं चुभ गया है।

"पति को पत्नी का फ्रेश चेहरा अच्छा लगता है।" गार्गी चुपचाप डॉ. विजय शर्मा का मुंह देखती है। मछुआरा कठौती में पानी डाल रहा है। हर दिन एक मग पानी डालने का कमिटमेंट।

मंगल ग्रह पर वैज्ञानिक जीवन की तलाश कर रहे हैं। टी.वी. पर न्यूज चल रहा है। दूसरी दुनिया की तलाश।

"आखिर तुम दिन भर करती क्या हो कि अपने को ठीक से रख भी नहीं सकतीं?"

"मैं कठपुतली नहीं कि तू पीछे से डोर खींचता रहे और मैं तुम्हारे संकेतों पर चलती रहूं।"

फिर कोई फाइल खुल गई। क्या गार्गी ने ही माउस पकड़कर इस पर क्लिक कर दिया है, गलती से ही।

"गार्गी कहां हो तुम? किस दुनिया में हो?"

ज्योति घबराकर वहां आ गई है। गार्गी को लगता है कि डॉक्टर साहब ने उससे कुछ पूछा है, "पर क्या?" वह आईने में खुद को देखती है। उसका चेहरा सचमुच खिंचा हुआ है। "क्या दस मिनट पहले भी ऐसा ही था? लेकिन क्यों?"

गाड़ी स्टार्ट हो रही है। सीढ़ियां उतरकर वह नीचे आती है, पर डॉ. विजय शर्मा जा चुके हैं। जून की धूप और पसीने की चिपचिपाहट के अलावा भी वहां कुछ है, जिससे दुर्गंध निकल रही है। गार्गी आसपास नजरें दौड़ाती है कि वहां ऐसा क्या है? लेकिन कुछ दिखता नहीं। थके कदमों से वह जब ऊपर आती है, तो देखती है कि ज्योति ने मुचड़ी हुई चादर को बेरहमी से गद्दे से खींचकर नीचे फेंका है और फिर उठाकर वॉशिंग मशीन में डाल दिया है।

गार्गी कुछ देर तक उस मशीन को देखती है, जैसे उसमें वह चादर नहीं, उसी का संपूर्ण अस्तित्व हो। फिर एक लंबी सांस लेकर बिना कुछ बोले वह अपने कमरे की ओर बढ़ने लगती है।

''साहब बोलकर गए हैं कि वे रात में देर से आएंगे।''

ज्योति की बात पर वह कुछ नहीं कहती। कहे भी तो क्या?

अपने कमरे में आकर गार्गी खिड़की से बाहर देखती है। सामने वाले घर के छज्जे पर कबूतर का जोड़ा गुमसुम-सा धूल से भरे दिल्ली के आसमान को देख रहा है।

''पति औरत के लिए कवच है।'' गार्गी दिमाग पर बल डालती है। यह किसने कहा था?

मिसेज चड्ढा हँसते हुए सोफे में धंस जाती है। ''ले गार्गी आज तेरे लिए मठरी और थोड़ा-सा अचार लाई हूं। चख के बता कि कैसा है?'' गार्गी जानती है कि मिसेज चड्ढा यहां तभी आती हैं, जब मन के क्षितिज पर सूरज पूरी तरह डूब जाता है।

चड्ढा साहब की दो कमजोरियां हैं शराब और औरत। पर, वे इनके लिए बाहर नहीं जाते। ये उनके घर ही लाई जाती हैं। कहीं और, दूसरे कमरे में नहीं, मिसेज चड्ढा के ही बिस्तर पर।

बोल मेरी मछली कितना पानी...?

गार्गी के डेस्कटॉप में शायद फिर वायरस आ गया है। बेवजह अपने आप कुछ फाइलें खुलने लगी हैं।

गार्गी अखबार पलट रही है। गांव में भगदड़ मची है। सिम्मी की मां बदहवास-सी कमरे और आंगन में घूम रही है, जैसे काली मां उस पर सवार हो। बाल बिखरे हैं और पपोटे सूजे। बस में ठेलमठेल, जैसे गंदे कपड़ों के ढेर जबरन आल्मारी में ठूंस दिए गए हों।

"बाबा क्या हुआ? सिम्मी को किसने मार दिया? क्यों मारा? आप लोग हमें यहां से क्यों भेज रहे हैं?" गार्गी के भीतर आज भी खून में लथपथ सिम्मी के काले, लंबे बाल हैं, कराहते हुए। जैसे किसी ने उन्हें जोर-जोर से खींचकर अपना गुस्सा उतारा हो। सिम्मी की मांग में गीला सिंदूर चमक रहा है।

"जातिवाद ने बाप को हत्यारा बनाया।" अखबार की हेडलाइन के शब्दों ने गार्गी के भीतर बिच्छू की तरह डंक मारा है और गार्गी छटपटाने लगी है।

"मेम साहब। टी.वी. देखिए न, बाप रे बाप! कितने लोगों को मार दिया।"

"कहां रे?"

"असम में मेम साहब। इन लोगों ने क्या बिगाड़ा था किसी का? मजदूरी करने ही तो वहां गया था बेचारा।" ज्योति आंखें पोंछती है।

"ई मेम साहब शुद्धिकरण क्या होता है?" मुसलमान से शादी करने पर लड़की का शुद्धिकरण करके फिर क्या होगा?"

गार्गी चुपचाप ज्योति का चेहरा देखती है। कुछ बोलती नहीं। रात और दिन की संधि रेखा में उसके सामने कुछ सिसकियां उभरती हैं। चेहरे पर तौलिया लपेटे एक संभ्रांत व्यक्ति...। नहीं वह तो एक पिता है। एक बेटी का पिता...।

आकाश के श्यामपट पर लंबे-लंबे सींगों वाला एक राक्षस दिखता है। वह राक्षस मिथ है या सच?

न्यूज चैनलों में सोलह साल की लड़की है। इसकी आत्मा से लहू टपक रहा है। बलात्कार! किसी दूसरी लड़की का नहीं, अपनी ही बेटी का।

संबंधों को तार-तार करता यह कौन-सा युग है?

देह व्यापार न करने पर माता-पिता ने मारने की कोशिश की। रस्सी का गहरा दाग अभी तक उसकी गर्दन पर है।

सब एक-दूसरे में गड्डमड्ड हो रहा है। जैसे प्रिंटर में आई गड़बड़ी से एक के ऊपर दूसरे अक्षर चढ़ रहे हों।

गार्गी देखती है नकाब के भीतर उस अधेड़ सी मां को। संबंधों का लिजलिजापन। प्रेमी के लिए जीवित पुत्र का दाह-संस्कार।

गार्गी इन्हीं खबरों के बीच पिछले कई वर्षों से है। कभी सिर टनटनाता है, तो एक डिस्पीरिन ले लेती है। फिर दिमाग पर ज्यादा जोर नहीं डालती। उसने बचपन में पीशी मां से साधु और बिच्छू की कहानी सुनी थी। कई बार दया

दिखलाने पर भी बिच्छू ने जब डंक मारने की चेष्टा बंद नहीं की, तो साधु ने उसे दंडित किया।

यह अखबार, समाज का कच्चा चिट्ठा, एक नहीं कई बिच्छू। साधु कितने को दंड दे? इनका विष संबंधों को इस चतुराई से मारता है कि कहीं इसकी चर्चा भी नहीं होती।

दीवार पर चिपकी छिपकली नीचे गिर गई है, ठीक गार्गी के दाहिने कंधे पर और ज्योति ने 'उई मां, मेम साहब अपशगुन...' कहकर मुंह दबा लिया है।

गार्गी का भी एक क्षण के लिए माथा ठनकता है, लेकिन फिर वह सोच लेती है कि ज्योति निठारी गांव की अनपढ़ लड़की है। आज सब का अर्थ बदल गया है। शकुन का भी और अपशकुन का भी। यहां तक कि मां का भी और पिता का भी।

ज्योति किचन में है और गार्गी मुंडेर पर उतरते अंधकार में खुद को भूलने लगी है। चेतन अवचेतन में मिलने लगा है।

रोजी-रोटी का छिनना, कैसे? क्यों? स्त्री-स्त्री, पुरुष-पुरुष, स्त्री-पुरुष में कम्पीटिशन या ईर्ष्या। ईश्वर ने एक ही जीव से स्त्री-पुरुष की रचना की, परस्पर आकर्षण के लिए, सृष्टि के लिए, पर नींव में द्वेष रह गया। घर में, दफ्तर में, सड़क पर, हर जगह...संशय, भय और अविश्वास।

'बोल मेरी मछली कितना पानी।'' फिर उसी ऑयकन पर माउस से क्लिक।

लेकिन मछुआरे को सुकून कहां। वह भी व्याकुल है। मन के स्तर पर, आत्मा के स्तर पर, बुद्धि के स्तर पर, देह के स्तर पर। शायद इसीलिए औरत ने प्रश्न किया कि वह उसे क्या कहकर पुकारे?

मछुआरा सच कहने की हिम्मत कर सकता है। वह बता सकता है कि उसी में सब मिल गया है। पुरुषत्व और मनुष्यत्व भी।

गार्गी अभी-अभी पीशी मां से मिलकर घर लौटी है। दिलशाद गार्डन से विवेक विहार वापस लौटते समय उसका भीतर धुआंता रहा है, जिससे उसकी आंखें अब भी लाल हैं।

नक्सलियों ने गया में रेलवे प्लेटफॉर्म पर बम फेंका था और वहां खड़े लोगों के चीथड़े उड़ गए थे। पीशू (पीशा बाबू) के शरीर का कुछ हिस्सा ही चिता पर जल सका। मां ने गार्गी को बताया था कि पीशी मां का शांखा, पोला जब तोड़ा जा रहा था, तो वे केवल सूखी आंखों से सब कुछ देखती

रही थीं। उनकी आंखों में तब पानी क्यों नहीं आया? क्या इसलिए कि वीरेन्द्र दा उस समय केवल एक साल के थे?

"हय, इनको इतना खाना क्यों दे रही हो? पूरा घर गंदा करेगी। अरे तरकारी की क्या जरूरत है, आलू का भुरता क्यों नहीं बना दिया? दस आदमी हैं, तो क्या दस तरह की तरकारी बनेगी? प्याज वाली अलग, बिना प्याज वाली अलग?"

गार्गी लवली बऊदी का हाथ नचाना जैसे अब भी देख रही है।

"एक बूढ़ी विधवा की खुराक कितनी होगी? (लवली बऊदी उंगलियों से छोटा-सा गोल बनाती है।) पर, इनका तो पेट ही नहीं भरता है। हर समय खाऊं-खाऊं करती रहेगी।"

वीरेन्द्र दा के चेहरे पर कोई भाव नहीं है। गार्गी के भीतर कच्ची लकड़ी सुलग रही है, फिर वही धुआं। वह आधी खुली आंखों से देखती है पीशी मां को। उनके चेहरे पर ही नहीं, आंखों में भी झाड़ उग आए हैं।

लेकिन, वह भी चुप क्यों है? वह कुछ बोल क्यों नहीं पा रही है?

पीशी मां की सहमी और पनियाई आंखें जैसे बार-बार कोलतार की सड़कों से झांकती हैं, पर गार्गी उनसे नजरें मिलाने से डर रही है। जब भीतर कहीं से घरघराती हुई आवाज आती है कि क्या वह पीशी मां को अपने यहां नहीं रख सकती? इतनी बड़ी कोठी तो है, तो 'मनहूस' शब्द उसके चारों ओर नागफणि का बाड़ बन जाता है।

गाड़ी के बंद शीशे में भी गार्गी के अंदर ढेर सारी धूल भर गई है और वह बेचैन होकर बाहर देखने लगी है, जहां तेज रफ्तार से सैकड़ों गाड़ियां भाग रही हैं। उसे कई बार लगा है कि उन गाड़ियों के बीच पीशी मां की कई आंखें हैं और उनकी दो आंखें उसकी अपनी आंखें बन गई हैं। वह गाड़ी के आईने में देखती है, तो वहां पीशी मां के चेहरे की झुर्रियों में लरजता खौफ दिखता है। वहां वह बंद कमरा भी है, जिसकी मोटी दीवारें उनकी गहरी सांसों की आवाज को बाहर नहीं निकलने देतीं।

"पति औरत का कवच है।" क्या पीशी मां ने ही कहा था, मिसेज चड्ढा ने नहीं?

तुम हमेशा कन्फ्यूज्ड रहती हो। बचपन में गार्गी को पिताजी ने डांटते हुए कहा था। आज गार्गी को लगता है कि पिताजी हमेशा गलत नहीं थे।

चाय टेबुल पर रखते हुए ज्योति कहती है, "मेम साहब! आपको याद है न कि कल संडे है और कल मुझे घर जाना है।"

गार्गी अब हमेशा सैटरडे को भूल जाती है, फिर भी ज्योति के जाने पर वह किचन का काम देख लेती है। अंधेरा धीरे-धीरे बढ़ने लगा है। अपार्टमेंट के सामने खड़े पेड़ भी लैंपपोस्ट की रोशनी में रंग बदलने लगे हैं।

गार्गी ज्योति से पूछती है कि क्या साहब खाना खाकर आएंगे?"

"मुझे नहीं बताया उन्होंने। क्या आपको भी कुछ नहीं कहा?"

ज्योति के प्रश्न से गार्गी का चेहरा थोड़ा सुलगता है, ठीक वैसे ही, जैसे उसकी मां का सुलगता था। वह सोचती है कि अच्छा है कि बच्चे यहां से दूर होस्टल में हैं, वरना हर दिन छिपने की जरूरत पड़ती।

उसे एक पल के लिए अपने दोनों बच्चे याद आते हैं, लेकिन अगले ही पल उसके भीतर सिहरन दौड़ने लगती है। उसे फिर लगता है कि पीशी मां की आंखें, उसकी अपनी आंखें बन गई हैं और उसके चेहरे की झुर्रियों में पीशी मां के चेहरे की झुर्रियों का सारा दर्द समा गया है।

"मेम साहब! साहब आ गए हैं।"

गार्गी ने देखा कि घड़ी में रात के दो बजे हैं। जिस तरह दिल्ली पूरी तरह सो नहीं पाती है, उसी तरह गार्गी की आंखों में गहरी नींद नहीं उतरती। वह अपने पति को स्लीपिंग गाऊन पहने पलंग पर लेटते देखती है।

'एक राजकुमार हवा में तैर रहा था। उसने नीले आसमान को देखा, तो उसे लगा कि वह एक नदी है। वह हवा को छोड़ आसमान की ओर बढ़ा, बढ़ता ही गया, बढ़ता ही गया..."

"फिर क्या हुआ?" एक पांच साल की बच्ची ने अपनी पीशी मां से पूछा। उसका दिल धड़क रहा था।

"फिर उसे एक तालाब मिला और सुंदर सी परी। परी ने अपनी जादू की छड़ी घुमाई और राजकुमार खुद को भी भूल गया।"

"फिर?"

"फिर क्या? उसने अपनी नई दुनिया बसा ली।"

"छीः! राजकुमार कितना गंदा था।"

"पर दोष तो परी का था।"

"नहीं, बिल्कुल नहीं, राजकुमार ने पता क्यों नहीं लगाया कि वह कौन है?"

यह कहानी पीशी मां को शायद उनकी मां या दादी ने सुनाई होगी। उनको भी उनकी मां या दादी ने ही सुनाई होगी और शायद गार्गी भी कभी अपनी पोती को यह कहानी सुनाने बैठे।

एक ही छत थी, पर बहुत बड़ी। गांव-शहर, साक्षर-निरक्षर, विद्वान-अनपढ़, सबको यहां जगह मिली थी। केवल थोड़ा सा स्टेटस का ध्यान रखा गया था। बहुत ज्यादा का अंतर नहीं था।

शायद भोर होने पर गार्गी की आंख लगी थी। जब वह जगी, तो डॉ. साहब जा चुके थे। हल्की-हल्की धूप खिड़कियों के शीशे पर खेलती, कमरे में भी इधर-उधर फुदकने लगी थी। गार्गी ने खिड़की से पूरी तरह पर्दा हटा दिया।

बाहर वृक्षों पर चमकती धूप बड़ी भली लग रही थी। खुले बालों का जूड़ा बनाकर गार्गी ने उसमें हेयर पिन खोंसी तो बेड पर बिछी चादर की सिलवटों पर नजर गई। उनमें उसके जीवन के कई वर्ष सिर झुकाए, चुपचाप बैठे थे। वहां पर वह कॉर्क भी था। मुचड़े कागज का बना, उस बेड के किनारे पर पड़ा हुआ।

गार्गी ने चादर बदल दी। अब इसमें कहीं कोई सिलवट नहीं थी। धुली चादर की सुगंध उसकी सांसों में घुलने लगी, तो उसने तीन-चार बार लंबी सांसें खींची, जैसे उस फ्रेशनेस को वह अपने मन और मस्तिष्क में समा लेना चाहती हो।

उसने आज अखबार को अच्छी तरह पढ़ा। उसे दिन का भी ठीक-ठीक स्मरण था।

घड़ी में सुबह के दस बजने को थे।

"ज्योति चली गई क्या?" अखबार पढ़ते-पढ़ते उसने उसे जोर से आवाज दी और उसके बोलने का इंतजार करने लगी।

ज्योति अपने छोटे-से एयर बैग में कुछ कपड़े पैक करके घर जाने के लिए तैयार बैठी थी और गार्गी के जगने का इंतजार करने के लिए एकता कपूर का कोई सीरियल देख रही थी।

गार्गी की आवाज सुनकर वह वहां आई और शिकायत भरे लहजे में बोली, "मेम साहब आप इतनी देर से क्यों जगती हो? साहब तो दो घंटे पहले तैयार होकर चले गए।"

गार्गी इस उलाहने का अर्थ समझ रही थी। उसने हँसते हुए कहा, "आज मैं भी तेरी तरह संडे मना रही थी।"

ज्योति को आज उसने रास्ते के भाड़े के साथ पचास रुपये अधिक दिए। "ले इससे अपनी मां के लिए कुछ फल-वल खरीद लेना।" फिर उसके गालों को छूते हुए कुछ भींगे स्वर में कहा, "और संभलकर बस से जाना। टीवी में देखती है न कि ब्लू लाइन बस अब किलर बस बन चुकी है।"

वह उसे छोड़ने गेट तक आई। आज ज्योति ने भी पता नहीं कैसे, किस भाव से भरकर उसके पैर छू लिए, तो उसने उसका माथा चूमकर अंक में भर लिया।

गार्गी फ्रेश होकर बाथरूम से निकली, तो मन के भीतर से आवाज आई कि डॉ. साहब आज दलिया, फ्रूट सलाद और उबली हरी सब्जी में छोटे-छोटे करीने से काटे गए ब्यॉल अंडे डलवाकर खाना पसंद करते हैं, पर वह किचन में नहीं गई।

उसने आज अपनी फेवरेट पर्पल कलर की साड़ी पहनी, हल्का मेकअप किया, मोती का सेट पहना, रिस्ट वॉच कलाई पर ठीक वैसे ही बांधी, जैसे वह पच्चीस साल पहले बांधा करती थी, घड़ी को हथेली की ओर करके और खट-खट सीढ़ियां उतरने लगी।

गार्गी की टैक्सी 'निःशब्द' नामक एनजीओ के दफ्तर की ओर बढ़ रही थी। उसने याद करने की कोशिश की। 'मछुआरा', 'पुरुष', 'मनुष्य', 'बोल मेरी मछली', पर दिमाग के डेस्कटॉप से कई आयकन हट गए थे। उसके हाथों में अखबार की एक कटिंग थी, जिसमें 'निःशब्द' के ऑफिस में एक महिला कर्मचारी के पद के लिए विज्ञापन था।

पढ़कर लोग हँसेंगे, क्योंकि संडे के दिन गार्गी दफ्तर जा रही है। उसकी स्मरणशक्ति पर भी उनका संदेह स्वाभाविक है, पर प्रिय पाठको! संडे को ही इंटरव्यू के लिए महिलाओं को बुलाया गया है और एक बड़े डॉक्टर की पत्नी और इतिहास की लेक्चरर (भूतपूर्व) इस अदना से पद के लिए भी काफी उत्साहित है।

*('वागर्थ' : अगस्त, 2008)*

# छंटनी

लोग बस स्टॉप पर भागते हुए आ रहे थे। लगता था कि देर हुई तो जिंदगी काफी पीछे रह जाएगी। हवा में ठिठुरन थी और आकाश में मरियल-सी धूप का हल्का पीलापन उसके स्वास्थ्य पर प्रश्नचिह्न लगा रहा था। पांच बजने में केवल चार मिनट रह गए थे। सबकी दृष्टि सीरी फोर्ट की रेड लाइट पर जमी थी।

"नोएडा की कई कंपनियों ने अपने इंप्लॉइज को रेजिगनेशन देने के लिए विवश कर दिया।" आज ऑफिस में यह चर्चा गर्म थी। यहां भी उसी का असर था, पर आगे बढ़ने की होड़ में चिल्ल-पौं करती बसों का कर्कश स्वर लोगों की धीमी आवाज को उसी तरह कुचल देता, जैसे नौकरशाही के चक्के कर्मशील लोगों के सपनों को कुचलते हैं।

"हां, मिसेज मल्होत्रा के देवर के साथ भी तो यही हुआ।" तिवारीजी धीरे-से बोले, "आजकल वे कमरे में बंद रहकर केवल शराब पीते हैं। होश ही नहीं रहता कि घर में बिन मां के दो बच्चे भी हैं।"

"कितने बड़े हैं उनके बच्चे?" शर्माजी ने पूछा तो तिवारीजी बोले, "बच्ची सिक्स में है और बेटा थ्री में। स्कूल की फीस भरने के लिए भी पैसे नहीं हैं।"

"क्यों कोई सेविंग?"

"अरे यार महंगाई नहीं देखते। क्या तुम्हारे, हमारे पास सेविंग है कुछ? सैलरी मिलती है और यूं उड़ जाती है। तिवारीजी ने हाथ को नचाकर ऊपर आकाश को देखा, जैसे कोई छोटी-सी चिड़िया नीचे से ऊपर की ओर उड़ी हो और अब केवल एक धुंधला-सा आकार वहां दिखाई दे रहा हो।

रेड लाइट से चार्टेड बस आती दिखाई दी, तो एक ओर खड़ी मिसेज मल्होत्रा आगे आईं।

"क्या ये लोग अपने देवर के बच्चे को नहीं देखतीं।" शर्माजी तिवारीजी के कान के पास फुसफुसाए।

"देखती हैं, लेकिन कुछ करने की इनकी भी तो सीमा है। इनके भी बच्चे पढ़ रहे हैं।"

"अरे, इस आर्थिक मंदी ने तो सब कुछ चौपट कर दिया। तीन महीने में छह लाख लोग बेरोजगार।"

"पर गाज तो हमीं जैसे लोगों पर गिरती है। बड़े लोगों को क्या फर्क पड़ता है। सुना है, नोएडा में ही किसी ने वेलेनटाइन डे पर गिफ्ट देने के लिए पैंतालीस हजार का बुके बनाने का आर्डर दिया है।"

"करम-करम की बात है भाई और क्या कहा जाए।"

बस खुल गई, तो जैसे दिन भर की थकान सबकी पलकों पर ढुलकने लगी। मुंदी हुई आंखों में आड़ी-तिरछी रेखाओं के बीच इच्छाओं के सूखे-अधसूखे रंग उस समय भी अपने अस्तित्व के लिए सतर्क रहते, जब बस झटके से रुकती और साथ की सीट पर बैठा व्यक्ति हड़बड़ाकर अपना बैग लटकाए नीचे उतरता।

तिवारीजी और मिसेज मल्होत्रा सेक्टर सैंतीस में साथ-साथ उतरे। पूस की धुंधली, सर्द शाम थी। तेज हवा के कारण मिसेज मल्होत्रा ने शॉल से सिर को अच्छी तरह ढंक लिया।

"आपके देवर का क्या समाचार है? क्या कहीं कोई ट्राय...?"

"मत पूछिए।" मिसेज मल्होत्रा की आवाज थरथराई। "उन्हें अपना फ्रस्टेशन दूर करने का एकमात्र उपाय शराब में दिख रहा है और हम लोग पिस रहे हैं। पहले तो दो बच्चे की जिम्मेदारी थी और अब चार की है। दिनभर ऑफिस में थको, फिर घर में।"

"लेकिन आपके देवर तो सेक्टर उन्नीस में रहते हैं।"

"हां, रहते हैं, लेकिन उनके बच्चे हमारे पास हैं। मेरे पति को जानते नहीं हैं? अपने घर में अंधेरा हो, लेकिन दूसरे के घर में दीया जरूर जलाएंगे।" पहले तो सास-ससुर का झमेला था और अब यह देवर।"

"लेकिन भाई, अब आपके देवर को भी कुछ करना चाहिए। केवल ऐसा उन्हीं के साथ तो हुआ नहीं है और भी कई लोग हैं। कुछ लोगों ने तो ऑटोरिक्शा भी चलाना शुरू कर दिया है। क्या करेंगे? जब समय ऐसा है तो सामना तो करना ही पड़ेगा न?"

"जब कुछ करना चाहेंगे, तब करेंगे न? जब बैठे-बिठाए सबकुछ मिल ही रहा है, तो करने की जरूरत क्या है?" मिसेज मल्होत्रा का स्वर सख्त था। "तिवारीजी, घर और बाहर मशीन की तरह खटती हूं। अपने बच्चों के करियर के लिए न? जब उन्हें ही सुख नहीं मिले, तो क्या मतलब है इन सब चीजों का?"

मिसेज मल्होत्रा का फ्लैट आ गया, लेकिन वे दोनों सड़क के किनारे चुपचाप खड़े रहे। मिसेज मल्होत्रा की भींगी आवाज का असर तिवारीजी के सोच के आवृत्त में था और मिसेज मल्होत्रा के भीतर ठंडेपन की पोटली में निराशा की कुलबुलाहट थी, जो उन्हें बेचैन करने लगी थी।

कोई ब्लू लाइन की बस शोर करती उधर से गुजरी और उन दोनों ने एक साथ उधर देखा। एक उन्नीस-बीस साल की लड़की के कंधे पर हाथ डाले लगभग उसी उम्र का कोई लड़का बिल्कुल उससे सटकर चल रहा था।

"शी इज वेरी सड़ियल टीचर यार। लेजर को लेजर कह रही थी। अरे ये कॉलेज वाले भी न किसी को भी रख लेंगे।"

"इज शी ऑन एडहोक बेसिस?"

"नो यार, शी इज परमानेंट।"

"ओ, हो करप्शन। लड़का धीरे-से उसे चिपटाकर हँसा, "डू यू नो? आजकल सेलेक्शन में केवल मेरिट ही नहीं देखी जाती।"

दोनों आगे बढ़ गए थे, लेकिन तिवारीजी और मिसेज मल्होत्रा की दृष्टि तब तक उन पर गड़ी रही, जब तक उन्होंने टर्न नहीं लिया।

"मेरा विकी भी कुछ ऐसा ही बोल रहा था। उसके भी कोई टीचर थे, जिन्हें कॉलेज के बच्चे काफी लाइक करते थे, पर इन्हें हटा दिया गया और उनकी जगह..।"

"आजकल बच्चे भी सबकुछ समझते हैं, लेकिन यह आनेवाली पीढ़ी के लिए अच्छा नहीं है, मैडम। उनमें अभी से फ्रस्टेशन दिखने लगा है।"

"हां, विकी भी कह रहा था–जब उनका नहीं हुआ, तो मेरा क्या होगा?" उन्हें टीचिंग लाइन में मत भेजिए मैडम। कोई टेक्निकल लाइन।"

"अरे तिवारीजी, हर जगह तो यही स्थिति है हम जैसों के लिए। मेरे भाई के घर में दो बच्चे इंजीनियरिंग करके बैठे हैं। उन्हें अच्छा पैकेज कहां मिल पा रहा है। अभी ही देखिए न, कंपनी में जिनकी छंटनी हुई है, उनमें अधिकांश किस तरह के लोग है? वैसे जो बरगद का पेड़ है, तो उसे हटाने से कोई फर्क नहीं पड़ता।"

गहरी सांस लेकर मिसेज मल्होत्रा फिर बोली, "आजकल हर तंत्र चरमरा रहा है, लेकिन अब चलूंगी। हम लोगों के लिए एक जगह के काम का अंत दूसरी जगह के कामों की शुरुआत का संकेत देता है।" वे धीरे-से हँसी।

मिसेज मल्होत्रा के जाने के बाद तिवारीजी निरुद्देश्य वहीं सड़क पर खड़े रहे। घर जाने की इच्छा नहीं हो रही थी। बड़े भाई साहब का फोन आया था कि मां की तबीयत खराब है। कहा तो कुछ नहीं, लेकिन बातों से संकेत मिल गया कि उन्हें कुछ रुपये चाहिए। आखिर मां केवल उन्हीं की तो नहीं है। अभी घर में आए फ्रिज का ई.एम.आई. खत्म भी नहीं हुआ कि कपड़े साफ करने से पत्नी की कमर में दर्द शुरू हो गया। आखिर वह भी क्या करे। ऊपर वाली आकर तो हर समय उकसाती रहती है कि एक वॉशिंग मशीन बहुत जरूरी है। वे रिजर्व रहने की लाख कोशिश करें, लेकिन पत्नी...उन्होंने गहरी सांस लेकर आकाश को देखा। तारे वहां सपनों की तरह बिखर गए थे।

"बड़ी मम्मी, एनूअल फंक्शन के लिए चिंटू के टीचर ने फोर हंड्रेड जमा करने को कहा हैं।" पिंकी ने चिप्स का एक टुकड़ा मुंह में डालते हुए कहा।

चाय की घूंट के साथ जैसे मिसेज मल्होत्रा के मुंह में नीम के कई पत्ते घुल गए। कड़ी नजरों से उन्होंने चिंटू को देखकर कहा, "फंक्शन में पार्टिशिपेट करना कंपलसरी नहीं है। टीचर को मना कर दो।"

"मम्मा आप भी न। स्कूल में पार्टिशिपेट करना कंपलसरी है। आप कैसे भूल गईं? उनकी बड़ी बेटी मिनी ने किताबों से नजरें हटाकर उनकी ओर देखा। विकी भी अपने कमरे से चिल्लाया–आप उसको क्यों डिमॉरलाइज करा रहे हो? चार सौ की ही तो बात है।"

''यहां सबको इन लोगों की फिक्र है, लेकिन क्या इसके पापा को है कोई चिंता?''

पिंकी ने बड़ी मम्मी की भर्राई आवाज पर चिंटू की ओर देखा, जो हक्का-बक्का-सा बारी-बारी से सबको देख रहा था। पिछले दो महीने में पिंकी की उम्र दस साल बढ़ गई थी। उसने चिप्स के टुकड़े फिर नहीं उठाए। चिंटू को लेकर विकी के कमरे में चली गई।

''मम्मा दिस इज नो फेयर। आप तो हमें समझाते हो कि स्वार्थी मत बनो।'' मिनी कैमिस्ट्री की मोटी-सी किताब लिए उनके पास आकर बैठ गई।

मिसेज मल्होत्रा के भीतर छोटी-सी आंधी थी।

मिनी बोली, ''मम्मा, चिंटू तो इतना छोटा है। टीचर के साथ उसकी क्लास के सारे स्टूडेंटस उसे टॉर्चर करेंगे। मैंने देखा है। क्लास-टीचर काफी अधिक...''

''तू नहीं समझती है। अगर हम लोग इसी तरह सब कुछ करते रहे, तो तेरे अंकल नाकारा होकर बैठे रहेंगे।''

''लेकिन इसमें बेचारा चिंटू...''

''नहीं, मैं कुछ नहीं सुनना चाहती। फिर दूसरे के बच्चे के लिए मैं अपने बच्चे को क्यों सफर करवाऊं?''

''ओ मम्मा! आपको क्या हो गया है? चिंटू क्या कोई दूसरा है?''

''अगर छंटनी के कारण अंकल की नौकरी नहीं गई होती, तब तो आप ऐसा बिहेव नहीं करती न? फिर आपने ही तो कहा था कि तेरे अंकल जाति का समीकरण नहीं बैठा सके।''

''मिनी मुझसे बहस नहीं करो। मैं बाद में सोचूंगी। अभी मुझे इतने लोगों के लिए खाना बनाना है। अब तो तीन आदमी और बढ़ गए।''

मिसेज मल्होत्रा ट्रे उठाकर किचन की ओर बढ़ गई। मिनी चुपचाप उठकर विकी के पास आई, तो पिंकी ओर चिंटू अपनी किताबों में नजरें गड़ाए चुपचाप बैठे थे। मिनी ने धीरे-से विकी से कहा, ''लगता है, आज पापा के आने पर घर में तूफान आएगा।''

मिनी का अनुमान सही निकला। ऑफिस से आते समय मिस्टर मल्होत्रा ने अपने छोटे भाई को साथ ले लिया था। मिसेज मल्होत्रा चाय की ट्रे लेकर आई, तो भीतर की आंधी करीने से रखी बाहर की चीजों को बिखराने के लिए बेताब हो गई।

फिर जो हुआ, उसकी कल्पना बच्चों ने तो कभी नहीं की थी।

दूसरे दिन बस स्टॉप पर तिवारीजी काफी पहले आ गए थे। सुबह की बेजान-सी धूप जमीन पर फैली थी, जिसमें जरा भी गर्मी नहीं थी। वे सोच रहे थे कि शर्माजी से कुछ रुपये किस तरह मांगें। अभी तक तो जब जरूरत पड़ी, मिसेज मल्होत्रा से उधार ले लिया। फिर थोड़ा-थोड़ा करके अपनी सुविधानुसार चुका दिया, लेकिन इस समय तो वे बेचारी खुद ही...“यह उनका देवर भी कैसा है। घर की टेंशन इन लोगों पर छोड़कर शराब में डूबा रहता है, छीः।” उन्होंने भौंहे सिकोड़कर अजीब-सा मुंह बनाया।

कुछ लोग उधर आने लगे थे। शर्माजी भी आते दिखे। शर्माजी तिवारीजी की उधार मांगने की आदत से परिचित थे, इसलिए बहुत अधिक उनसे सटते नहीं थे, लेकिन इस समय उनके भीतर मिसेज मल्होत्रा के बारे में बहुत कुछ जानने के लिए खलबली मची थी। सो दूर से ही बोले, “हैलो, तिवारीजी कैसे हैं? और पास आकर तपाक से हाथ मिलाया।

तिवारीजी मन में खुश हुए कि इनका मूड तो अच्छा है। यही मौका है। उदास स्वर में बोले, “अरे क्या बताऊं। काफी टेंशन है। मां बीमार है। भैया का फोन आया है कि...”

“अब हो गया।” शर्माजी ने मन ही मन सोचा, “ऐसे ही दुनिया भर की टेंशन है और इन्हें उधार चाहिए। मैं अपना दुःख किसी को बताता नहीं तो क्या मेरे घर पैसे बरसते हैं? और तिवारीजी को अनसुना कर घड़ी देखने लगे।

तिवारीजी सोचने लगे, ‘बड़ा कांइयां है। मैं उधार ही तो मांग रहा हूं और उधार तो टाटा, बिडला, मुकेश अंबानी, अनिल अंबानी सभी लेते हैं। खैर, इन्हें भी कभी मेरी जरूरत पड़ेगी, तब पूछूंगा इनसे।’

शर्माजी को तिवारी जी का बदला तेवर नजर आया, तो बात बदलने के लिए बोले, “आज मिसेज मल्होत्रा नहीं आई?”

तिवारी जी का ध्यान अब तक इस ओर नहीं गया था। घड़ी देखी। चार्टेड बस के आने का समय हो गया था। ‘कहीं मिसेज मल्होत्रा बीमार तो नहीं पड़ गईं।’ उन्होंने जैसे खुद से कहा और परेशान से इधर-उधर देखने लगे।

चौक पर चारों ओर से गाड़ियां आ-जा रही थीं। रेड लाइट भी बस कुछ ही सेकंडों के लिए उनकी तेज रफ्तार को रोक पाती थी। बस आ गई, लेकिन मिसेज मल्होत्रा ने आज शायद छुट्टी कर ली थी। बस पर चढ़ते तिवारीजी के चेहरे पर भावों की कई रेखाएं एक दूसरे में गड्डमड्ड होने लगीं।

रात में मिसेज मल्होत्रा के देवर अपने बच्चों को साथ ले गए थे, लेकिन यहां सबकी भूख मर गई थी। सुबह मिसेज मल्होत्रा की आंखें खुलीं, तो घड़ी में साढ़े आठ बज रहे थे। रात की सारी बातें फिल्म की रील की तरह उनके सामने घूमने लगीं। उन्हें लगा कि बच्चों के समक्ष वे निर्वस्त्र हो गई हैं। उनसे नजरें मिलाने की भी जैसे उनमें शक्ति नहीं थी। वे बिस्तर पर आंखें बंद किए लेटी रहीं।

मिनी ने सबके नाश्ते के लिए टोस्ट और अंडे तैयार कर दिए थे। उसने कमरे में मम्मा को सोते देखा तो कुछ आशंका-सी हुई। धीरे-से पुकारा, "मम्मा! आज ऑफिस नहीं जाना?"

मिसेज मल्होत्रा ने कोई जवाब नहीं दिया, तो विकी ने उन्हें उठाने से मना कर दिया।

मिनी की क्लास आज दस पचपन से शुरू थी, लेकिन कॉलेज पहुंचने में डेढ़ घंटे तो लग ही जाते, इसलिए कुछ परेशान होकर उसने कहा, "मैं मम्मा के उठने का वेट नहीं कर सकती।"

विकी को भी देर हो रही थी। बोला, "उन्हें सोने दो। रात में पता नहीं उन्हें क्या हो गया था। मम्मा का यह बिल्कुल नया रूप था न? वैसे तुम्हें देर हो गई हो, तो मेरी बाइक से चलो। तुम्हें छोड़ने के बाद मैं कॉलेज चला जाऊंगा। अगर ट्रैफिक की प्रॉब्लम नहीं हुई तो समय पर पहुंच ही जाऊंगा।

बच्चे चले गए, तो मिसेज मल्होत्रा ने धीरे-से उठने की कोशिश की, लेकिन, बच्चों की बातों की गूंज कमरे में, वहां आती हवाओं में, बालकनी में, थरथराते पर्दे में, गमले में लगे छोटे-छोटे फूलों में, हर जगह थी।

"मम्मा का यह कैसा रूप था। इट वाज सो डिसगस्टिंग, अनबियरेबुल।"

"अगर अंकल की छंटनी नहीं होती तो, मम्मा का यह रूप...! विक्की मम्मा भी ऐसा कर सकती हैं, आई कुडंट बिलीव।

मिसेज मल्होत्रा को लगा कि उनके कानों के पास आकर कोई जोर-जोर से घंटियां बजा रहा है या फिर ढेर सारी लाल चीटिंयां वहां रेंग रही हैं, जो धीरे-धीरे उनके भीतर उतर रही हैं, उन्हें अनचाही टीस देते हुए। उन्होंने अपने घुटनों में अपना मुंह छिपाया, तो आंखों से बहती आंसुओं की धार उनके कपड़े को भिंगोने लगी। काफी देर तक उसी मुद्रा में अकेली बैठी वे फफक-फफककर रोती रहीं और खिड़की से आता धूप का एक छोटा-सा टुकड़ा उनके सिर को बार-बार सहलाता रहा।

*(जनसत्ता : 7 जून, 2009)*

# बिछिया

'सावन के झकोरवा में भींगे मोरा मनवां रे

काहे को न देलैं हमरा झूला गे मइया...'

"क्या गा रही है री पार्वती?"

हँसते-हँसते मिसेज वर्मा पास आ गईं, तो पार्वती गाना बंद कर नल की धार में बर्तन धोने लगी।

"अरी! गा न री। शरमाती क्यों है?"

पार्वती ने साड़ी के पल्लू में चेहरा छिपाकर तिरछी नजरों से मिसेज वर्मा की ओर देखा और उनके गौरे पैरों में नग लगी बिछिया मन में हूक उठाने लगी। नजरें क्या अटकीं, जैसे जमी हुई लालसा-धीमी आंच पर पिघलने लगी।

मिसेज वर्मा ने टोका, "कहां खो गई री पार्वती?"

पार्वती बोली, "मेम साब! सूरज तो बार-बार निकला, पर मेरे आंचल ने रात की सारी काली स्याही सोख ली हैं।"

"क्या कहा तूने?"

पावर्ती ने बड़ी-बड़ी आंखें फाड़कर मिसेज वर्मा को देखा।

"तूने कुछ कहा?"

"नहीं तो..."

"फिर मुझे तेरी आवाज क्यों सुनाई दी?"

मिसेज वर्मा ने अपनी आंखें उसके चेहरे पर गड़ा दीं। पैनी निगाह ने किसी झाड़ी में फंसी चिड़िया की फड़फड़ाहट देखी और उनकी घूमती हुई दृष्टि अपनी बिछिया पर आकर रुक गई।

"क्या देख रही है? यह बिछिया?" मिसेज वर्मा हँसी।

"अरे कल मेरी सासू अम्मा आई हैं न। उन्होंने पहना दी। कहा, बिछिया सुहाग की निशानी है। इसे सुहागिन को जरूर पहनना चाहिए। अब मैं उनसे कैसे बोलूं कि बिछिया और पायल पहनकर ऑफिस नहीं जा सकती। खैर छोड़, तू जल्दी कर, नहीं तो मुझे देर हो जाएगी।"

जूड़े को समेटकर मिसेज वर्मा रसोई का काम जल्दी निबटाने लगी और बर्तन धोती पार्वती एक तरल आवर्त में घिरने लगी। उसकी सुस्त धीमी गति पर मिसेज वर्मा झल्लाईं। आटा गूंथते हुए अपना चेहरा उसकी ओर घुमाया, तो देखा कि पार्वती कढ़ाई को घिसती ही जा रही है।

"उफ! यह क्या कर रही है पार्वती? आज बस छुड़वाने की ठान ली है क्या तुमने? जल्दी-जल्दी हाथ नहीं चला सकती?"

पार्वती ने सारे बर्तन नल के नीचे रख दिए। कुछ देर पहले की लाड़ भरी बातों से मिली आश्वस्ति बर्तन में लगे विम की तरह धुलने लगी। आंसू मौन भाव से चुपचाप गिरते, पर मर्मर के रुदन को सुनने का किसे समय था। बूटों के कारण उत्पन्न खड़-खड़ और फिर हवा में उड़ते चिद्दी बने पत्ते जब बसंत में लाल वस्त्र पहने सावन के झूले के सपने में खोए रहते हैं, तब उन्हें काल की गति का क्या पता।

झनन...झन...झनाक कोई बर्तन गिरा और रसोईघर के सन्नाटे के साथ पार्वती के भीतर का हाहाकार भय से कांप उठा।

मिसेज वर्मा ने जलती आंखों से उसे देखकर कहा, "बर्तन ठीक से रख नहीं सकती तुम? अभी मेरे पैरों पर गिरता तो क्या होता?"

पार्वती ने अपराध भाव से उनके पैरों को देखा। बिछिया फिर नजरों में अटक गई।

रोटी उपेक्षित-सी सूखती रही, पर पार्वती अपनी खोली में औंधी लेटी रही। छत के ऊपर पड़ा प्लास्टिक जगह-जगह कट गया है, जिससे आकाश में घुमड़ता

बादल दिखने लगा है। कड़-कड़-कड़ाक...तड़-तड़-तड़ाक...। कहीं बिजली गिरी है। जलने की गंध मिट्टी के कमरे में भरने लगी है।

"अगे मइया हमहुं बिछिया पहिनबै।"

पांच साल की बच्ची मचली। आंखें बरसात की झड़ी बन गईं और बहती नाक से उसकी फटी मैली फ्रॉक भींगकर दरिद्रता को लजाती रही, पर उसकी बातें माई, सुखिया काकी और लबनी के माय की हँसी में गुलाल बन गईं।

बापू ने उसे गोद में उठाकर चुमकारा, "हम अपनी परवतिया के लिए सुन्दर-सी बिछिया लावेंगे री।"

माई बोली, "पहले ब्याह तो हो जाने दे।"

ब्याह हो गया, पर माई बिछिया देना भूल गई। फूलां की मां बगल वाली औरत के कान में फुसफुसा रही थी और पार्वती के भीतर शीशा पिघल रहा था।

*"कहां-कहां ढूंढ़ू राजा, कहूं किससे बतियां री*
*कैसन रे देहलैं हमरा भगवा रे विधना।"*

माई ने चांदी के झुमके दिए, कंगन और नथनी, पर बिछिया?

'तेरी कैसन माई है री? न बिछिया दी और न पायल।'

सुरतिया की माई पार्वती के सूने पैरों पर मुंह बनाने लगी। पर, उसके भीतर बबूल उगने लगे थे पार्वती के कंगन को देखकर।

"भूल गई होगी।" पार्वती ने चांदी के भारी कंगन पर पड़े लाल जड़ी वाली साड़ी के आंचल को हटा दिया।

फूलां की मां की मुस्कान कानों को छूने लगी।

"अच्छा तो चुन्नू की बहू समझदार है। अब रात ही रात नहीं रहेगी। अच्छा है।"

रात का पहला पहर बीत गया, तो दुल्हन को घेरकर बैठी औरतें एक-एक कर चली गईं। केवल फूलां की मां बैठी ऊंघती रही। पार्वती की जागती आंखों में सपने लहराने लगे। चुनमा ने पाजेब पहनाकर पिंडलियों को हौले से छुआ। तेरे पैर तो मेम की तरह हैं। कितना गोरा। लाज के कारण सिकुड़ी पार्वती ने लाल साड़ी के पल्लू में मुंह छिपा लिया। सख्त हाथों का कोमल स्पर्श। पिंडलियों को सहलाता हाथ ऊपर उठा और ऊपर...और ढिबरी की रोशनी बुझ गई।

ऊंघती हुई फूलां की मां सजग हुई। उसने बाहर झांका। चांद पश्चिम की दिशा में तेजी से भागा जा रहा था। ढिबरी बुझ गई थी। उसने ढिबरी जला दी

तो पीले प्रकाश में लीपा हुआ मिट्टी का घर चमकने लगा। पार्वती हाथों पर सिर रखे सिकुड़कर सो गई थी। होंठों की हल्की मुस्कान और चेहरे की लाली ने मन को बेपर्द कर दिया। फूलां की मां की आंखों में ममता सजल हो गई। एक के लिए आशीर्वचन हरसिंगार के फूलों की तरह चुपचाप झरने लगे, तो दूसरे के लिए क्रोध सजीव हो उठा। मुंह से गालियां निकलीं। हरामी की औलाद हरामी।

''अरी परवतिया सो गई क्या?'' लड़खड़ाता हुआ स्वर छोटे से कमरे में गूंजा।

फूलां की मां की आंखों से अंगारे झरे और मुंह से ताबड़तोड़ गालियां।

शोर ने नई-नवेली दुल्हन को जगाकर सहमा दिया। कमरे में ताड़ी की दुर्गंध पसर रही थी।

''देख तुझे न सास है और न ननद। अपने आदमी को परसन्न रखना। तू रानी बनी रहेगी।''

माई की रोती आंखें और फूलां की मां की फुसफुसाहट। कभी आपस में मिलती और कभी अलग हो जातीं।

पार्वती का कोमल मन गर्म तवे से छू गया। दर्द हुआ तो काजल लगी आंखें अढ़हुल के फूल बनकर आंसू गिराने लगीं।

*''कैसन हमरा देलैं भगवा रे विधना।*
*बिलखि-बिलखि रोए हथवा के कंगना।''*

''अरी ओ महारानी! अब तो उठ जा या मैं उठाऊं?'' फूलां की मां की गालियों का गुस्सा पार्वती पर उतरा। पार्वती की दृष्टि कसाई की बकरी बनी फूलां की मां को खोजने लगी, पर वह जा चुकी थी।

रात का तीसरा पहर बीत चुका था, पर केवल एक पहर में ही पार्वती के जीवन का सारा रस निचुड़ गया।

दूसरे दिन चुनमा के साथ तीन और मर्द थे, पूरे मुस्टंड।

''मटर भून।'' आदेश पर पार्वती भुनभुनाई।

''ताड़ी के तीन मटके। छीः।'' उसने नाक सिकोड़कर गोयठे में किरासन तेल डाला और माचिस की जली तीली वहां फेंक दी। गोयठे में भक से आग जल गई।

मटर भूनते हुए उसने सुना 'वाह! क्या चीज खरीदी है तूने चुनमा। खीं-खीं।''

पार्वती ने चूल्हे में कई लकड़ियां झोंक दी। आंच से उसका पीला रंग लाल होने लगा।

"चल-चल, लार मत टपका।"

"अरे, टपक ही रहा है, तो हमें भी थोड़ा-सा खिला दे। ही-ही-ही।"

पार्वती ने भूने मटर की थाली पास लाकर धप से रखी और पैर पटकते हुए वहां से चली गई।

"बाप रे बाप! मरखंडी गाय है।"

"मरखंडी है तो क्या दुधारू तो है।" चुनमा हँसा। पार्वती ने कानों पर हाथ रख लिए।

तृप्ति के सुख में डूबे चुनमा ने रौंदी हुई पार्वती को परे धकेल दिया और सुस्ताने लगा।

पार्वती कुछ देर मौन रहकर चांदनी में भींगे चुनमा के गठीले नग्न शरीर को देखती रही, फिर उसकी छाती के बालों को सहलाते हुए बोली, "तुम्हारे साथ आने वाले आदमी मुझे गंदे इशारे करते हैं। उन्हें यहां मत लाया करो।"

"अच्छा, मेरी सती-सावित्री..." चुनमा उठ बैठा।

"गंदे इशारे करते हैं। क्या करते हैं? कैसे करते हैं? जरा करके बता।"

पार्वती उसके हँसते वीभत्स चेहरे को देखने लगी। कुछ कहने के लिए भीतर से निकले शब्द कंठ में कांटे की तरह फंस गए। वह पीड़ा और बेचैनी से छटपटाने लगी।

*"बेची कऽ न बापू तोहं संखिया जे देतिहं तऽ*
*अंचरा के कालिख लजैतियै कि विधना।"*

"कुछ पता है कि तेरे बाप ने तुझको कितने में बेचा? अरे पूरे दस हजार लिए हैं उस हरामी ने। और वे दस हजार मैंने करज लिए हैं। महाजन गरदन पर सवार है और स्साली तू ऐसी मनहूस कि दारु बेचना भी भारी पड़ने लगा। सिपाहियों ने कई मटका फोड़ दिया। स्साला, मादर...दो हजार मांगता है।"

थरथराती पार्वती चुनमा के फूले नथूने को देखती है। एक उन्मत्त सांड स्मृति में दौड़ लगाने लगता है। सूरज बीच आकाश में तप रहा है। लाल फ्रॉक में पार्वती बापू के साथ पगडंडी से घर लौट रही है कि पचास कदम पीछे खड़ा सांड उसके पीछे दौड़ता है। दौड़ते-दौड़ते पार्वती का दम फूल गया है। यह तो रामकिसन काका पीछे से दौड़े हैं। नहीं तो, बापू तो केवल हाय-हाय ही करते रह गए। पार्वती के मन में जलता लावा उठने लगा।

"तुझे भीमा और रामपरसाद सिपाही के साथ सोना पड़ेगा। एक सौ एक दिन...दस हजार...कितना दिन हुआ रे?"

अवाक पार्वती का पूरा शरीर झनझनाने लगा। मुंह खोले उसने अपने पति की ओर देखा, तो पत्थर बनी देखती ही रह गई।

यह मजाक था या सच?

चुनमा उठकर चला गया, पर पार्वती उसके जाने की दिशा को देखती रही। उसके सामने सब कुछ गोल-गोल घूमने लगा। बाल खुलकर बिखर गए, पर जुए में हारी हुई बाजारू वस्तु वह, अपने खुले बाल के लिए दुःशासन के लहू की जगह किस प्रतिज्ञा के लिए प्रतिबद्ध हुई?

भीतर की आंच धीरे-धीरे आंखों में उतरी, लेकिन थोड़ी देर के लिए। उसने बाहर के अंधकार को देखा। रात जवानी के नशे में थी। आसमान के तारे कुंद प्रकाश की चादर में मुंह ढंके शायद सोच रहे थे कि समय कभी कुछ नया नहीं गढ़ता। पुराना फैशन जिस तरह नए रूप में ढल जाता है, उसी तरह इतिहास ही वर्तमान बनकर अपने आईने में अतीत का अक्स दिखलाने लगता है।

"रोटी कौन बनाएगा स्साली...तेरा बाप। केवल भकोसने के लिए बैठी है।"

पार्वती जलती आंखों से चुनमा को देखकर बोली "घर में कुछ हो, तो बनाऊं।"

"तो भीमा के पास क्यों नहीं गई रे तू?"

पार्वती का जी मितला रहा था। रोकते-रोकते भी खट्टा-सा तरल पदार्थ मुंह में भर गया। उसे फेंककर हांफते हुए तिरस्कार से बोली, "हां क्यों नहीं, वहां अपने को नोचवाने जाऊंगी?"

भूख से चुनमा की आंतें जल रही थीं। गुस्से से उसकी ओर बढ़ते हुए बोला, "अच्छा, तेरी माय को...देख तू। कैसे नोचता हूं तुझे।"

वह लात-घूंसे चलाता रहा। पार्वती चुप रही। पति की इच्छा से अपना शरीर भले ही बेच दे, पर मन अब भी उसके साथ बंधा है। भीमा और रामप्रसाद सिपहिया उसे जलेबी भले खिलाए, पर उनके साथ सोने में उसे घिन आती है। अभी उसके पैर भारी हैं। लेकिन, यह किसका गर्भ है, उसे खुद नही पता। अर्द्धांगिनी होकर भी चुनमा की नजरों में खरीदा हुआ माल है वह। फिर किस हक से उससे पिता बनने की बात कहे।

पार्वती पीड़ा में घुलने लगी, पर मान-मर्यादा को छोड़कर चुनमा ढीठ बना घूमता रहा।

"आज से सुंदरिया यहीं रहेगी।" एक दिन चुनमा पार्वती से बोला।

सुंदरी सड़क पर झाड़ू लगाती है। महीने में उसे दो हजार रुपये मिल जाते हैं।

पहले तो पार्वती सन्न खड़ी चुनमा का मुंह ताकती रह गई, पर चुनमा जब सुंदरी को घर के भीतर लाने लगा, तो चंडी बनकर वह द्वार पर खड़ी हो गई।

चुनमा उसकी चोटी पकड़कर घसीटने लगा। "छिनाल तू जो कई भड़ुओं के साथ सोई, तो मैं क्यों नहीं सो सकता?"

आहत पार्वती के शरीर में हजारों नागिन फन काढ़े खड़ी हो गईं। "मैं सोई तेरा पापी पेट भरने। वह भी तेरा मार खाके और बदले में तू सौत लाया है वह भी एक मेहतरानी को..."

चुनमा आपे से बाहर हो गया। हाथ मुंह से भी तेज चलने लगे।

आसपास के कुछ लोग पार्वती को चुनमा से छुड़ाने की कोशिश करने लगे, पर चुनमा की ही राह चलने वाले लोग पार्वती को गालियां भी बक रहे थे।

कुछ लोग पार्वती को समझाने में लग गए। 'दो हजार घर में आने पर बुराई क्या है। चुनमा ने उससे ब्याह नहीं किया न। फिर सुंदरी की तो ढली हुई देह है। सुख तो पार्वती ही भोगेगी।"

पर सारी दलीलें पार्वती के लिए बेकार थीं। "वह सुंदरी को इस घर में नहीं आने देगी।" यह उसका दृढ़ निश्चय था।

फूलां की मां के भीतर चुनिया की चीखें गूंज रही थीं। चुनमा चूहे जैसा था। कभी मां को भरपेट अन्न मिला ही नहीं। कामकाज में अशक्त होने पर रोटी के लाले पड़ गए। चुनमा का बाप उसके गर्भवती होते ही कहीं और जा रंगरेलियां मनाने में लगा तो कभी पलटकर चुनिया को देखा नहीं। जल्लाद था वह। चुनिया के कफन के पैसे भी नहीं दिए, पर चुनिया सुहागिन मरी। पति बिना सुहागिन।

पड़ोसियों ने लोगों से मांग-चांग कर कफन का इंतजाम किया। चिता पर लेटी चुनिया की मांग में सिंदूर भरते समय फूलां की मां के सब्र का बांध टूट गया। फूट-फूट कर रोते हुए उसने चुनमा को सीने से लगा लिया।

आज फिर चिता पर लेटी है चुनिया, नहीं परवतिया है। नहीं, यह तो चुनिया। नहीं-नहीं, देखो परवतिया। वैसी ही आंखें, सूनी-सी। भूख से जली आंतें।

फूलां की मां सिंदूर की डिबिया लिए खड़ी है। राम नाम सत्य है।

"अरे छोड़ उसे चुनमा। अब क्या मार ही डालेगा।"

फूलां की मां चौंकती है। हाथ को देखती है। सिंदूर की डिबिया नहीं है।

"हे फूलां की माय! हमर बच्चा..."

सामने है चिंता से भरी चुनिया की निस्पंद आंखें। कई दिनों से भूखा अशक्त शिथिल शरीर। भूख से रोता चुनमा।

चुनमा पार्वती के बाल पकड़कर उसे घसीट रहा है।

'हे फूलां की माय! हमर बचवा अपन बप्पा पर तो नहीं जाएगा।"

फूलां की मां के शरीर में सैकड़ों सूइयां चुभ रही हैं। भीतर दर्द उबल रहा है।

"स्साला, हरामी, रंडीबाज बाप की औलाद...। अरे अपनी माय के दुःख को थोड़ा भी तो समझता।"

फूलां की मां हांफने लगी है।

"अगर तेरे शरीर में उस मक्कार का खून नहीं होता, तो आज तू भी इन्सान होता, पर पापी तू तो उससे भी बढ़कर निकला। बाप तो घर छोड़कर गया और तू घर में ही रखैल लेकर आ गया, पर मैं भी देखूं तू इसे यहां कैसे रखता है।"

फूलां की मां के बाल बिखर गए हैं। जैसे काली मइया उस पर सवार हों। आंखें लाल हैं। भीतर शोले जल रहे हैं।

चुनमा के हितैषी अगल-बगल वाले एक दूसरे को देखकर चुपचाप खिसकने लगे हैं।

चुनमा दस घाट का पानी पी चुका है। समय की नाजुकता को समझकर उसने पार्वती के बाल छोड़ दिए हैं, पर ऐसे वह कैसे चला जाए। वह घर में घुसकर ट्रांजिस्टर, बर्तन आदि उठाने लगा, तो दो साक्षात चंडी हाथ में हथौड़ी और बेलन के शस्त्र लिए वहां खड़ी दिखाई पड़ीं।

पार्वती निढाल-सी दीवार से सिर टिकाए बैठी है। पेट में बच्चा पैर मार रहा है। फूलां की मां उसे समझाती है, लेकिन पार्वती की ममता को सांप ने डंस लिया है। वह टस से मस नहीं हो रही है।

"पार्वती की जान को खतरा है।" अस्पताल में डॉक्टरनी ने कहा, पर अपनी जान की किसे परवाह है।"

अस्पताल से लौटकर पार्वती पीली पड़ गई है, जैसे सालों पीलिया से पीड़ित हो, पर समय के पास तो हर मर्ज की दवा है।

कनपटियों को भिंगो रहे आंसुओं से मिसेज वर्मा के घर से लाई रुई की तकिया भींग गई है। आकाश में बादल अब भी उमड़-घुमड़ रहे हैं और

हल्की-हल्की बारिश भी होने लगी है। चार साल हो गए। ऊपर छौनी नहीं हुई। पार्वती ऊपर से फटे प्लास्टिक से टप-टप टपकते पानी को देखती है। इस बार भी पानी लोटे से फेंकना पड़ेगा। वह गहरी सांस लेती है।

''अरी पार्वती! तेरा तो कोई है ही नहीं। यहीं स्टोररूम के बगल में क्यों नहीं सो जाया करतीं? तू रहेगी, तो मुझे भी थोड़ी आसानी होगी। खाना बनाने में भी हाथ बंटा दिया करना।''

''नहीं, मेम साहब! घर को सूना कैसे छोड़ूं? चुनमा उसको हथिया लेगा। उस राक्षस को तो मैं छूने नहीं दूंगी।'' पार्वती की सांस लोहार की धौंकनी बन गई है। वह हांफ रही है, जैसे उसने पहाड़ की ऊंचाई बिना रुके पार की हो।

मिसेज वर्मा कोमल स्वर में कहती हैं, ''इतना गुस्सा मत कर पार्वती। उसका तो कुछ नहीं बिगड़ेगा। उल्टे तू बीमार पड़ जाएगी। मुंह धोकर जा, मेरे लिए और अपने लिए चाय बना ले।''

पिछले साल कमरे में पानी जम जाता था। बर्तन से बाहर फेंकना पड़ता। नीचे भींगे गुदड़ी पर सोने से बुखार हो गया, तो मिसेज वर्मा ने घर में बेकार पड़ा एक फोल्डिंग बेड उसे दे दिया। साथ ही यह निर्देश भी दिया कि वह जान-बूझकर बीमार पड़ने से बचे। इससे उनका काम काफी हर्ज होता है।

टप! एक बूंद ऊपर से माथे पर टपका। पार्वती ने गुदड़ी से सिर ढंककर आंखें बंद कर लीं।

मिसेज वर्मा ने ठीक सुबह के छह बजे पार्वती को आने के लिए कहा है। आठ बजे तक वे ऑफिस के लिए निकल जाती हैं। साढ़े सात बजने को हैं। पार्वती के न आने से वे कुढ़ रही हैं।

'इन लोगों के लिए कितना कुछ करो, पर सब बेहद नमकहराम हैं।' वे बड़बड़ा भी रही हैं।

सिंक में रात के बर्तन पड़े हैं। उन्हें धोए कि खाना और नाश्ता तैयार करे।

''सासू अम्मा के लिए बिना प्याज का खाना और बच्चों को बिना प्याज के खाना धंसता ही नहीं है। हजबेंड एक दिन भी कोपरेट नहीं कर सकते।'' उनकी आंखें डबडबा आईं हैं। सबसे अधिक अपने ऊपर ही गुस्सा आया है।

''इन लोगों के लिए घर का काम तो कुछ होता ही नहीं और एक दिन समय पर सब कुछ नहीं मिले, तो पूरे दिन किच-किच।'' मन भारी हुआ, तो नाक की लौंग तपने लगी।

सिंक में रखे बर्तन नीचे रखने से जोर से आवाज हुई।

अखबार पढ़ते मिस्टर वर्मा ने ड्राइंग रूम से ही कहा, "पार्वती का गुस्सा बर्तन पर क्यों निकाल रही हो?"

कुछ बोलने को वे पीछे मुड़ीं तो पार्वती को सिर झुकाए गेट से अंदर घुसते देखा।

अब सबका गुस्सा पार्वती पर तो निकलना ही था।

पार्वती पहले सिर झुकाए सुनती रही, लेकिन धैर्य जल्दी ही समाप्त हो गया और उसकी बेबसी आंसू बनकर बहने लगी।

"क्या हुआ पावती? अरे! मुझे देर हो रही है, इसीलिए न मैंने तुम्हें डांट दिया। अच्छा, लो चाय पी लो, लेकिन देर क्यों हो गई? तुम्हें तो मालूम है कि मैं आठ बजे निकल जाती हूं।" मिसेज वर्मा जुबान की कड़वी हैं, पर किसी को रोते देख काफी जल्दी पिघल जाती हैं।

पार्वती चुप, क्या कहे।

*"ऐसन भगवा मोरा, काहे देलहैं विधना रे...*
*चुप्पे-चुप्पे रोवै रहि छै, अंगऽ के रोअंवां रे..."*

शाम में मिसेज वर्मा ने पार्वती को अपने पास बुलाया।

पार्वती उनके पैरों के पास बैठी, तो बिछिया के नग मन में अमराई के बौर बन गए।

"देख पार्वती! अभी तो तेरी उम्र उन्नीस-बीस साल ही होगी। तू दूसरी शादी क्यों नहीं कर लेती?"

सपनों से भरी वसंत की कली डंठल से टूटकर छटपटाने लगी। हवा ने खींचकर उसके अंगों को धूल-माटी से भर दिया और उसकी पंखुड़ियां खिलने से पहले ही खरोंचों से भर गईं।

पार्वती तड़पी। "एक बार तो लात-घूंसा मिला। कोठा मिला और मिला जिंदगी भर का रोना।" उसकी सिसकी निकल पड़ी।

"देख, सब खराब नहीं होते।"

"नहीं, मेम साब।" मरद जात पर भरोसा, अब नहीं। मेरे बाप ने मुझे चुनमा को बेचा और चुनमा ने भीमा और रामप्रसाद सिपहिया को। फिर कोई मरद ऐसा ही मिला, जो मुझे कहीं और बेचने लगे, तब क्या करूंगी मेम साब?"

मिसेज वर्मा उसका चेहरा देखती रह गईं। क्या वे पार्वती को इसकी गारंटी दे सकती हैं कि अबकी बार ऐसा नहीं होगा?

काली स्याही को किसी अन्यमनस्क चित्रकार ने आकाश के कैनवस पर छितरा दिया। पक्षियों के झुंड अपने घोंसले की ओर लौटने लगे। कोई-कोई पक्षी बिल्कुल अलग-थलग थे। शायद संसार से ऊबे हुए। कटु अहसासों से भरे, अपने आपमें उलझे, जिंदगी को ढोते हुए।

दीवाली के दिन पार्वती ने लाल छींट की साड़ी पहनी। हरा ब्लाउज और लाल बिन्दी।

हुलसकर वह मिसेज वर्मा को चाय देने आई और अपने पैरों की मध्यमा उंगलियों में नग लगी बिछिया दिखाकर बोली, ''देखिए, मेम साब! है न बिल्कुल आपकी बिछिया की तरह।''

मिसेज वर्मा ने देखा कि उसकी बिछिया की डिजाइन बिल्कुल वैसी ही थी, जैसी उन्होंने पहन रखी थी।

बेमन से पूछा, ''नई खरीदी है?''

''हां, मेम साब! इस बार जो आपने पैसे दिए थे न, तो मैंने कई दुकान में देखे पर पसंद ही नहीं आए। फिर फूलां की मां के साथ गई तो यह मिल गई। बिल्कुल आप ही की तरह तो है।''

उसकी चिहुंक पर मिसेज वर्मा के भीतर पतली-सी सूखी लकड़ी सुलग उठी। उन्होंने कोई जवाब नहीं दिया और चाय पीने लगीं।

पर, उस दिन पार्वती सोन चिरैया बन फुदकती रही।

दूसरे दिन पार्वती ने मिसेज वर्मा के पैरों की उंगलियों में दूसरी बिछिया देखी। उन्होंने सुंदर मीनाकारी की हुई पायल भी पहन रखी थी।

उनके बदले व्यवहार से पार्वती को लगा कि उसने कुछ गलती की है।

''पर, क्या?'' वह सारा दिन जैसे खुद से पूछती रही।

शाम में मिसेज वर्मा लॉन में झूले पर बैठी कुछ पढ़ रही थीं। उनकी सासु अम्मा भी वहीं आराम कुर्सी पर बैठी उधर से गुजरने वालों को गौर से देख रही थीं, जैसे उनसे उनकी पुरानी जान-पहचान हो, पर वे कुछ भूल रही हों कि इनसे वे कहां मिली थीं।

''माली ने इस बार काफी मन से काम किया है।'' कई रंगों के खिले गुलाब को देखकर मिसेज वर्मा बोलीं।

"हां, कैक्टस में भी कितने सुंदर लाल फूल खिले हैं।" सासु अम्मा काफी देर से बहू से बोलना चाह रही थीं, पर उन्हें पढ़ते देखकर इधर-उधर देखने लगती थीं।

"पार्वती आज चाय नहीं बनाएगी क्या?" मिसेज वर्मा ने पार्वती को आवाज दी।

पार्वती साड़ी ऊपर उठाकर किचन साफ कर रही थी। आवाज सुनकर उसी तरह चली आई।

मिसेज वर्मा ने उसे ऊपर से नीचे तक देखा। उन्हें लगा कि जमीन पर फुदक रही चिड़िया को किसी ने फुर्ती से दबोचकर उसके पंख तोड़ दिए हैं।

पार्वती उनकी ओर ताकती खड़ी रही। जैसे उस चिड़िया को अपने पंखों के तोड़ दिए जाने का एहसास हो, पर वह कह रही हो कि मैं इस अहसास को पनपने नहीं दूंगी।

"आज चाय नहीं पिलाएगी क्या?" पता नहीं क्या सोचकर मिसेज वर्मा की आवाज भींग गई।

"जी! अभी लाती हूं।" कहकर पार्वती मुड़ने लगी।

मिसेज वर्मा ने देखा कि उसकी साड़ी पीछे से पूरी तरह फटी हुई है। उन्होंने उसे पुकारा, "पार्वती सुन तो जरा।"

पार्वती पलटी। "जी मेम साब।"

"मैंने तुझे जो इतने कपड़े दिए, क्या सभी फट गए?"

"नहीं तो?"

"फिर, इस तरह की गंदी और फटी साड़ी क्यों पहन रखी है?"

पार्वती अपने पैरों को देखने लगी।

मिसेज वर्मा ने देखा कि उसके पैरों की उंगलियों में बिछिया नहीं है।

"चुप क्यों है? इतना देने पर भी फटा हुआ ही कपड़ा पहनेगी?"

पार्वती ने मिसेज वर्मा के स्वरों की कठोरता का अनुभव किया, पर पानी बरसाकर आकाश साफ हो गया था। संयत स्वर में बोली, "मेम साब! भगवान ने मेरा भाग्य यही पहनने के लिए तो बनाया है। मैंने वह बिछिया भी फूलां को दे दी। पति की छोड़ी औरत बिछिया कैसे पहने? इसीलिए तो कल आप भी गुस्सा हो गई थीं। है न मेम साब?"

मिसेज वर्मा स्तब्ध-सी आंखें फाड़े उसे देखती रहीं। उन्होंने सिर झुकाए पार्वती को किचन की ओर जाते देखा, पर मुंह में अटके शब्द बाहर नहीं निकले।

पार्वती किचन में चाय बना रही थी और मिसेज वर्मा पैरों से पायल और बिछिया उतार रही थीं।

"क्यों उतार रही है? कितना अच्छा तो लग रहा है।"

बहू ने नहीं सुना, तो सासु अम्मा बड़बड़ाईं, "आजकल की बहू-बेटियां गहने नहीं पहनेंगी, मर्दों की तरह रहेंगी और हम लोग थे कि गहनों से मन ही नहीं भरता था।"

मिसेज वर्मा को ट्रे में चाय लाती पार्वती की धुंधली आकृति दिखाई पड़ी। गिरा, फिर गिरा, फिर, फिर...कैक्टस के सारे फूल झर गए। केवल कांटे ही कांटे...।

"नहीं।"

"क्या हुआ?" दो स्वर कानों से टकराकर रुके।

पार्वती पास आकर सहमकर खड़ी हो गई।

सासु अम्मा को लगा कि बहू का ब्लडप्रेशर फिर काफी बढ़ गया है। घबराकर वह उनका माथा सहलाने लगीं।

"सुन आज से तू इस तरह के कपड़े कभी नहीं पहनेगी। समझ गई न?" मिसेज वर्मा ने लगभग चीखते हुए पार्वती से कहा।

पार्वती थरथर कांपने लगी। 'यह मेम साब को अचानक क्या हो गया?'

ट्रे नीचे रखकर वह जल्दी से बोली, "ठीक है मेम साब! अब से नहीं पहनूंगी, लेकिन आप ठीक तो हैं न या किसी को बुलाऊं?"

"नहीं, मैं बिल्कुल ठीक हूं। ला चाय दे।"

पार्वती ने कांपते हाथों से उन्हें चाय दी और आशंकित होकर सासु अम्मा को देखा, जो अब तक बहू के कंधे पर हाथ रखे खुद भी थरथरा रही थीं।

मिसेज वर्मा ने चाय की चुस्कियां लीं, फिर अपने बाएं हाथ से पार्वती के हाथ में अपनी बिछिया रखते हुए कहा, "ले इसे अभी पहन और तुझे किसने कह दिया कि पति की छोड़ी हुई औरत को गहने पहनने का हक नहीं है। तू सज-संवर कर रह ताकि चुनमा जले, कुढ़े और सोचे कि उसने तुम्हें छोड़कर भूल की है।"

पार्वती और सासु अम्मा ने एक साथ उन्हें देखा आश्चर्य से, आशंका से, भय से...पर, मिसेज वर्मा शांत थी।

कैक्टस के सभी फूल नहीं गिरे थे और पार्वती के हाथों में पड़ी बिछिया के नगों से सतरंगी किरणें निकल रही थीं।

# ओनली टू परसेंट, चलेगा?

## 1.1

खेल आईपीएल का हो या बुद्धि का। सट्टेबाजी तो हर जगह होती है। परिवार हो या समाज, ऑफिस हो या जीवन, आज अगर गतिशीलता और सफलता चाहते हैं, तो बाजार का फार्मूला रटना पड़ेगा, उसी तरह जैसे कि मामूली स्कूलों में बच्चे पहाड़ा रटते हैं। दो दहाई चार, दो तिहाई छह...। और हां, बाजार हृदय से नहीं चलता। इससे तो सेंसेक्स के अंकों में गिरावट आती है। वैश्विक समीकरण से भी ध्यान हटा तो आप नीचे फिसले। फिसलकर भी ऊपर चढ़ने में बुद्धि ही साथ देगी, मन नहीं। संघर्ष तो जीवन का चहेता मित्र हैं। आपने वह कविता पढ़ी है न..." सच हम नहीं, सच तुम नहीं/सच है महज संघर्ष ही।"

पे रिविजन लिस्ट सामने थी और रिजवान साहब हक्के-बक्के से उसे देखे जा रहे थे। "संजयजी ने किस आधार पर यह लिस्ट तैयार की है।" उन्होंने जैसे खुद से कहा।

"क्या बात है रिजवान साहब? बड़े परेशान हैं?" दफ्तर के गलियारे से गुजरते हुए सुरेंद्र मोहनजी वहां रुके।

''मोहन जी यह लिस्ट किस आधार पर तैयार हुई है?''

''आपको पता नहीं?''

''नहीं तो...''

''यह संजय जी का नया समीकरण है। मल्टीप्लाई, प्लस, प्लस और माइनस का। अनुक्रम भी बिल्कुल साफ हैं। क्लीयर-क्लीयर। वन चमचागिरी, टू जाति और नंबर थ्री, अब आप खुद ही समझ जाइए। जब 'सैंया भये कोतवाल, तो अब डर काहे का।''

सुरेन्द्र मोहन जी मुंह पर हाथ दबाकर हँसे तो फीं-फीं की किंकियाती हुई आवाज बाहर निकली।

''मैं भुवन जी से मिलूंगा। आई वुंट एक्सेप्ट दिस सैलरी। बाबूजी की कंपनी समझ रखा है क्या?''

रिजवान साहब की तिलमिलाहट पर सुरेंद्र मोहन जी शांत स्वर में बोले, ''वैसे आप मिलना चाहें, तो मिल सकते हैं, लेकिन...''

''लेकिन, क्या मोहन जी?''

''सुना है कि भुवन जी की थाली में संजय जी ने खूब घी डाला है। आप तो जानते ही हैं कि यहां किस तरह की लॉबी है।''

''लेकिन मोहनजी, यह तो सरासर बेईमानी और अन्याय है।''

रिजवान साहब की आवाज की तरलता में एक तिलचट्टा फिसलने लगा, धीरे-धीरे अपने भींगे शरीर के साथ वह सुरेन्द्र मोहन जी की भी कमीज में जा पहुंचा, जिससे कुछ देर तक वे मौन रहकर उस सरसराहट को महसूस करके बेचैन होते रहे। फिर बोले, ''क्या कीजिएगा, नीलेश जी और प्रदीप जी के साथ भी यही हुआ है। बेचारे बड़े फ्रस्ट्रेटेड हैं। सुना है कि अब वे दिल्ली ही छोड़ना चाहते हैं।''

''इस कंपनी ने तो चुन-चुनकर इफिशियेंट लोगों को ही एक्सप्लॉयट करने की ठान ली हैं।'' रिजवान साहब के भीतर काफी पुराना दर्द उठा। उन्हें लगा कि उनके सामने नागफणि का फन बढ़ रहा है, बढ़ता ही जा रहा है, ब्रह्मराक्षस जैसे लंबे हाथ हैं इसके। बढ़कर पहुंच रहा है यह सामने के नीम, शीशम, गुलमोहर और अमलतास पर...खौफ, अविश्वास...क्या सबकी हरियाली को यह डंस लेगा?''

'अंधेर नगरी, चौपट राजा' है रिजवान साहब'। सुरेन्द्र मोहन जी ने लंबी सांस ली। ''संजय जी जैसी पट्टी पढ़ाते हैं, भुवन जी सुनते हैं और भुवन जी जो कहते हैं, सुमंत बैनर्जी उसी पर एक्शन लेते हैं। बैनर्जी साहब पर हाईकमान को

पूरा भरोसा है। बड़ी लंबी सीढ़ी है, पर है घुमावदार। पुराने जमाने की बनी हुई है। आप तो जानते ही हैं। आप जैसे लोग कितनी दौड़ लगा पाएंगे? और अगर लगा पाएंगे तो लगाइए।"

"मोहन जी अकेला चना भाड़ फोड़ सकता है क्या? आप सबको इसके लिए बोलना ही पड़ेगा।" रिजवान साहब रुमाल से अपना पसीना पोंछने लगे।

"मैं तो बूढ़ा हो गया। मैंने छोड़ दिया सबकुछ। पहले मैं भी काफी रियेक्ट करता था। फिर भी देखिए, अब तक तो घिसटता ही रहा न। अब क्या है। चार ही साल तो नौकरी के बचे हैं। ये भी कट जाएंगे। सच पूछिए तो कीमत वसूली है मेरे रोने की यहां/अब हँसने के लिए शिकवा करूं किससे?" सुरेंद्र मोहन जी हँसे।

सुरेन्द्र मोहन जी की लटकी हुई झुर्रियां में वह हँसी रिजवान साहब को कूड़े बीनने वालों के कपड़े में लगे पैबंद जैसी लगी। वे सोचने लगे, 'ऐसी स्थिति में यह आदमी इतना कूल कैसे रहता है।' उन्होंने गहरी सांस लेकर सामने देखा। यूक्लीप्टस को निर्मम हवा झकझोर रही थी। 'अडिग खड़े रहने की मुश्किलों भरी चुनौती में अपने को बचाए रखना भी कितना कठिन है। शक्ति चुक जाती है, रस निचुड़ जाता है और आदमी पत्तों के साथ भी ठूंठ ही बना रहता है।"

संजय जी आते दिखे, तो सुरेंद्र मोहन जी रिजवान साहब के कान में फुसफुसाए, "चलूं रिजवान साहब। आ रहा है यह करैत सांप। वह भी चोटाहा, अभी प्रदीप जी और नीलेश जी से थोड़ा डोज मिला है, लेकिन मानना पड़ेगा, बड़ा थेथरा है आदमी। शरम प्रूफ का कौन-सा रक्षा-कवच है इसके पास पता नहीं कि गोली चलती है, पर बेचारी हो जाती है चारों खाने चित।"

रिजवान साहब के अंदर कांटे थे, गर्मी भी, पीड़ा थी और बेचैनी भी। संजय जी बगल से कटकर गुजरने लगे, तो उनकी आंखें लाल हो गईं। बिजली कड़की और ओले गिरने लगे।

"यह पे रिवीजन लिस्ट आपने ही ऊपर भेजी थी न। आखिर आप चाहते क्या हैं? क्या सारे लोग छोड़कर चले जाएं यहां से? न आपको सीनियोरिटी का खयाल है और न डेडिकेशन का।

"आपको जो भी बात करनी है, भुवन जी से कीजिए। मैं कुछ नहीं जानता। और यह लिस्ट अगर मैंने भेजी है, तो सारी इंफॉर्मेशन के आधार पर ही भेजी है।" संजय जी के भीतर घबराहट तो थी, पर सोच रहे थे 'हाथी बाजार जाता है तो कुत्ते भौंकते ही हैं। मेरी सफलता पर तो ये लोग कुढ़ेंगे ही।

तिलचट्टे ने रिजवान साहब को परेशान कर दिया था। दिल्ली का पारा भी इस समय काफी बढ़ा हुआ था। यहां न एसी था और न कूलर। तेज स्वर में बोले, "मैं बात तो करूंगा ही संजय जी, लेकिन यह भी जानता हूं कि आपने उनके और मिस्टर बैनर्जी के कानों में क्या-क्या जहर भरे हैं और इंफॉर्मेशन की बात करते हैं न आप। तो अब मैं भी दिखाऊंगा कि मेरे पास आपके अगेंस्ट क्या इंफॉरमेशंस हैं।" रिजवान साहब के पैर थरथराने लगे, तो उन्होंने दीवार का सहारा ले लिया।

"यह सब बोलने से क्या फायदा है रिजवान साहब। आप जाकर उनसे बात कर लीजिए।"

संजय जी बोलकर भुवन जी के केबिन में चले गए और रिजवान साहब खून का घूंट पीकर उन्हें बाहर से वहां बैठे देखते रहे। शीशे का दरवाजा दिखा तो सब कुछ देता है, पर कुछ सुनने नहीं देता। संजय जी की केवल नाचती उंगलियां दिखती रहीं और रिजवान साहब का भीतर खौलता रहा।

धरती तप रही थी। अप्रैल में ही चौवालीस डिग्री का टेंप्रेचर। ग्लोबल वार्मिंग पता नहीं दुनिया को किस ओर ले जाए।"

"मन तो करता है कि अभी जाकर भुवन जी के सामने इसके चीथड़े-उधेड़ें ...स्साला, शराबी, कबाबी...दिन में औरत की कमर पकड़े घूमता फिरेगा और रात में...पता नहीं ऐसा आदमी...मरे स्साला एच.आई.वी. पॉजिटिव से। देर होने पर कितना कॉकस तैयार कर लेगा यह पता नहीं। आदमी के गिरने की भी एक सीमा होती है, लेकिन यह तो...जाति, धर्म और क्षेत्र की यह फीलिंग तो पूरे देश को डुबा रही है, लेकिन यह तो उन लोगों में से हैं, जो न वरुण गांधी की तरह रासुका लगाने का स्कोप छोड़ता है और न राज ठाकरे की तरह बिहारियों और यूपियों पर सीधे प्रहार करता है, लेकिन इसने यह सारा फॉकस बना ही लिया, जिसमें हम जैसे लोग रहें, तो हमारा दम घुटे।"

समुद्र में तूफान आया था। रिजवान साहब देखने लगे सुरसा बनी हुई खिसयाई हुई लहरों को। सच्चिदानंद भटनागर, सावित्री सिन्हा, पन्ना सिंह, श्याम मिश्रा...सब एक-एक कर उनमें समाने लगे। लहरों का तांडव...सबका यहां से नामोनिशान मिट गया। आतंक, डर, सड़क पर आने की शर्मिंदगी। बाद में किसी ने उनका नाम भी लेना उचित नहीं समझा।

सुरेन्द्र मोहन जी संजय जी को देखकर खिसक तो गए, पर वहां से गए नहीं। दूर से वे रिजवान साहब की तिलमिलाहट को देख रहे थे। जब नहीं रहा

गया तो वहां आए और रिजवान साहब को लगभग खींचते हुए बोले, "अभी आप संजय के सामने भुवन जी को कनविंस नहीं कर सकेंगे। यह स्साला तो हर काम में टांग अड़ाता है। फिर आपको काम में देरी होगी, तो यह इसी को अपना हथियार बना लेगा। इसलिए अभी आप चलिए अपने डेस्क पर।"

रिजवान साहब के भीतर छटपटाहट थी बेबसी की। शुगर था, कड़वी चीजें खाने की आदत थी, पर इस बार संजय जी से मिले अपमान को पचाना कठिन लग रहा था। सच्चिदानंद बाबू का चेहरा भी आंखों की पुतली में समा गया था, जिसे वे निकाल नहीं पा रहे थे और दर्द से उनका चेहरा बिगड़ने लगा था।

सुरेन्द्र मोहन जी खुद भी घायल थे। रिजवान साहब की पीर को तो समझ रहे थे, लेकिन क्या कर सकते थे। उनकी शेर-ओ-शायरी को सुनकर जब सामने वाला मुस्करा देता, तो जैसे मोतियाबिंद का छल्ला हट जाता और वे रोशनी की दुनिया में आ जाते, लेकिन अभी कोई शायरी सूझ नहीं रही थी। संजय जी भी किसी समय भुवन जी के केबिन से बाहर निकल सकते थे।

आसमान धूल से भरा था। रिजवान साहब अपने डेस्क की ओर बढ़ रहे थे, लेकिन चैन नहीं मिल रहा था। बाहर की उमस उनके भीतर लगातार बढ़ती जा रही थी।

## 1.2

"सुना है कि रिजवान साहब बढ़ी हुई सैलरी को लेकर खूब लाल-पीले हो रहे हैं।" संजय जी को देखकर भुवन जी ने माउस को खिसकाकर दूसरी ओर किया।

"सड़े हुए सेव हैं और क्या। कह रहे थे कि बैनर्जी साहब से बात करेंगे।" संजय जी ने मुंह बनाकर सिर तो झटक दिया, लेकिन भीतर का चोर कह रहा था सतर्क रहना।

"इनसे कह दीजिए कि यहां अगर रहना है, तो गुटबाजी नहीं करें।"

"आपसे बात करने आएंगे ही। कह दीजिएगा।" संजय जी ने साइन की हुई फाइल उठा ली।

"वैसे बैनर्जी साहब कुछ करेंगे तो नहीं, फिर भी।"

"फिर भी क्या?" संजय जी ने पूछा तो भीतर का वह चोर भी सजग हो गया।

"कुछ नहीं, चलिए देखते हैं क्या होता है। वैसे रिजवान और नीलेश दोनों के एप्वांयमेंट के पीछे प्रेशर तो था।"

"प्रेशर तो हर किसी के एप्वांयटमेंट में रहता ही है। यहां बिना प्रेशर के कोई आता भी है क्या?" संजय जी ने दांत निपोरे। "लेकिन इनके लिए जिसके ऊपर प्रेशर था, उस बेचारे को ही तो रेजीगनेशन देना पड़ा।"

"लेकिन यह तो मानना पड़ेगा कि बोथ आर इफिशिएंट..."

"इसीलिए तो दबाकर रखना पड़ता है सर। वैसे जिनके थ्रू ये लोग आए हैं, उनकी इफिशियेंसी पर किसी को शक था क्या?" संजय जी हँसकर फिर बोले, "वैसे इफिशियेंसी से अधिक और भी चीजों की जरूरत पड़ती है, जो इन लोगों में नहीं है। बोलेंगे ऐसे, जैसे कि जहर उगल रहे हों।"

"हूं।" कहकर भुवन जी ने कुछ मैटर सलेक्ट करके कर्सर को कॉपी पर ले जाकर क्लिक किया। फिर उसे पृष्ठ के नीचे पेस्ट करते हुए बोले, "ठीक है अभी आप जाइए, लेकिन थोड़ी-सी नजर रखिएगा सब पर। कहीं मेरी पोजिशन फॉल्स नहीं हो जाए।"

संजय जी बाहर निकलने के लिए मुड़े तो भुवन जी ने उन्हें रोकते हुए फिर कहा, "यह भी याद रखिएगा कि आपकी इस जगह को बनाए रखने के लिए मुझे काफी मायनेज करना पड़ा। आपके खिलाफ लिखित शिकायत गई थी मिस्टर बैनर्जी के पास।" भुवन जी की बड़ी-बड़ी आंखें संजय जी पर टिक गईं।

संजय जी के पास ऐसा कोई स्पेस नहीं था कि तिलचट्टा वहां जा सके। इसलिए सिर झुकाकर बोले, "आपके और मेरे घरवालों के पुराने संबंध हैं। आप तो मेरे बड़े भाई ही जैसे हैं। जब तक आप हैं यहां, मैं बिल्कुल सेफ फील करता हूं।"

संजय जी चले गए और भुवन जी काफी देर तक कंप्यूटर को घूर-घूरकर देखते रहे। जैसे उसमें मोटाज चल रहा हो ओर बारी-बारी से रिजवान साहब, नीलेश जी, प्रदीप जी, मीना, सुमेधा सभी आते जा रहे हों।

फिर उन्होंने जोर से घंटी बजाई।

उस समय वहां का चपरासी अनुज ट्रे में ब्रेड पकौड़े, सैंडविच और चाय की केतली लेकर ऊपर जा रहा था। घंटी की आवाज सुनकर उसने मन ही मन दो-तीन गालियां दीं। खड़े-खड़े बड़बड़ाता रहा 'सीढ़ी से ऊपर जाओ...सीढ़ी से नीचे जाओ...मिनट-मिनट में घंटी बजेगी। अभी ऊपर चाय नहीं ले गया तो संजय साहब की सुमेधा मैडम की चें-चें शुरू हो जाएगी और फिर संजय साहब की गालियां और इधर नहीं गया तो...। स्साला कुत्ता हूं मैं...बस सबके पीछे दुम हिलाते रहो। इससे तो अच्छा था कि अनपढ़ ही रहता। कम से कम संतोष तो रहता कि मैंने पढ़ा ही नहीं।"

छोटू जूठे कप और प्लेट लेकर सीढ़ी से नीचे उतर रहा था। अनुज को बड़बड़ाते देखकर बोला, "अरे, जल्दी जा, जल्दी। कोई नहीं देखेगा कि तू इतिहास में एम.ए. है। कल की बात भूल गया क्या? संजय साहब जो तेरी छुट्टी कर रहे थे। यहां रहना है तो कंप्यूटर बन, कंप्यूटर।"

अनुज ने छोटू को कोई जवाब नहीं दिया। ट्रे को टेबुल पर पटककर उसने लंबी-लंबी दो-तीन सांसें खींची। फिर मंजे हुए अभिनेता की तरह भुवन जी की केबिन खोलकर बोला, "जी साहब, आपने बुलाया?"

भुवन जी कंप्यूटर पर कुछ डिलिट कर रहे थे। उसकी ओर बिना देखे ही बोले, "रिजवान साहब को बुलाओ।"

रिजवान साहब आए तो भुवन जी उठकर खड़े हो गए। हाथ मिलाते हुए कहा, "बैठिए रिजवान साहब। लगता है आजकल आप काफी व्यस्त रहते हैं। बहुत दिनों से मुलाकात नहीं हुई।"

"सर, मैं आपसे मिलने ही वाला था।" रिजवान साहब का चेहरा खिला हुआ देशी गुलाब था। कुछ देर पहले पीड़ा के कारण जो झुर्रियां दिखने लगी थीं, वह अभी नहीं थीं।

भुवन जी स्टुडेंट लाइफ में रगमंच से जुड़े थे। नसीरूद्दीन शाह और ओमपुरी के साथ भी काम कर चुके थे। शीशे के ग्लास में रखे पानी के दो घूंट पीकर बड़े मीठे स्वर में बोले, "हां, तो कहिए हुजूर। हम लोग तो आप ही लोगों की सेवा के लिए बैठे हुए हैं।"

साहित्य में रिजवान साहब की रुचि थी। लक्षणा और व्यंजना से भी परिचित थे। इन शब्दों से उनकी पेशानी पर बल पड़ गया। तीखी दृष्टि भुवन जी के चेहरे की ओर उठी, पर वहां एक सहज और कोमल मुस्कान थी। इससे रिजवान साहब थोड़े आश्वस्त हुए। आंखों की पुतली में अभी तक सच्चिदानंद बाबू भी चिपके बैठे थे इसलिए विनम्र स्वर में बोले, "सर, इस बार की जो सैलरी..."

भुवन जी ने सारे संभावित संवाद याद कर लिए थे। लाइटिंग व्यवस्था भी उनके दिमाग में सेट थी। बोले, "अरे मत पूछिए रिजवान साहब। मैं खुद ही देखकर हैरान था। आपको पता है न, यह लिस्ट ऊपर से बनी है, हाईकमान की ओर से।

रिजवान साहब के भीतर का पत्ता-पत्ता उड़ने लगा, लेकिन चुप बैठे रहे। भुवन जी कंप्यूटर की तरफ देखने लगे, जैसे नेपथ्य से उन्हें कुछ संकेत मिल रहा

हो। फिर बोले, पता नहीं लोग किस तरह सेटिंग करते हैं। अब आलोक जी को देखिए क्या वे डिजर्व करते हैं इतनी सैलरी के लिए...? आठ घंटे की ड्यूटी है और जब मैं ऊपर उनके डेस्क पर जाता हूं, तो पता चलता है कि चाय पीने के लिए गए हैं। अरे भाई दिन भर में कितनी बार चाय पीनी हैं? और अगर पीनी ही है तो अनुज से मंगवा लो। और यह मीता...हर समय बीमारी का नाटक। क्या कहूं रिजवान साहब मैं तो खुद ही फेडअप हूं इस तरह के सिस्टम से।''

रिजवान साहब की पुतली में सच्चिदानंद बाबू के रहने से दर्द होने लगा। ऊपर से गिरना, अपमान, जिल्लत...। अब गिरने वाले को लोग उठाते नहीं हैं, उनकी जगह लेने की होड़ चलती है।

''और कोई चारा भी तो नहीं है। अब देखिए न इस मंदी के कारण कितनी कंपनियां लोगों पर रेजिगनेशन देने के लिए प्रेशर डाल रही हैं। प्रकाश को तो जानते ही हैं कि कितना टैलेंटेड है। कितने दिनों से वह इस कंपनी को छोड़ना चाह रहा है। उसके फ्रस्ट्रेशन को तो सभी जानते हैं, लेकिन कहां कुछ सेट हो पा रहा है।''

''देखो, यह तिलचट्टा फिर आ गया, पता है यह कहां रहता है? ट्वॉलेट में। छीः यह तो बेडरूम, डाइनिंग रूम, किचन हर जगह घूम रहा है।'' रिजवान साहब की पत्नी तिलचट्टा देखते ही परेशान हो जाती है। लेकिन ढीठ तिलचट्टा कभी उड़कर छत की दीवार पर पहुंच जाता है और कभी फर्श पर तेजी से भागता है। अभी वह रिजवान साहब के भीतर है और इनके चेहरे पर उड़कर आने की कोशिश कर रहा है।

''पापा, प्रिंसिपल ने कहा है कि एरियर के पैसे जमा करने पर ही सेकेंड सेमेस्टर में बैठने दिया जाएगा। फी के भी पैसे बढ़ा दिए गए हैं, यह देखो पापा मेरी ओर इशान की फी डबल हो गई है।'' करिश्मा की आवाज नम है। वह सेवेंथ क्लास में है और इतना समझती है कि पापा की कंपनी में कुछ ठीक नहीं है। और पापा आधी रात में बालकनी में बैठकर सिगरेट पीते हैं। कई बार बाथरूम जाते समय अंधेरे में उन्हें बैठे देखकर वह डर भी गई हैं।

''इन दोनों के एरियर के चालीस हजार देने हैं। इन स्कूल वालों ने तो बिल्कुल लूट मचा रखी है।'' नरगिस का चेहरा अस्ताचल का सूरज बन गया है। रिजवान साहब उसे देख रहे हैं। रंग बदल रहा है धीर-धीरे। सफेद, मटमैला, फिर काला...। पेरेंट्स की रैली, धरना। संसद तक पैदल मार्च। दिल्ली सरकार का आश्वासन। केंद्र सरकार द्वारा कागज के आयात पर बीस प्रतिशत की ड्यूटी।

पिछली बार किताबों में दस हजार लगे थे, लेकिन इस बार तो किताबों में ही शायद बीस हजार से ज्यादा लग जाएंगे।''

''क्या सोचने लगे रिजवान साहब? भुवन जी ने रिजवान साहब के चेहरे पर नजर गड़ा दी। वहां तेलचट्टा धीरे-धीरे सरक रहा है।

''मैं इस बारे में सुमंत बैनर्जी से जरूर चर्चा करूंगा। वैसे आप चाहें तो आप भी उनसे बात कर सकते हैं।'' भुवन जी की आंखें रिजवान साहब पर जमी रहीं।

रिजवान साहब की पुतली से सच्चिदानंद बाबू झांक रहे हैं।

''नहीं, नहीं आप हैं ही, तो मैं क्या बात करूं, लेकिन हमारी तरफ से उनसे रिक्वेस्ट कीजिएगा कि जरा सिनीयोरिटी और इफिशियेंसी के हिसाब से इस बात पर गौर करें। इस तरह का डिसक्रिमिनेशन अच्छा तो नहीं है न। जूनियर्स के सामने अपमान भी होता है।''

''मैं आपकी मनःस्थिति समझ रहा हूं। आखिर मैं भी तो आदमी ही हूं न, पर, आप फिक्र नहीं करें। मैं आज ही बैनर्जी साहब के पास आपकी फाइल बढ़ाता हूं।''

रिजवान साहब को भुवन जी की बरौनियां भींगी लगीं। उन्होंने उनके संवेदनशील मन को पहचाना तो अपने सोच पर ग्लानि हुई। बोले, ''और नीलेश जी को भी थोड़ा देख लीजिएगा। बेचारे परिवार वाले आदमी हैं। पत्नी भी बीमार रहती है।''

''हां, हां, भई, आप दोनों के साथ प्रदीप जी की भी फाइल बढ़ाऊंगा। आप निश्चिंत रहे।'' भुवन जी ने खड़े होकर उनसे हाथ मिलाया और रिजवान साहब के लिए खुद दरवाजा खोल दिया।

भुवन जी के केबिन से रिजवान साहब निकले तो तिलचट्टा उनके भीतर या शरीर पर कहीं नहीं था। वे यह सोचते हुए सीढ़ियां चढ़ रहे थे कि 'इनके बारे में लोग जिस तरह बोलते हैं, वे इस तरह के हैं नहीं। मुझे सी.ऑफ करने बाहर तक आए। नहीं भी तो आ सकते थे। वैसे, नहीं आते तो इनका क्या जाता। लगता है यह स्साला संजय ही कमीना है। अब इसको अपनी औकात बतानी ही पड़ेगी।''

## 1.3

रात के लगभग दस बजे रहे हैं। रिजवान साहब और नीलेश जी ऑफिस से साथ बाहर निकले हैं।

''कुछ इनक्रिमेंट तो होगा ही। भुवनजी ने अच्छा रिसपॉन्स दिया है।'' आसमन में चांद कुछ मस्ती में घूम रहा है।

''मुझे बैंक से एक लाख का लोन लेना पड़ गया। बच्चों की इतनी फी, एरियर के पैसे और किताबों के पैसे कहां से पूरा करूं रिजवान साहब। महीना पूरा होता नहीं कि हाथ खाली हो जाते हैं। अगर पैसे नहीं बढ़े, तो की इस महंगाई दिल्ली में कैसे चलेगा, पता नहीं।''

बस से दो लड़के अभी-अभी एक लड़की के साथ उतरे हैं। तीनों के कानों में मोबाइल से जुड़े तार लगे हैं और उनके शरीर किसी लय पर थिरक रहे हैं। शायद वे भूल गए हैं कि अब वे सुनसान सड़क पर हैं।

नहीं, लोन नहीं लेना है। नरगिस दृढ़ है। उसे याद है कि पिछले साल उसने लोन लिया था और नए फर्नीचर की मनहूसियत पूरे साल चलती रही। बात-बात में रिजवान साहब का चिड़चिड़ाना, चीजें फेंकना। नरगिस को चोट बाहर नहीं, भीतर लगती थी। एक दिन रिजवान साहब ऑफिस में ही बेहोश हो गए। उनका शुगर काफी बढ़ गया था।

बच्चों का रिजल्ट आ गया। नई क्लास में एडमिशन, किताबें। रिजवान साहब खुश थे कि नरगिस काफी कुशल हाउस वाइफ है। अगर इशान ने उस दिन नहीं कहा होता तो...

नदी की ठंडी धारा में तरंगें थिरक रही थीं। रिजवान साहब उसमें पैर डुबोते और खुश होते थे। लहर कभी तट की ओर बढ़कर-मचलती नहीं थी। वह थोड़े से आवर्तों में ही खुद को समेट लेती थी। पर, पानी का बुलबुला यह सुख! कब फट जाए, किसी को क्या पता।

रिजवान साहब का ब्लड प्रेशर काफी दिनों तक बढ़ा रहा। ''नहीं, पापा मुझे घूमने नहीं जाना है, पढ़ना है। मम्मी ने हमारे एडमिशन के लिए अपना नेकलेस जो बेच दिया।'' अपनी हैसियत का कच्चा चिट्ठा रिजवान साहब के सामने आ गया और वे कई दिनों तक खाते समय भी कलपते रहे।

अंधेरा किसी का चेहरा देखने नहीं देता। नहीं तो नीलेश जी देख सकते थे कि कुछ स्मृतियां किस तरह जिन्न बन जाती हैं।

''प्रदीप जी तो घर से पैसे मंगवा लेते हैं। उनके पापा एग्जिक्यूटिव इंजीनियर थे। अब रिटायर हो गए हैं, लेकिन पटना के कंकड़बाग में उनका तीन मंजिला मकान है।''

आकाश काली स्लेट की तरह है। मेघनाथ का कटा हाथ अभी वहां गिरा है और स्वरों के अक्षर तारे बन टिमटिमाने लगे हैं।

"प्रदीप जी ने प्रेम विवाह किया है, पर पैसे को लेकर आपस में हमेशा खटपट रहती ही है।"

"उनका छोटा भाई तो डॉक्टर है न?"

"हां, कंकड़बाग में ही उसकी काफी अच्छी प्रेक्टिस है।"

"दोनों के स्टेटस की तुलना भी हो जाती होगी। कुछ औरतें इसी पर अधिक ध्यान देती हैं।"

तारा टूटकर नीचे गिरा। रिजवान साहब और नीलेश जी ने इसे गिरते हुए देखा, पर टूटते तारे को देखकर कुछ कामना की जाती है। यह उन्हें याद नहीं रहा।

नीलेश जी का घर आ गया तो उन्हें गुड नाइट कहकर रिजवान साहब पार्क की ओर बढ़ गए। वे जानते थे कि बच्चे सो गए होंगे और नरगिस डाइनिंग टेबल पर खाना रखकर उनका इंतजार कर रही होगी। फिर भी मन घर जाने के लिए तैयार नहीं था। पार्क की अंधेरी बेंच पर अकेले बैठना और धीरे-धीरे अंधकार को सिप करते हुए पेड़ों को देखना कभी-कभी रिजवान साहब को काफी अच्छा लगता है।

## 1.4

ऑफिस से थोड़ी दूर, दाईं तरफ चाय की दुकान है। नीलेश जी और सुरेन्द्र मोहन जी के साथ रिजवान साहब चाय पी रहे हैं।

"कई लोगों से रेजिगनेशन ले लिया गया है, जिससे अब रह गए एम्पलॉयज पर काम का लोड काफी बढ़ गया है।" नीलेश जी ने गर्दन को क्लॉक वाइज घुमाते हुए कहा।

"आगे-आगे देखिए, होता है क्या.../यह जमीं है उनकी, आसमां उन्हीं का।"

सुरेन्द्र मोहन जी ने हँसते हुए आसमान को देखा, पर अंधकार ने वहां की पूरी रोशनी चूस ली थी। इससे उनकी आवाज की खनक बुझ गई।

"आठ महीने बीत गए, लेकिन अभी तक कुछ पॉजिटिव रिसपॉन्स नहीं मिला।" रिजवान साहब ने डिसपोजेबुल ग्लास को तोड़कर नीचे फेंक दिया।

"इन लोगों ने फाइल आगे बढ़ाई होती, तब तो रिसपॉन्स मिलता।" सुरेंद्र मोहन जी हँसे।

आसमान में चांद था, पर कटा हुआ। झुलसे घास की तरह बेतरतीब उसकी दाढ़ी दिखी। शायद चांदनी को उसका साथ देना गंवारा नहीं था, महान गणितज्ञ वशिष्ठ नारायण की पत्नी की तरह।

''जिन लोगों ने हम लोगों के बाद ज्वाइन की है, वे मजे से पंद्रह हजार और बारह हजार हमसे अधिक सैलरी उठा रहे हैं। नीलेश जी को बोलते-बोलते जोर से खांसी उठने लगी।''

''मीटिंग में यह बोलते हुए भुवन जी को शर्म नहीं आई कि आलोक जी के ऊपर बड़ी रेसपान्सिबिल्टी नहीं दी जा सकती। अभी नए हैं वे।''

तपे बालू को थोड़ा पानी मिला और तरलता नीचे उतरने लगी।

''रिजवान साहब, आपको भुवन जी ने ब्लफ दिया है। क्या अभी तक आपको समझ में नहीं आया?'' सुरेंद्र मोहन जी के भीतर का गुस्सा आंखों से टपकने लगा।

''मोहन जी, अगर ब्लफ ही देना था तो उम्मीद क्यों जगाई? इसी उम्मीद पर तो ये आठ महीने खींचे हैं हमने। लोन के ई.एम.आई. भरने, बच्चों की फी और मकान का रेंट देने के बाद क्या बच जाता है हमारे पास?'' नीलेश जी की आवाज की कंपकंपी वातावरण की खुश्की को कंपा गई।

''इस सप्ताह हाईकमान को डेवलपमेंट की फाइल भेजनी पड़ेगी। देखिएगा, किस तरह भुवन जी अभी आप लोगों को मक्खन लगाएंगे।''

''अरे अब क्या लगाएंगे मक्खन...थोड़ी भी तो शर्म होगी?''

''रिजवान साहब आप भी न, बड़े भोले हैं आप।''

''अरे हमने तो खाई है कसम/बेशर्मी के पार जाकर देखेंगे?'' सुरेंद्र मोहन जी हँसने लगे।

डेकची में पानी खौल रहा है। पानी के अनगिनत बुलबुले बनते और मिटते हैं।

''आप लोग आलोक जी से भी सजेशन ले लिया कीजिए।''

''यह छोकरा, जो कल तक ए.बी.सी. नहीं जानता था, उससे पूछकर हम काम करेंगे। पंद्रह साल से हमने यहां खून-पसीना एक किया है।''

''चमचागिरी और जतियौती करके इसने सैलरी बढ़वा ली है, तो क्या एबिलिटी भी आ गई।''

''चार्ज देंगे हमें और हम आलोक से पूछकर काम करेंगे।''

रिजवान साहब का चेहरा तमतमा रहा है। स्मृतियां टुकड़ों में बंट गई हैं। सामने कुछ लोग दिसंबर की ठंड में सड़क पर आग सेंक रहे हैं, पर उनके भीतर बेचैनी है कि यह रात बीतेगी किस तरह।

''अरे रिजवान साहब, आलोक जी को हम लोगों से पंद्रह हजार ज्यादा मिल रहा है। हमसे सीनियर तो हो ही गए न। देखिए, चाय पीने भी हमेशा संजय जी के साथ ही आते हैं।''

सुरेन्द्र मोहन जी के कोहनी मारने पर सब पीछे मुड़े तो संजय जी आलोक जी के साथ आते दिखे।

''क्या कीजिएगा। जब तकदीर ही साथ नहीं देती है, तो...किसी शायर ने ठीक ही कहा है–

''कौन कहता है बुरी वक्त की हालत का शरीक/मरते वक्त देखा है आंखों को पलट जाती हैं।''

''लेकिन इस तरह कब तक सहते रहें। एक तो संजय जी अपमानित करने का कोई मौका छोड़ते नहीं। ऊपर से भुवन जी भी आ गए जातिवाद और क्षेत्रवाद करने।''

''घबराइए नहीं, यह कंपनी भी जल्दी ही डूबेगी, तब पता चलेगा सुमंत बैनर्जी को।''

नीलेश जी की बातों से रिजवान साहब छटपटा उठे। बोले, ''अरे नीलेशजी क्या हम इस कंपनी के डूबने का इंतजार करते रहें?''

नीलेश जी सामने देख रहे थे। टिमटिमाती रोशनी में डायनासोर उनकी ओर बढ़ता आ रहा था। भीतर का भय मन को व्याकुल करने लगा तो स्वर भी कांपने लगे। बड़ी मुश्किल से थरथराते स्वर में बोले, ''तो क्या करें बोलिए? क्या उपाय है? अभी इतने लोगों की छंटाई हुई है। इसी कंपनी ने कितने लोगों को रेजिगनेशन देने के लिए कलम थमाई है। डॉ. सच्चिदानंद भटनागर और सावित्री सिन्हा जैसे योग्य और ईमानदार लोग भी क्या इस पॉलिटिक्स से बच पाए? नहीं न, फिर?''

''अकाउंट ऑफिस में कोई यह भी कह रहा था कि लोगों की सैलरी कटने की बात चल रही है।'' सुरेन्द्र मोहन जी की झुर्रियां मकड़े के झोल की तरह लटकी हुई दिखने लगीं।

''क्या? किसने कहा?'' रिजवान साहब और नीलेश जी दोनों एक साथ बोल उठे।

''जिसने भी कहा हो, पर खबर पक्की है। यह पता है न कि अभी भी ऐसी जाति बची है, जिसकी यह परंपरा है कि जब कोई व्यक्ति मरने लगता है, तो उसे जानवर की तरह काटा जाता है और उसका मांस भेजा जाता है घर-घर में। जैसे वह भगवान का चढ़ा हुआ प्रसाद हो। आदिम सोच हमारे भी जींस में है भाई।'' सुरेन्द्र मोहन जी की गहरी सांस की आवाज सर्द हवा में बिखर गई। उनकी छलछलाई आंखों को टुकुर-टुकुर देखते आसमान ने देखा, पर चुप रहा। कुछ देर तक वहां चुप्पी छाई रही जैसे सबकी आवाज में कांटे फंस गए हों और ढेर सारे तिलचट्टे उनके भीतर उड़ने और चलने लगे हों।

''गाज गिरेगी फिर हमीं लोगों पर। सांप तो बिल की तलाश कर ही लेगा। वैसे ये कंपनियां आर्थिक मंदी के नाम पर अभी लोगों को खूब एक्सप्लॉयट कर रही हैं। घाटा होने का तो नाटक है सब।'' रिजवान साहब की पेशानी की नसें उभरने लगीं।

नीलेश जी का मस्तिष्क जैसे रिमोट से न्यूज का चैनल बदल रहा है। इलेक्शन में पार्टियों के लंबे-लंबे विज्ञापन...पांच सौ करोड़, छह सौ करोड़...ग्लोबल रिसेशन। सभी चैनल्स अपने एम्पलॉयज की सैलरी काट रहे हैं, टेन परसेंट, फिफ्टीन परसेंट...''

''गमों को भूलना आसान नहीं है/पर यह एहसास जगा दें, तो कैसा हो?'' सुरेन्द्र मोहन जी ने हँसते हुए उन दोनों को देखा, फिर बोले, ''कुछ लोग कह रहे हैं कि भुवन जी और संजय जी की सैलरी पर भी काफी कैंची चली है। ये लोग मुंबई दौड़ लगा रहे हैं हाईकमान के पास, पर यह भी सच है कि ये लोग हम लोगों की सैलरी से कंपेनसेट करने की भी सोच रहे हैं। सुरेन्द्र मोहन जी ने लंबी सांस ली।

'मैनेजमेंट अंधा है क्या? जिनकी सैलरी तीन लाख से अधिक पर मंथ है, उनकी नहीं कटेगी और जिनकी पच्चीस हजार-तीस हजार...उनकी...छीः...!''

''चर्चा यह भी है रिजवान साहब कि भुवन और संजय एक दो को निकलवाने की कोशिश में हैं। जो रहेंगे, उन पर वर्कलोड और अधिक डाल दिया जाएगा।''

''कमीनेपन की हाइट है भई। आजकल गॉड भी क्या ऐसे ही लोगों की हेल्प करते हैं?'' रिजवान साहब जोर-जोर से अपना हाथ मसलने लगे।

"देखिए, क्या-क्या झेलना पड़ता है। ऊपर से यह महंगाई...बच्चों की फीस चुकाने में लगता है फाके करने पड़ेंगे।"

"इस तरह नहीं चलेगा नीलेश जी।"

"क्या करें फिर?"

हताशा और निराशा चौराहे पर खड़ी थीं, रिजवान साहब चुप रहे। सामने के फ्लैटों की खिड़कियां, दरवाजे सभी बंद थे। वहां की रोशनी बस केवल अपनी दीवारों के किनारों तक सिमटी थी।

संजय जी आलोक जी के साथ पास आने लगे। तो सुरेन्द्र मोहन जी ने आंख मारते हुए कहा, "जेठजी आ गए है भाई। अब दुल्हन को तो घूंघट काढ़ ही लेना चाहिए।"

सुरेन्द्र मोहन जी का सेंस ऑफ ह्यूमर प्रतिकूल स्थितियों में भी चेहरे पर मुस्कराहट ला ही देता था। तीनों लॉन से होकर गुजरे तो वहां की हरियाली अंधेरे में डूबी हुई थी। पछिया हवा के कारण उनके बाहर और भीतर ठिठुरन बढ़ने लगी।

## 1.5

भुवनजी कंप्यूटर पर कोई डेटा चेक कर रहे थे कि सुरेन्द्र मोहन जी और नीलेश जी के साथ रिजवान साहब वहां आए।

"येस, कुछ कहना है क्या? आज तो पूरा गुट बनाकर आए हैं आप।" भुवनजी के स्वर के व्यंग्य से केबिन में घुटन का धुआं भर गया।

भुबनजी ने उन्हें बैठने को नहीं कहा। तो रिजवान साहब ने कुर्सी खींचकर नीलेश जी और सुरेन्द्र मोहन जी को बैठने का इशारा किया।

भुवन जी ने दाहिने हाथ की मुट्ठी बांधकर उसे गालों पर रखा। फिर रिजवान साहब को देखकर रुखे स्वर में बोले, "कहिए।"

रिजवान साहब काफी विनम्र स्वर में बोले, "सर आपने कहा था कि हमारी सैलरी के संबंध में आप बैनर्जी साहब से बात करेंगे।"

"हां, कहा था।"

"तो क्या बात हुई?"

"रिजवान साहब, आप काफी सीनियर हैं। आपको समझना चाहिए कि ग्लोबल रिसेशन से कंपनी घाटे में चल रही है और आप सैलरी बढ़ाने की बात

कैसे कर सकते हैं, जबकि सबकी सैलरी कटने की बात चल रही है। हो सकता है कि अगले मंथ से आप सभी को जो सैलरी मिले, उसमें टेन परसेंट की कटौती की जाए।''

नागफणि का फन बढ़ रहा है, उनकी ओर। पास, बिल्कुल पास।''

''जब सैलरी बढ़ने की बारी आती है तो हम लोग पीछे हो जाते हैं और जब घटने का समय आता है, तो सभी इक्वल हो जाते हैं। यह यहां की कौन-सी पॉलिसी है, मैं समझ नहीं पाया।''

''हां, यही पॉलिसी है यहां की।'' नागफणि का फन रिजवान साहब, नीलेश जी और सुरेन्द्र मोहन जी की गर्दन की ओर बढ़ा।

''वैसे, हम लोग आंखें बंद करके नहीं बैठते रिजवान साहब। आप जिन लोगों की ओर उंगली उठा रहे हैं, वे आप लोगों की तरह गुटबाजी में नहीं रहते। इस तरह लोग गॉसिप में लगे रहेंगे, तेा काम कब करेंगे, आखिर हमारे पास तो हर दिन आठ ही घंटे हैं न?''

''किसने कहा कि हम लोग गॉसिप में रहते हैं? संजय जी ने? और आठ घंटे क्या? किस दिन हम लोग दस घंटे से यहां कम रहते हैं? और कभी जरूरत पड़ती है तो बारह-तेरह घंटे भी हम लोग काम करते हैं।'' रिजवान साहब का चेहरा तमतमा गया। डायनासोर, नागफणि का फन और तिलचट्टा, तीनों तीन तरफ। बीच में रिजवान साहब, नीलेश जी और सुरेन्द्र मोहन जी।

''काम सभी करते हैं न, कि केवल आप लोग ही करते हैं?'' नागफणि का फुंफकारता हुआ फन बिल्कुल रिजवान साहब की गर्दन के पास है।

''जब रिसपॉनसिबिलिटी देने की बात आती है, तो आप उन लोगों को क्यों नहीं देते, जिनकी सैलरी हम लोगों से अधिक है?'' तिलचट्टे का आक्रामक तेवर।

''उन्हें भी रिसपॉनसिबिलिटी मिलती है रिजवान साहब।'' भुवन जी मुस्कराए।

''उनसे बाहर का काम लिया जाता है और आप लोगों को तो खुश होना चाहिए कि आप लोगों को इस योग्य समझा जाता है कि आपको बड़ी जिम्मेदारी दी जा सके। लीजिए पानी पीजिए। अभी आप काफी गुस्से में है।'' भुवनजी ने पानी का गिलास बढ़ाया। ''मैं आप लोगों के लिए कॉफी मंगाता हूं।'' डायनासोर के सिर पर यह किसका सिर? अरब देशों में शांति वार्ता करने आए क्या बराक ओबामा?''

"क्या कहूं, काफी फेडअप हो गया हूं यहां के सिस्टम से।"

यह क्या? रिजवान साहब की आंखों की पुतली में फिर सच्चिदानंद बाबू। आंखों में लाली और पीड़ा। रिजवान साहब चाहते तो हैं, पर अपनी पुतली से सच्चिादानंद बाबू को हटा नहीं पाते।

"रिजवान साहब यहां का सिस्टम क्या। लोग तो पूरे देश के सिस्टम से फेडअप हैं। फिर भी रहना तो इसी देश में है न? हां, जिसके पास ऑप्शन हैं, वे इंग्लैंड, अमेरिका चले जाते हैं। अब मेरा ही बेटा यहां नहीं रहना चाहता तो क्या करूं। कहता है कि इस देश में टैलेंट को क्रश किया जाता है।" तिलचट्टा नागफणि और डायनासोर चुपचाप हैं। उन्हें लगता है कि कुछ चेंज होनेवाला है।

सुरेंद्र मोहन जी और नीलेश जी भी चुप हैं जैसे सामने कोई काला नाग फन काढ़े बैठा हो और वहां से निकलने का कोई रास्ता नजर नहीं आ रहा हो।

भुवनजी ने उनसे पूछा, "आप लोग भी कुछ कहना चाहते हैं?"

दोनों ने 'नहीं' में सिर हिला दिए।

"अभी ग्लोबल रिसेशन की जो लहर चली है, इसमें हमलोगों को काफी समझदारी से काम लेना होगा। अंदरूनी कलह से इस कंपनी की स्थिति तो और भी कमजोर होगी न?"

भुवन जी की बातें उन तक पहुंचीं–जैसे कोई बैठकर गोदना गोदवा रहा हो। अब तिलचट्टे के सब्र का बांध टूट गया। उन तीनों की ओर बढ़ते हुए उसने मुंह से अजीब-सी आवाज निकाली। जैसे वह अपने साथियों को आने के लिए संकेत कर रहा हो।

वे तीनों बाहर निकले तो नागफणि से उनका मन लहूलुहान था। तिलचट्टा उनके भीतर और बाहर कभी रेंग रहा था और कभी उड़कर अपने पंखों की तेज सरसराहट से यह कह रहा था कि "मैं हूं तो फिर, मुझे इगनोर तुम कैसे कर सकते हो?"

## 1.6

संजय जी फाइल पर भुवन जी से सिगनेचर कराने उनके केबिन में आए। कल वे आधी रात तक अमर कॉलोनी के अपने फ्लैट में काफी बेचैन थे। रेड वाइन का डबल पेग लेकर वे बेड पर पड़े रहे, पर नींद आई नहीं। अब भी आंखों में नशा और नींद की खुमारी थी और आवाज में व्याकुलता।

“सर, अगले मंथ से सबकी सैलरी का टेन परसेंट कट रहा है?”

भुवन जी ने कहा, “हां।”

“सर क्या मेरी सैलरी का भी...”

भुवन जी ने कोई जवाब नहीं दिया। फाइलों को पढ़कर वे उन पर सिगनेचर करते रहे।

संजय जी गहरी सांसें खींचने लगे। भुवन जी ने फाइल उनके आगे बढ़ाकर माउस पकड़ लिया।

“सर, मेरी सैलरी का कितना परसेंट कट रहा है?”

संजय जी के भीतर गहरी छटपटाहट थी। भुवन जी कर्सर को सेव बटन पर ले जाकर कोई डेटा सेव कर रहे थे और संजय जी की धड़कन बढ़ रही थी। भुवन जी काफी रिलेक्स्ड मूड में थे। इससे भी संजय जी के भीतर कई तरह के समीकरण बनने और बिगड़ने लगे।

भुवन जी उनके सफेद पड़े चेहरे को कुछ देर देखते रहे फिर मुस्कराते हुए शांत स्वर में धीरे-से बोले, “ओनली टू परसेंट, चलेगा?”

संजय जी के होंठों की मुस्कान कानों को छूने लगी। आंखों में विजय की चमक जगी। गद्गद होकर बोले, “थैंक्यू सर...”

“कंपनी घाटे में नहीं है। सभी एम्प्लॉयज की सैलरी काटकर इसे करोड़ों का लाभ हुआ है।”

संजय जी केबिन से बाहर निकले तो मन में कैलकुलेशन चलने लगा। ‘टू परसेंट यानी तीन लाख का छह हजार यानी चौबीस हजार की बचत। चलो, ठीक है। वैसे कुछ तो कटना ही था, लेकिन आठ-नौ महीने के गुणा–भाग से काफी लाभ हुआ। वे मन ही मन हँसे और फाइल को बगल में दबाकर सीढ़ियां चढ़ने लगे। वहां न डायनासोर था, न नागफणि का फन और न तिलचट्टा। भुवन जी का मुस्कराता चेहरा उनकी आंखों की पुतली से झांककर कह रहा था ओनली टू परसेंट, ओनली टू परसेंट ओनली...देखा पाठको, इसी को कहते है बुद्धि। आप संघर्ष तो कीजिए ही, लेकिन इस बुद्धि का भी इस्तेमाल जरूर कीजिए।”

# कोई विकल्प अंतिम नहीं

## पहली चिट्ठी / स्मृतियां, द्वंद्व और सपने

घर की जिम्मेदारियां और 'किम् कर्तव्यम', 'किम् न कर्तव्यम' जैसे वृत्त की परिधि पर किसी बिंदु को खिसकाते चलना। जैसे तोते को रटाना, 'शिकारी आएगा, जाल बिछाएगा, दाना डालेगा, लोभवश उसमें फंसना नहीं।' लेकिन बिंदु खिसकाने वाले की भूल से केंद्र की ओर लुढक तो सकता ही है और कैसे कहा जाए कि तोता जाल में कभी फंसेगा ही नहीं। आस्वादन का लोभ तो मनुष्य की प्रकृति है। फिर गीता में श्रीकृष्ण ने अर्जुन से यूं ही तो नहीं कहा कि कर्म और अकर्म संबंधी निर्णय लेने में बुद्धिमान भी मोहित हो जाते हैं। (किं कर्म किमकर्मेति कवयोऽप्यत्र मोहिताः।)

आपकी चिट्ठी पढ़ी। वैसे, कुछ भी नया नहीं था। फिर भी।

कुछ दिन पहले गांव के दिनेश काका बस स्टॉप पर मिले। उन्होंने सबसे पहले यही सवाल किया, "क्या तुम ज्ञानरंजन दा को कभी कोई खबर नहीं करती?" (यह आपने ही उनसे कहा है।)

जब तक मेरी बस नहीं आई, वे खोद-खोदकर प्रश्न करते रहे (मुझसे ही संबंधित)। चीथड़े में लिपटे शरीर को देखकर कौन नहीं हँसता? चिलचिलाती धूप हो, तो कुछ रंग काफी चुभते हैं। आप इतनी जल्दी सब कैसे भूल गए?

ऊपर से नीचे तक देखती दिनेश काका की नजरें मुझे बिंध रही थीं। उनकी आंखों में कई अनकहे प्रश्न और भी थे और बातों में घोर उपालंभ।

कैसे न कहूं कि मैं शर्मिंदा होती रही। डर लगता रहा कि कहीं कोई जानने वाला सुन नहीं ले।

आपकी इच्छाएं, पीड़ा यदि मौन रहतीं तो भी मैं समझ ही लेती। बचपन में देखा था कि नवंबर आते ही मां स्वेटर बुनने लगती। कभी-कभी कई घर गिर जाते और वह उन्हें बड़ी कुशलता से ऊन की सलाई पर चढ़ाकर डिजाइन में ढाल देती।

सपने भी तो सलाइयों पर चढ़ते ही हैं, कभी-कभी डिजाइन में भी आ जाते है, लेकिन कभी नागफणि के कांटे की तरह चुभते भी हैं।

सुबह छह बजे बस पकड़ने के लिए चार बजे का अलार्म लगाकर सोना। दिनभर भाग-दौड़, चिल्ल-पौं, जिंदगी की घरघराहट। शाम के समय बस में पसीने की दुर्गंध और स्त्री-देह स्पर्श पाने की लिजलिजी चेष्टा के बीच घर पहुंचना। आपने कटी हुई पतंग को खजूर के पेड़ पर अटकते देखा है न? हमारे घर के सामने तो कठखजूर के कई पेड़ हैं।

जब मैं छोटी थी, तो आपके साथ ट्रेन में जाती थी, पर लोगों के साथ बात करने में आपका कभी ध्यान ही नहीं जाता कि जो आपको 'दादा-दादा' बोलकर झाल-मूड़ी और चने-मसाले खिला रहा है, वही बार-बार मेरे पैरों पर अपने पैर चढ़ा रहा है।

मैं परेशान होती, पर कैसे कहती? वह व्यक्ति भी तो आपकी उम्र का होता था।

फिर आप तो मुझे ही समझाते थे "अब अंकल दे रहे हैं, तो खा लो, बड़ों को हर बार 'न' कहना अच्छा नहीं।"

मैं चुपचाप ले लेती, क्योंकि तब आपकी कोई भी बात नकारने की आदत नहीं थी, लेकिन अंदर से दुखी तो होती ही। सोचती कि आप कुछ समझते क्यों नहीं।

दिल्ली में जनरल स्टोर, मदर डेयरी, खासकर बसों में हर दिन देखती हूं, यहां 'बेटा' और 'बेटी' हो या 'अंकल' और 'आंटी' सब केवल एक संबोधन है। युवा ही नहीं बच्चे भी इसे अच्छी तरह समझते हैं।

कई बार बसों में ऐसे भद्दे चुटकुले सुनती हूं कि पूछिए मत। आप अगर रहते, तो उन्हें जरूर समझाते। कहते, ''सोलह, सतरह वर्ष भी कोई उम्र है भला। कच्चे घड़े की कच्ची मिट्टी।''

बस में एक बुजुर्ग ने भी यही समझा, लेकिन मुड़ते ही बैन...जैसी गालियां घरघराती बस में ऐसी गूंजीं, जैसे किसी तेज धारदार पत्थर से घर का कीमती शीशा टूट गया हो।

आज टी.वी. चैनलों और इंटरनेट ने इन स्कूली छात्रों को उन चीजों की तमीज अच्छी तरह सिखा दी है, जिनसे आप लोगों ने हमेशा मुझे बचाने की कोशिश की। (जब 'लेडी चैटर्लीज लवर' और 'लौलिता' की चर्चा मेरी क्लासमेट्स करती थीं, तो मुझे भी जिज्ञासा हुई, पर एम.ए. करते समय भी मैंने इसे छिपाकर ही पढ़ा।)

आपने फिर लिखा, 'नैतिकता ही मनुष्य की पूंजी है।'

बचपन में तो इसी के नाम पर मां ने मुझे थप्पड़ मारा था और खुद भी दिन-रात भूखी रही थी।

जोर से बोलूं तो लड़की हो...। लड़कों से बतियाऊं तो यह संस्कारहीन कैसे हो गई? बाहर घूमने जाऊं तो हर समय बाहर क्या निकलना? घर में तो इसके पैर ही नहीं टिकते। स्कूटर चलाना सीखने की कोशिश ही की कि 'मैं तुम्हें अपनमतलबी बनने नहीं दूंगी।''

लेकिन, ऑफिस में यह कौन देखता है कि मैं लड़की हूं। यहां रात में भी थकी सड़कें झपकी तक नहीं ले पातीं।

टी.वी. के नेशनल चैनल को छोड़कर बाकी को तो आपने लॉक करके ही रखा होगा। इसीलिए नैतिकता के कई...और एक-दूसरे में उलझे चेहरे को आपने देखा ही नहीं होगा।

उसका आधा-अधूरा हिस्सा भी अब उससे नहीं मिलता, जिसकी गठरी मां ने मुझे थमाई है।

वैसे इसको अब साहित्य अकादमी या किसी अन्य प्रसिद्ध लाइब्रेरी में रख दिया जाए, तो ज्यादा अच्छा है। किसी कालखंड के इस इतिहास से आनेवाली पीढ़ी भी अगर परिचित हो तो उन्हें इस पर लिखने या चर्चा करने में सुविधा तो होगी ही।

आज हर चीज नए फैशन की है, बिल्कुल इंपोर्टेड। देहाती चीजें अब बूढ़े मां-बाप की तरह हैं, जिनके लिए कई एनजीओ ने वृद्धाश्रम बना दिए हैं।

ऐसे, हमारा मेट्रोपोलिटन शहर कुछ मामलों में काफी उदार है। कुछ चीजों के लिए यहां चेहरे पर मास्क लगाने के झमेले नहीं हैं।

मां काम नहीं कर पाती है, पर मेदी को नहीं रखेगी। उसका छुआ पानी, मसाला पीसना कुछ नहीं। गांव में सब क्या कहेंगे? यह डर कि उसका छुआ हुआ उन्होंने खा लिया।

डर भी वहां भूत की तरह है, जो किसी भी समय किसी पर सवार हो जाता है। इसीलिए तो इलेक्शन के समय कई टोले के लोगों ने वहां वोट भी नहीं डाला। यहां तक कि मुखिया के चुनाव में भी।

दिवाकर सिंह की मूंछें तो अब और भी घनी हो गई होंगी? पर यहां डरने का किसी के पास उतना समय ही नहीं है। ब्लू लाइन की बसें कितने को कुचल चुकी हैं, फिर भी रोज लोग चलती हुई बसों में चढ़कर लटकते हैं।

आपने मना किया, फिर भी आपका पोता गुड्डू आर.एस.एस. के कैंप में गया। दुखी क्यों होते हैं? लड़का है न, उसकी अपनी मर्जी।

मां ने मेरी तरह कुछ भी सुभाष भैया को कहां समझाया था। उस दिन तो वे शाखा से ही आए थे। पिंकी को इस तरह उन्होंने डांट लगाई कि बेचारी दिन भर रोती रही। बड़ी भाभी मसूर की दाल भी नहीं खा सकती, लेकिन पच्चीस वर्ष की उम्र में विधवा क्या वह अपनी मर्जी से हो गई थीं? फिर बड़ी भाभी तो अब पिंकी की मां हैं और पिता भी...आप लोगों ने क्या कभी उन्हें घर की बहू होने का मान दिया?

मैं जानती हूं, वहां सबको मुहल्ले की काफी परवाह है, लेकिन बेचारी मेदी, कम से कम उस अपंग को एक पैला चावल तो रोज मिल जाता था।

मैंने सुना, वहां मुसलमानों और यादवों का गुट बन गया है। कारी जब नदी किनारे बालू में लथपथ मिली, तो थाने में एफ.आई.आर. दर्ज भी नहीं हुई। सब तो जानते ही थे कि एक दिन पहले दिवाकर सिंह की बेटी के साथ उसने गाली-गलौज की थी।

शकुनि के दांव हर दिन, हर जगह बदलते हैं। रक्तबीज की तरह कितने माया जाल हैं इसके, कहा नहीं जा सकता। ध्वंस, हिंसा, कभी न थमने वाली बातों के प्रहार। अभी हाल ही में एक मेट्रोपोलिटन शहर में मीडिया का कार्यालय टूट गया।

वहां छुईमुई का पौधा अब भी है कि सूख गया? वह बड़ा ही संवेदनशील था। स्पर्श से उसका वह सिकुड़ना, उस समय काफी अच्छा लगता था।

कभी-कभी पार्कों में उसे ढूंढ़ती हूं, पर शायद उसके पनपने की जगह बदल गई है या शायद अब उसकी प्रजाति ही खत्म हो गई। वैसे, अब सब कुछ ऐसा ही चलता है। अब कुछ अधिक समय के लिए टिकता भी तो नहीं, रिश्ते और भरोसा भी।

यह चिट्ठी लिखने रात के बारह बजे बैठी थी। इस समय दो बज रहे हैं। यह कंपलीट तो हो गई है, किंतु लिफाफे पर टिकट चिपकाते समय लग रहा है कि शायद वह नहीं लिख पाई, जो आप चाहते हैं। सत्तर साल की इस उम्र में आपको कैसे कहूं कि मेरे और आपके सपनों के रंग अलग हैं और अब तो... किसी और के साथ भी जुड़ने लगे हैं। यदि बर्दाश्त नहीं कर पाए तो...।

नहीं, पितृऋण इतना छोटा नहीं है, लेकिन शायद अब अगले शनिवार तक कुछ नहीं लिख पाऊं। तब, शायद वह लिख सकूं, जिसकी चाह चालीस साल तक आपके साथ रही, बिल्कुल आपकी परछाई की तरह।

## दूसरी चिट्ठी/अनएक्सपेक्टेड बीजों का अंकुरन

फिर से चिट्ठी लिखने बैठी हूं। रात का एक बजा है। पहरेदार अभी-अभी इधर से गुजरा है, फिर भी कुत्ते लगातार भौंक रहे हैं। साहिल नींद में ही बड़बड़ा रहा है। जतियौती करता है स्साला। वाइन एंड वीमेन, "अरे लॉबी है तो कैसे देगा सिनयोरिटी। तनय सिंह, संजय सिंह। मैं सप्लाय करता हूं क्या? गोयल! क्या कहते हो? सूरजमुखी का फूल...हां, हां वही, (हँसना) कल शाम के समय बेचारा...चुप रहो। क्या देखेगा...समय है...? बर्बाद करके रख दिया। गहरी सांसें...जोर-जोर से रोना।

मैं घबराकर पूछती हूं, "साहिल, क्या हुआ? रो क्यों रहे हो?"

वह चौंकता है। कहता है, "आं, कहां..."

उठकर बिस्तर पर बैठ जाता है। ऐसे देखता है कि जैसे कुछ हुआ ही नहीं हो। नींद टूटने पर शायद उसे किसी चीज का स्मरण नहीं रहता। कुछ पल तक केवल देखता है, जैसे सोच रहा हो कि मैं क्या कह रही हूं, लेकिन कुछ कहता नहीं। तकिए को पैरों के नीचे दबाकर करवट बदलता है और फिर दस मिनट में खर्राटा।

शब्दों को जोड़कर पैराग्राफ बनाती हूं। कुछ तो है, जो सही नहीं है, पर क्या?

परेशानियां न बांटने, न कहने का दर्द। "छोड़ो न, तुम्हें इससे क्या। अपना काम तो ठीक से करती नहीं। वही कर लो, तो अहसान होगा।"

बस में दो घंटे का सफर लगता है, दिल्ली से चेन्नई जा रही हूं। आदमी की उम्मीदें। क्या इसके कहीं छोर हैं?

कल टीवी पर चंडीगढ़ की खबर थी, किसी युवक ने अपनी विवाहिता पत्नी का गला घोंट दिया। दोनों की लव मैरिज थी। दिल्ली तो महानगर है।

थोड़ी ही देर पहले आज के अखबारों को पलटा। ज्यादातर हेडलाइनें लाल रंगों में थीं। गौर से देखती रही, पर उनमें जीवन के अक्षर मिले ही नहीं। ब्रह्म मिथ्या, जगत मिथ्या, विश्वास और बंधन भी।

मां के नाल से जुड़ा शिशु सड़क पर निर्जीव-सा पड़ा है। उसकी वे नसें काट दी गईं, जिनका ब्रेन से कनेक्शन था। खून के छींटे अखबारों से होते हुए हमारी आत्मा पर पड़कर सूखने लगे हैं। फिर आज तो, यमुना विषैली और गंगा भी मैली है।

कल रात यहां तूफान आया। घोर अंधकार, बादल की गड़गड़ाहट, झमाझम बारिश। दबी इच्छा सुगबुगाने लगी कि साहिल के बिल्कुल करीब हूं, लेकिन उसके पास आते ही पता नहीं कैसे, पूरा शरीर कांपने लगा।

बचपन से सुना है 'जाको राखे साईयां मार सके न कोय।' फिर भी, दिन में बाहर डर नहीं लगता, लेकिन रात को अब, घर के भीतर ही इसका बवंडर उठता है।

उस दिन दोपहर को मन में जैसे कई छेद हो गए। रिसाव रुक ही नहीं रहा था। कभी-कभी रविवार भी बोझ ही बन जाता है। तो सोचा, मिसेज मित्तल से मिल लूं। एक महीना पहले ही ऊपर के फ्लोर पर आई है।

कॉलबेल बजाई तो उनकी बेटी तनया ने झटके से दरवाजा खोला। बड़ी स्वीट बच्ची है, लेकिन उस दिन वह कुछ देर तक खोई हुई आंखों से मुझे देखती रही। जैसे मेरे चेहरे पर कुछ ढूंढ़ रही हो।

मिसेज मित्तल ने अंदर से ही पूछा कि "बेटा, कौन है?" तो दरवाजे से हटकर वह अपने कमरे में चली गई।

न हाय, न हैलो, न नमस्ते...मुझे बड़ा अटपटा-सा लगा। एक क्षण तक मैं असमंजस में दरवाजे पर ही खड़ी रही। लगा, जिस रिसाव को बंद करने यहां आई हूं, वह यहां नहीं रुकेगा।

तभी मिस्टर और मिसेज मित्तल अंदर कमरे से निकले। दोनों की आंखें लाल थीं। हम बैठे तो मिस्टर मित्तल भर्राए हुए स्वर में बोले, ''आज तनया के कारण ऑफिस से छुट्टी लेनी पड़ी। वह रात से ही रो रही है।''

''मुझे लगा कि रिजल्ट का मामला है। आजकल के बच्चे बिना कुछ सोचे-समझे ही फांसी लगा लेंगे, 'लो न रहेगा बांस और न बजेगी बांसुरी।' जीवन से लड़ना तो जैसे इन्होंने सीखा ही नहीं।

भीतर की कोफ्त को दबाते हुए तनया को सुनाने के लिए ही मैंने जोर से कहा, ''अगर एक बार रिजल्ट अच्छा नहीं आया, तो क्या होगा। अगली बार और अच्छा कर लेगी। फिर अब तो कॉम्पीटिशन का जमाना है। एट और नाइंथ का रिजल्ट अब भला कौन देखता है।''

मिस्टर मित्तल ने 'नहीं' में कई बार सिर हिलाया, जैसे खुद को बोलने के लिए तैयार कर रहे हों। फिर अपनी हथेली को देखकर कहने लगे, 'दरअसल कल टीवी पर अनएक्सपेक्टेड न्यूज को देखकर वह काफी अपसेट है। बार-बार कहती है, ''आप लोग भी मेरी हत्या कर दोगे।''

मिसेज मित्तल मेरे पास आकर बैठ गईं और मेरा हाथ पकड़कर रुआंसे स्वर में कहने लगीं, ''अब आप ही तनया को समझाइए। भला हम लोग अपनी बच्ची को क्यों और कैसे मार सकते हैं। उसने रात से ही कुछ खाया नहीं है।''

सुनकर कुछ पल तक तो मेरा मुंह खुला का खुला ही रह गया। तनया की मां बिलख रही थी और कह रही थी बार-बार वह रट रही है कि आप लोग मुझसे लाड़ दिखाकर ढोंग कर रहे हो। मुझे मार डालोगे, मुझे पता है।''

मिस्टर मित्तल की बेचैनी छिपाए छिपती नहीं थी। उठकर कमरे में ही टहलने लगे। ''एक पिता, इस तरह और इतनी निर्ममतापूर्वक अपनी ही बेटी की हत्या। हाउ कैन इट्ज पॉसिबल...''

वे बोलते रहे और मैं उस गैप को देखती रही, जो अब पता नहीं कितने और किन फिलरों से भर भी सकेगा या नहीं।

अमीर होने के सपने बड़े खतरनाक हैं, और अमीर होना...।

लोगों को पता ही नहीं चल पाता कि पैसे कहां और कैसे खर्च करें। क्या साहिल को पता है कि वह कितना अमीर बनना चाहता है?

उसके सपने भी मुझसे नहीं मिलते, जैसे मेरे आपसे नहीं मिले।

सुबह के चार बज गए। कबूतर छज्जे से उड़ा तो पंखों की फड़फड़ाहट की आवाज भीतर तक फैल गई। कुछ ही देर में प्रभात फेरी के लिए लोग जाने लगेंगे।

'संग गच्छत्वं संग बधत्वं संगवोमनांसि जानताम...' की ध्वनि जब गूंजती है तो बड़ा सुकून मिलता है, लेकिन कुछ ही देर बाद सब कुछ बदल जाता है। हवा भी जैसे इसके स्पर्श को बिल्कुल भूल जाती है।

जवाब न दे पाने की पीड़ा से थक तो गई हूं, लेकिन डर लग रहा है कि इस चिट्ठी का पढ़कर आप काफी डिस्टर्ब न हो जाएं, इसलिए इसे भी फाड़कर डस्टबिन में डाल रही हूं। 'चरैवेति-चरैवेति' आपने ही सिखाया है, लेकिन आपको एक चिट्ठी भी लिखना अब मेरे लिए इतना अधिक कठिन क्यों हो गया है?

## तीसरी चिट्ठी/कोई विकल्प अंतिम नहीं, यह आत्मज्ञान

नदी के दोनों छोरों को एक साथ छूना कैसे संभव है, लेकिन नदी के बीच रहकर उसके वेग, तरंगों की गति और धार की तीव्रता को महसूस तो किया ही जा सकता है। यह नदी बाहर नहीं, मेरे भीतर है, कभी बहती हुई और कभी सरकती हुई। मौसम के अनुसार गर्म, ठंडा, स्वच्छ, गंदला और किरणों के साथ चमकता पानी अबाध गति से बहता नहीं, बालू की परतों से रिसता है, जिसे स्वीकारना नियति बन सकती है और नहीं भी।

महेंद्र सिंह (हमारे बॉस) की पहली पत्नी (दस साल पहले उनसे उनका तलाक हो गया) कहीं कैमिस्ट्री की लेक्चरर थीं। सिंह साहब ठहरे पीने और पिलाने वाले। किसी चीज से परहेज नहीं, पर कहते हैं, "वह अपने को समझती बहुत थी।"

दूसरी शादी की, पर वह भी नहीं टिकी (ऑफिस में काफी दिनों तक कानाफूसी चली कि वह क्लब नहीं जाना चाहती थी।) मीडियम फैमिली से थी और वाइफ स्वैपिंग...! उसे इससे घिन आती थी। शादी के पहले सप्ताह से ही खटपट शुरू हो गई, तो सिंह साहब ने उसे मैके पहुंचा दिया और फिर छह महीने में तलाक और अब अपनी बेटी की फ्रेंड सोनम से फेरे रचाने के मूड में हैं। इस बार इससे शायद उनकी बन जाए। 'साठा पर पाठा' यह इस लड़की को पता है।

स्थितियां नियति नहीं बनातीं। विकल्प का द्वार खुला है। बाजार है। हर तरह का प्रोडक्ट और ऊपर से विज्ञापन। लेकिन इच्छाएं, क्या इसका कहीं अंत है?

जिंदगी की अनगिनत रेखाएं। रंग ऐसे-ऐसे भी हैं, जिनके नाम डिक्शनरी में नहीं मिलते। फिर विकल्प, कितने का?

साहिल बदल गया या मैंने पहले उसे ठीक से देखा ही नहीं, लेकिन साहिल तो साहिल ही है, कोई विनोद या प्रमोद नहीं। उसकी बेरुखी, व्यंग्य करके हर्ट करना और यह डिक्टेटरशिप। सारी चीजें तो पहले भी थीं, जिन पर मेरी दृष्टि नहीं गई। फिर मैं भी तो मैं ही हूं, लेकिन, फिर भी...।

सोलह साल तक मां को देखती रही। धुआंता हुआ उसका चेहरा मैं भूली नहीं। उसने काफी कोशिश भी की, पर मैं आंखों में आंसू रखकर निवाला गटकना नही सीख पाई।

कई बार मैंने देखा, हांडी के गर्म पानी में चावल डालते समय मां नीचे गिरे चावल को बड़े प्यार से उठाती थी, पर वह एक-एक चावल उठाना, मुझसे नहीं होता।

बचपन में भी मुझे यह फालतू ही लगा। वक्त तो बदल गया, पर यह जिंदगी की ऐसी पेंटिंग कर गया, जिसे समझने में साहिल उलझ गया है और मैं भी।

मैं जानती हूं, आप नहीं उलझेंगे, क्योंकि यह पेटिंग आपके लिए निरर्थक है। कुछ रंग ऐसे होते ही हैं, जिन पर दूसरा रंग नहीं चढ़ता और चढ़ता भी है तो कई बार रंग भरे ब्रुश चलाना पड़ता है। वैसे आपके लिए अब इसकी जरूरत भी क्या है।

कल ऑफिस से लौट रही थी कि दिलीप मिल गया। मुझे मालूम भी नहीं था कि वह दो महीने से नोएडा में है। मेरे घर में नहीं ठहरा, अच्छा ही किया। शायद आपने ही ऐसा करने को कहा होगा। नोएडा में अच्छी कंपनी में है। सैलरी भी अच्छी है (दो लाख, पचास हजार वार्षिक)।

समय समझा देता है कि झूठ के पांव नहीं होते। सुभाष भैया ने इसे क्या-क्या नहीं कहा। दिलीप में कुछ करने की एबिलिटी नहीं थी, तो यहां तक पहुंचा कैसे?

बेचारी बड़ी भाभी। शायद अपने कमाऊ बेटे से अब कुछ सुख मिले। दिलीप उन्हें यहां लाना चाह रहा है, लेकिन आपसे डरता है।

कभी-कभी आपमें साहिल का और साहिल में सुभाष भैया का चेहरा गड्डमड्ड होने लगता है और सबको अलग-अलग करके देखने की मेरी कोशिश बेकार हो जाती है।

दूध को तो हर दिन उफनते देखती ही हूं। मां की बेचैन चहलकदमियां, अनचाहे ही मेरे सपनों में आकर ऐसी वक्र रेखाएं बनाती हैं कि कुछ क्षणों तक मैं कर्म ओर अकर्म के द्वंद्व से बाहर ही नहीं निकल पाती, लेकिन क्या करूं, अब बचपन में नहीं लौट सकती। मां भी तो बूढ़ी हो गई।

सुना कि पिंकी का अल्ट्रासाउंड करवाया गया है। कोख में पल रहे भ्रूण का लिंग देखने और अब...? अब क्या करेंगे उसके ससुराल वाले?

बचपन में मैं गुड़िया बनाकर दीवार में बनी अलमारी में सजाती थी। उस गुड़िया ने कभी यह नहीं कहा कि इस तरह मत सजाओ। उसकी जुबान तो थी ही नहीं।

संडे को दिलीप को मैंने खाने पर बुलाया है, पर डर है कि साहिल कुछ बखेड़ा नहीं खड़ा करे। कुछ नहीं, यूं ही। नहीं, डिक्टेटरशिप भी नहीं। कभी-कभी जैसे कोई जिन्न उसके भीतर से बोलता है, "मैंने ऐसा करने को नहीं कहा था, फिर क्यों किया?"

अपनी बालकनी में हमने कैक्टस की भी तीन-चार प्रजातियां रखी हैं। सावधान तो रहती हूं, लेकिन जगह छोटी है, जिससे कभी-कभी उसके नुकीले कांटे चुभ ही जाते हैं। वहां रही, तो सुभाष भैया की परछाईं से भी भागती रही, लेकिन अब भागकर कहां जाऊं? फिर कैसे समझूं कि वह विकल्प अंतिम है।

कई यादें ऐसी हैं, जिससे कहीं-कहीं शब्द, ठिठककर बिल्कुल रुक जाते हैं। अंडरलाइन और प्रश्नचिह्न देखकर तो मैं चौंक ही पड़ती हूं। जैसे इस कलम में कोई कंप्यूटर है और यह तीन समानांतर रेखाओं में मेरे साथ चल रहे भूत, वर्तमान और भविष्य को इंटरनेट से जुड़े किसी डिजिटल कैमरे से दिखा रहा है।

वैसे आदमी हमेशा एक जैसा नहीं रह पाता। केवल आधे घंटे में ही उसका चेहरा बदल जाता है, लेकिन बचपन में मैं इसे कहां समझ सकी। बाली उमर! खैर!

साहिल नींद से जग गया है और चिड़चिड़ा रहा है कि रात भर मैंने लाइट क्यों जलाए रखी। इधर से बिजली बिल ने भी तबाह कर दिया। निजी कंपनियां हैं न। वैसे महीने के अंतिम सप्ताह में साहिल का बी.पी. बढ़ा ही रहता है। वह गाना है न, "आमदनी अठन्नी और खर्चा रुपइया।"

इस चिट्ठी को भी पोस्ट नहीं करूं, तो अच्छा है। पता नहीं, आप इसे किस तरह लें। (बड़े-बड़े आलोचक भी कभी-कभी पूर्वग्रह नहीं छोड़ पाते।) अब दिलीप के हाथ, उसी के माध्यम से आपकी चिट्ठी का जवाब दूंगी, लेकिन मौखिक ही। लिखित, अब नहीं।

*('पाखी' : नवंबर, 2008)*

# यह कैसी आवाज

पानी से भींगे शीशे के टुकड़े की तरह माघ का आकाश। रह-रहकर गरजते बादलों के बीच आशंकाओं की छिपकलियां कमरे की भीत से चिपकी हुई। भाग्य की लकीरों की तरह जहां-तहां बिखरी किताबें और मेज पर पसरे प्रकाशित लेखों के ढेर। पंद्रह साल का नशा। एक जोंक, जो धीरे-धीरे शरीर के हर हिस्से को चूसती रही। वह चुनौती, जिसके नीचे की जमीन खंडहर बन गई थी, लेकिन इसमें वह मादकता थी, जो थके राहगीरों को एक नई स्फूर्ति देती है।

फलां-फलां! अच्छा उनका...उनका कैनडीडेट। एक, दो, तीन, चार...। अब तक खास बचे ही है।

उमाकांत की नजर हताशा में मेज की ओर उठी और अपने प्रकाशित लेखों के ढेर को देख उसे वितृष्णा होने लगी।

''सब बेकार है।'' उसने गहरी सांस लेकर उधर देखा, जिधर थप...की तीव्र ध्वनि के साथ अभी-अभी एक छिपकली छत की दीवार से फर्श पर गिरी थी।

वह कुछ देर तक गिरी हुई उस छिपकली को देखता रहा, जिसका पूरा शरीर टेढ़ा था और जिसकी मिचमिची आंखें जैसे उसका मजाक उड़ातीं उसे ही घूर रही

थीं। उस छिपकली के चेहरे पर चोट खाने का कोई भाव नहीं था, वहां एक मक्कार हँसी थी, जैसे वह आज की शिक्षा, धर्म और सामाजिक व्यवस्था के ठेकेदारों की एक एजेंट हो और कह रही हो, 'गहरे जाओ और गहरे जाओ, फिर देखो, क्या बचता है, क्या मिलता है।'

"उमा, अरे, ओ उमा।" बाबूजी ने खांसते-खांसते पुकारा।

बाबूजी के रिटायर होने में केवल चार दिन बचे हैं। छोटा भाई निशिकांत मुंबई में किसी कंपनी में इंजीनियर है। रहने के लिए बड़ा-सा बंगला कंपनी ने दिया है। अपनी मर्सडीज गाड़ी है। गोल-मटोल, गोरे-चिट्टे दो बच्चे हैं। उसकी पत्नी नताशा भी किसी कंपनी में सी.ई.ओ. है, लेकिन बाबूजी वहां जाना नहीं चाहते है और मां, उन्हें तो मुंबई के नाम से थरथरी छूटती है। रहेंगी शकरपुर के इसी मकान में। चार साल से यहां चूना नहीं पोता गया। सीलन के कारण कभी-कभी लगता है कि मन में ही काई जम गई है। दीवारों की गिरती पपड़ियों को मां रोज साफ करती है। पोछा लगा-लगाकर फर्श को चमकाती है, लेकिन इस फर्श की टाइल्ज़ में हर दिन कोई न कोई आड़ी-तिरछी रेखा खिंच ही जाती है, जिससे इसका खुरदरापन बढ़ता ही जा रहा है।

"उमा..." बाबूजी ने फिर पुकारा। इस बार आवाज में थोड़ी सख्ती थी।

"क्या सोचते हो, तुम्हारा सेलेक्शन हो जाएगा?"

"बाबूजी, मैंने उन सभी प्रश्नों को अलग-अलग टॉपिक बनाकर उन पर अच्छी तैयारी की है, जो पिछले पचास इंटरव्यू में मुझसे पूछे गए हैं। इसके अलावा मैंने इतने सारे विषयों पर पत्रिकाओं और अखबारों में लिखा है। अब तो छांटने का सवाल ही नहीं उठता।"

बाबूजी ने लंबी सांसें खींची। उनके चेहरे पर कई रंगों के चित्र बनने लगे। उमाकांत की नजरें झुक गईं। इच्छा हुई कि, कहे "बाबूजी, रिटायरमेंट के बाद आप लोग मुंबई सेटल हो जाएं, तो ज्यादा अच्छा हो।" लेकिन, शब्द निकले ही नहीं। कभी-कभी इन शब्दों को भी क्या हो जाता है, मौके पर ही मुंह फेरने लगते हैं।

मां चिल्लाई, "अरे उमा, देख तो, ये बिल्ली कहां से आई है? कैसे तड़प रहे हैं ये कबूतर।"

उमाकांत बाबूजी के साथ जब सीढ़ीघर में गया, तो तीन कबूतर लहूलुहान होकर सीढ़ियों पर मरे पड़े थे। ऊपर दीवारों पर बिल्ली के छोटे-छोटे रक्त भरे पंजों के निशान थे।

"यह बिल्ली ऊपर कैसे आई?" मां रटे जा रही थी और बाबूजी सीढ़ियों पर पसरे खून को देख रहे थे। उमाकांत बोला, "लगता है किसी ने नीचे का दरवाजा खुला छोड़ दिया था।"

बाबूजी ने खिड़की से झांककर छज्जे को देखा। कबूतरों ने जिन तिनकों को एक-एककर वहां जमा किया था, वे नीचे गिरे पड़े थे। वे भारी स्वर में पत्नी की ओर मुड़कर बोले, "पानी से फर्श क़ो साफ कर दो, नहीं तो ये धब्बे सूख जाएंगे।"

और ये कबूतर? मां ने साड़ी के पल्लू से मुंह और नाक को ढंकते हुए पूछा।

दो कबूतर सुबह खुली खिड़की से भीतर आ गए थे। गर्दन घुमा-घुमाकर उन्होंने देखा था कमरे को, अलमारी को, किताबों, मेजों और बॉश बेसिन के थोड़े-से खुले रह गए नल से टपकती पानी की बूंदों को। फिर वे बाहर उड़ गए, शायद तिनके के जुगाड़ में और कमरे में उनके पंखों की फड़फड़ाहट देर तक गूंजती रही।

अतीत और वर्तमान का ऐसा सातत्य। क्या भविष्य की नई खिड़की खुलने वाली है? कराहते हुए बाबूजी दीवार से सटे तो उसकी पपड़ी फड़फड़ाकर नीचे झर गई। एक लंबी सांस लेकर इन्होंने मरे हुए कबूतरों को बड़े से गत्ते में उठा लिया। उन्हें कूड़े के ढेर पर तो फेंकना ही था। अब उनके पंखों में गति नहीं थी। जीवन का कोई सौंदर्य भी नहीं बचा था, लेकिन सम्मोहन था, जिससे बाबूजी मुग्ध तो नहीं हो सके, पर उनका मन, अंदर तक भींग जरूर गया।

मां फर्श पर सूख रहे लहू को झाड़ू से रगड़कर फिनाइल वाले पानी से धो रही थी और उस बिल्ली को कोस रही थी, जिसने ऐसा कुकर्म किया।

दो दिन के लिए निशिकांत दिल्ली आया है। बच्चे मुंबई में ही है। उनकी देखभाल के लिए नताशा ने एक सप्ताह के लिए गोआ से अपनी मम्मी को बुला लिया है। वह निशिकांत के कहने पर दिल्ली आ तो गई है, पर शकरपुर के इस मकान में छटपटाती रहती है, ठीक उसी तरह जैसे मां मुंबई के उसके आलीशान बंगले में। वहां फ्रिज में सजे बीयर, रेड वाइन और व्हाइट वाइन के बॉटल देखते ही मां को मितली आने लगती है, पर बाबूजी दिल्ली और मुंबई दोनों जगह रह लेते हैं।

रात उमाकांत और निशिकांत में अच्छी-खासी बहस हो गई। बाबूजी को भी लगने लगा कि निशिकांत ठीक ही कहता है। उमाकांत का एफर्ट सही नहीं है। उसमें वह समझदारी नहीं है, जो आज के लोगों में है।

बहू भी ठीक ही कहती है हमारे देश में तो विदेशी चीजों की ही मांग है। लोग देखते हैं, मेड इन चाईना, मेड इन जापान तो फौरन खरीद लेते हैं। मेड इन इंडिया देखकर लोग दस सवाल करते हैं। सबसे ज्यादा संदेह चीजों के टिकाऊपन पर होता है। आज विचारों और संवेदनाओं पर भी विदेशी रंग खूब फब रहा है। देशी का जमाना कब का लद गया, पर उमाकांत है कि...।

"आपको इन लेखों से कितने पैसे मिलते हैं पांच सौ-छह सौ...ज्यादा-से-ज्यादा एक हजार?"

"मैं इन्हें पैसों के लिए नहीं लिखता।"

"फिर किसलिए लिखते हैं?"

"नाम के लिए।"

"इससे नाम होता है?" निशिकांत हँसा, "सचमुच, आपने अपनी लाइफ चौपट कर ली।"

उमाकांत की आंखें लाल हो गईं। बोला, "लेक्चररशिप में मेरे सेलेक्शन के लिए भी यह जरूरी है।"

"किसने कह दिया?"

निशिकांत के स्वर की तल्खी से उमाकांत आहत हुआ। धीमे स्वर में बोला, "आज स्थिति बदल चुकी है। इस समय यूनीवर्सिटी में कई सिद्धांतवादी लोग हैं।"

"आज हर दिन सिद्धांत बनते और टूटते हैं। क्या आपको नहीं मालूम?"

निशिकांत के तेज स्वर को सुन मां किचन से दौड़ी आई।

बाबूजी बोले, "निशि चुप हो जाओ। इसके बाल पक गए, लेकिन बुद्धि नहीं आई। सबकुछ देखकर भी यह कुछ देखना नहीं चाहता।"

नताशा बालकॉनी में प्लास्टिक की कुर्सी पर बैठी सामने सड़क को देख रही थी, जहां दो सांड आक्रामक मुद्रा में सींग लड़ाकर एक-दूसरे को खदेड़ रहे थे।

आने-जाने वाले लोगों में बाइक सवार भी थे, जो अपनी बाइक के साथ रुक गए थे।

"समझदार लोग जानबूझकर मुसीबत मोल नहीं लेते।" नताशा ने जैसे खुद से कहा और खुद पर ही झुंझला उठी।"

वहां से उठकर वह अपने बेडरूम में आई, पर भीतर की झुंझलाहट वहां और बढ़ गई। एक तो वहां एसी नहीं था, ऊपर से निशिकांत उमाकांत के मामले में

टांग अड़ा रहा था। उसने पति को समझाया था, पर नहीं, खून का रिश्ता है। जोड़ते रहें रिश्ते को।

जिसमें जितनी एबिलिटी होगी, वह उसी तरह काम करेगा न। ये लोग जो कुछ भी कर रहे हैं, उन्हें करने दें। उसके बाबूजी तो आखिर हेडक्लर्क ही रह गए। उमाकांत भी फटीचर लेखक बन ही जाएगा। वैसे, ये लोग सच को एक तरफ से ही देखते हैं। दोनों तरफ देखेंगे भी, तो एक्सेप्ट नहीं करेंगे। बिना विज्ञापन के प्रोडक्ट नहीं बिकता, विज्ञापन भी ऐसा हो कि तबीयत फड़क उठे, तभी तो कंपनी लाभ कमाएगी। क्या इन लोगों को इतनी समझ भी नहीं है?

शाम ढल रही है। सब कुछ ठंडा है। निशिकांत और नताशा के जाने से शकरपुर का घर भी। बाबूजी की खामोशी उमाकांत को उनके तानों से अधिक चुभती है। ताने चोट तो देते हैं, पर उनमें छिपे बाबूजी के दर्द को वह पहचानता है।

"चोला बदलिए। जब जिस तरह जरूरत पड़े।" निशिकांत के स्वर उमाकांत के कानों में कभी-कभी गूंजने लगते हैं—जैसे लोहे के औजार से कोई सीमेंट का प्लास्टर तोड़ रहा हो। फिर एक सम।

उमाकांत जैसे खुद से कहता है। 'कभी तो यह सब किया नहीं। किताबों में ही मैंने इति देखी और अथ भी, पर क्या यह सच नहीं था? निशि कहीं ठीक ही तो नहीं कहता, लेकिन यह सब कैसे करूं? डिजिटल युग का यह रंग मेरे ऊपर कैसे चढ़ेगा।"

"सांप यदि केंचुल नहीं बदले, तो मालूम है न कि हानि सांप को ही होती है।"

उमाकांत को लगता है कि निशिकांत यहां से गया नहीं है। उसके भीतर के ही किसी कोने में बस गया है।

बाबूजी टी.वी. पर लाइव देख रहे हैं और उमाकांत की पेशानी से पसीना चूकर नीचे गिर रहा है। महाराष्ट्र में एक्जाम देने आए लोगों पर हमला।

'आप फैक्ट को क्यों नहीं समझते? देश, दुनिया को आंखें खोलकर देखिए।"

"निशिकांत का चेहरा रिपोर्टर के चेहरे पर कैसे? नहीं, मैं उसकी बात नहीं सोचूंगा।"

उमाकांत बेचैनी महसूस करता है। पूरा शरीर पसीने से भींग गया है। वहां चिपचिपाहट और बदबू है। भीतर तिलमिलाहट।

वह सड़क पर निकलता है। पछिया हवा की लहर का असर अब भी हर जगह है। 'कम्युनिज्म, भाजपावाद, लोहियावाद, समाजवाद, वाद पर वाद...वाद के रंग-बिरंगे मुखौटे, असम, महाराष्ट्र, यूपी, बिहार। क्या आपको नहीं लगता कि सारा देश जल रहा है?

"आप अपने को सांत्वना दे रहे हैं या खुद को छल रहे हैं?"

"ओह, यह निशि! पागल बनाकर रख देगा। यह यहां आता ही क्यों है।" उमाकांत हांफने लगा है।

सामने सड़कें हैं, चार राहों में बंटी हुई। गाड़ियां तेज रफ्तार से आ-जा रहीं हैं। उसने लैंपपोस्ट को बुझते देखा। लाइट शायद चली गई है। वहां आवर्त है अंधकार का, दूर, काफी दूर तक।

"अभागे हो, जो घिसट रहे हो। अरे लेक्चरर नहीं बनोगे तो क्या दुनिया रुक जाएगी? या तो सिस्टम से समझौता करो या फिर इसके सामने हाथ जोड़कर कहो, न अब यह नहीं, लेकिन नहीं, तुम कुछ नहीं कर सकते। देख लो और जितना देखना हो। उम्र के चालीस साल तो बीत ही गए न?"

सड़क के किनारे के पेड़ों पर अंधेरा बरस रहा है। कई वृक्षों ने अपने पत्ते गिरा दिए है और नई कोंपलों की कोमलता अंधेरे में भी दिख रही है, किंतु कुछ ने पत्ते गिराए ही नहीं, लेकिन अंधकार सभी पर बराबर-बराबर है।

उमाकांत ने लोगों के कहने पर कई बार आत्मसम्मान का गला घोटा। हर इंटरव्यू के बाद शुरू होता एक नया अध्याय। दिखता उम्मीद का धुंधला प्रकाश। भले ही उसका कहीं स्रोत नहीं हो। उसका कोई छोर भी हाथ में नहीं हो, लेकिन प्रकाश होता। एडहॉक और गेस्ट लेक्चरर के रूप में काम करते-करते पंद्रह साल बीत गए। आश्वासन, उपदेश, 'इंटरव्यू अच्छा दो...' मजबूरियों का पुलिंदा। "हमारे हाथ में कुछ भी नहीं है उमाकांत। ढेर सारे प्रेशर हैं।"

उमा, अंधेरे में बैठे रहने से क्या होगा, मां ने बल्ब जला दिया, तो वह उजाला आंखों में चुभने लगा।

"हमने क्या एंपलॉय एजेंसी खोल रखी है?" "ही इज नो अप टू दि मार्क। कॉन्सेप्ट क्लियर नहीं है इसका।"

तीन तरफ की दीवारों पर बिल्ली के छोटे-छोटे पंजे, एक दुःस्वप्न की तरह।

साठ वॉट के बल्ब में कबूतरों का संघर्ष दिखने लगा। अंतहीन संघर्ष, अंत को दिखलाता हुआ। इधर से हर इंटरव्यू के बाद फ्रस्ट्रेशन में घिरा उमाकांत कई

दिनों तक बुखार में तपता है। कुछ लोग जो उमाकांत से सिमपैथी दिखाते हैं, वही उसके पीठ पीछे यह कहने से नहीं चूकते कि इसमें टैलेंट नहीं है। कई बार यह आवाज उमाकांत के कानों को चीरकर भीतर तक पहुंच गई है, पर छिपकली है कि बार-बार दीवार से ही चिपकेगी। इसी में वह अपने को सुरक्षित मानती है।

उमाकांत सब कुछ भुलाकर एक नई जमीन की तलाश शुरू करता है। अपनी जड़े मजबूत करने के लिए लेखों और पुस्तकों पर पूरा भरोसा है उसे। कभी-कभी फसलें अच्छी होती हैं। उसे समय-समय पर फसलों को बदलना भी पड़ता है। कुछ दिनों तक सुख, फिर आशंका। कहीं बारिश नहीं हुई तो...और कहीं एकदम ही पानी नहीं पड़े तो! सूखा पड़ गया अगर तो...कभी उम्मीदें उच्छवास में घुलती हुई दूर कहीं गुम हो जाती हैं, तपती हुई रेत में।

अब इंटरव्यू के समय उमाकांत अपने स्टूडेंट की नजरों से बचना चाहता है, लेकिन कोई न कोई उसे विश करने उसके पास आ ही जाता है। अब वह उन सफेद बालों वाली महिला उम्मीदवारों में से तो है नहीं, जिनकी जुबान पर रटा हुआ उत्तर है 'मैंने तो अपने परिवार और बच्चों के कारण अपने करियर पर ध्यान ही नहीं दिया।'

"अरे उमाकांत जी आप भी हैं क्यूं में? अभी तक कहीं आपका हुआ नहीं? कमाल है।"

हैरानी भरे उस सज्जन के चेहरे को पहचानने में उमाकांत को देर लगती है।

"अरे, लगता है आपने मुझे पहचाना नहीं? मैं चंद्रशेखर का भाई भई। पांच साल पहले इंटरव्यू के समय ही आपसे भेंट हुई थी।"

"अच्छा, अच्छा, याद आया।"

"अरे, अब तो वह रीडर बन जाएगा भाई।"

"यह तो बड़ी अच्छी खबर है।"

"देखिए, उमाकांत जी, अगर आप सोचते हैं कि मेरिट पर आपको यहां जगह मिलेगी, तो यह आपकी गलतफहमी है।"

"तो क्या करूं?"

"अरे कोई बड़ी गोटी फिट कीजिए।"

"लेकिन कैसे? मेरे बाबूजी साधारण हेडक्लर्क हैं और अब तो वे रिटायर भी हो गए हैं। अगर आप कुछ कर सकते हैं, तो कीजिए। आपकी पार्टी के लोग तो..."

"हैं...हैं...मैं तो छोटा-सा कार्यकर्ता हूं उमाकांत जी, लेकिन फिर भी, देखता हूं क्या हो सकता है। वैसे, क्या कहूं, आज का सिस्टम ही बड़ा विचित्र है। इसमें सामान्य लोगों के लिए कहीं कोई जगह ही नहीं है। गिव एंड टेक की दुनिया है। आप भी जानते हैं न कि बाप भी कमाऊ पूत को ही पूछता है। पत्नी भी तब तक मान देती है जब तक पति से गिफ्ट मिले और पति को तो अब केवल कमाऊ पत्नी ही चाहिए। फिर ये लोग तो ऊपर से इतने सारे रिजर्वेशन। जनरल में बेरोजगारों की कतार दिन-पर-दिन लंबी होती जा रही है। बेचारे ये यूनीवर्सिटी वाले भी क्या करें, एक हजार में एक-दो का सेलेक्शन कितना कठिन होता है, आप भी सोच सकते हैं न? हां, अगर किसी का वरदहस्त हो किसी पर तो, सेलेक्शन करने में थोड़ी आसानी हो जाती है।"

चंद्रशेखर का भाई दांत निपोर रहा था और उमाकांत का दम घुटने लगा था। कभी-कभी कर्टसी निभाना भी पहाड़ काटने के बराबर होता है। चंद्रशेखर का भाई चला गया, तो उसने राहत की सांस ली। सिर की नसें टनक रही थीं। डिस्प्रीन लेनी ही पड़ेगी, सोचते हुए उमाकांत बरामदे के दूसरे कोने की ओर चला।

"सर, सर..." उमाकांत पीछे मुड़ा तो निम्मी खड़ी थी।

"सर, आप भी आए हैं इंटरव्यू देने?"

"हां, क्यों? तुम्हारा इंटरव्यू हो गया?"

"नहीं सर, अभी तो लंबी लाइन है।"

"अच्छा, ठीक से दो इंटरव्यू। विश यू ऑल दि बेस्ट।"

"विश यू टू सर।"

"थैंक्स।" उमाकांत आगे बढ़ा, तो उसके पैर थरथरा रहे थे।

"अब और कितना अपमान सहना होगा भगवान?" उमाकांत के भीतर से सायं-सायं करती हवा गुजरने लगी। उसने एक डिस्प्रीन निगलकर पानी के तीन-चार घूंट पिए।

"बेचारे सर, जब इन लोगों का नहीं हो रहा है, तो हम लोगों का क्या होगा।"

"हम लोग भी इसी तरह अपने स्टूडेंट के साथ इंटरव्यू देंगे।"

"और दोनों एक-दूसरे को विश करेंगे।" खिलखिलाहट के कई स्वर एक साथ उभरे।

उमाकांत याद करने लगा एम.फिल करने के बाद अपना पहला इंटरव्यू। वह उस जोश ओर आत्मविश्वास को इन खिलखिलाहटों में तलाशने लगा।

वाल्मीकि की इच्छा क्यों हुई अपनी रामायण का पात्र बनने की? क्या जीवन के अभिशाप को पास सरकना था? ये फ्रेशर्स भी क्या अभिशप्त जीवन का नया पृष्ठ लिखेंगे?

गहरी सांस लेकर उमाकांत उन लड़कियों की ओर मुड़ा, जिनकी निश्चिंत हँसी ने उसके भीतर के कई कोने को हथौड़े से पीट दिया था, पर इधर बैठने की उसकी हिम्मत नहीं हो रही थी। वह एकांत की तलाश में आगे बढ़ रहा था और एक संकल्प ले रहा था कि लेक्चरर शिप के लिए यह इंटरव्यू उसका अंतिम होगा।

उमाकांत इंटरव्यू देकर काउंसिल रूप से निकला, तो बाहर बैठे उसके स्टूडेंट्स में से किसने उससे क्या पूछा, उसे कुछ सुनाई नहीं पड़ा। किसी तरह वह घर पहुंचा, तो पूरा शरीर बुखार में तप रहा था। बाबूजी और मां ने पूछा इंटरव्यू कैसा गया तो वह बुक्का फाड़कर रो पड़ा।

"अब मेरा यहां नहीं होगा। ये लोग मेरा यहां होने ही नहीं देंगे।"

मां के गले में कुछ अटक गया था। कोशिश करके बोली, "बेटा, अभी रिजल्ट तो नहीं आया है न? भगवान पर आस्था रखो। उसके घर में देर है, अंधेर नहीं।"

पर, उमाकांत को विश्वास हो गया कि उसके सारे सपने टूट गए। आज पहली बार उसका मोहभंग हुआ। लेकिन वह दोष किसको दे, व्यवस्था को, सरकार को या अपने भाग्य को? जिनके पास खड़े होने के लिए जमीन नहीं हैं, उनका जमीर, अभिव्यक्ति, क्या मायने हैं सबके? क्या उमाकांत ने ऐसा नहीं समझा? ऐसा नहीं किया, बार-बार? हां, उसने तो अपना जमीर बेचा था, एक बार नहीं कई बार। उमाकांत ने देखे, रक्त सने कबूतर। शायद वहीं थे कहीं, जिन्हें उठाते समय बाबूजी की आंखें भीग गई थीं।

"छोड़ दे बेटा, अब जिद्द छोड़ दे। अखबारों में ही देख कहीं। क्या सारा जीवन ऐसे ही बीतेगा? मां की आंखों से मौन आंसू बरस रहे थे।

उमाकांत कुछ देर तक मां को देखता रहा, जैसे अपनी जन्म कुंडली पढ़ रहा हो। फिर जैसे तड़पकर बोला, "मां, एक बार और ट्राय कर लेने दो। बस केवल एक बार।"

बाबूजी को जोर से खांसी उठने लगी। वे वॉशबेसिन में जाकर कफ निकालने लगे। मां चारों ओर फैली किताबों को देख रही थी और उमाकांत सिर झुकाए बैठा था।

तीन छिपकलियां गर्दन टेढ़ी करके छत की दीवार से चिपकी हुई थीं। पता नहीं उनकी आंखें एक-दूसरे को देख रही थीं या उमाकांत को? धुंधली-सी रोशनी थी। कुछ पता नहीं चल सका।

तभी धप से एक छिपकली नीचे गिरी। मां के मुंह से निकला, 'आह! देखो...'

उमाकांत ने उधर देखा, लेकिन तब तक वह छिपकली फिर से ऊपर चढ़ने लगी।

दीवार से चिपकी दोनों छिपकलियों ने अपनी गर्दन घुमाकर उस छिपकली को ऊपर चढ़ते देखा और उन्होंने अजीब-सी आवाज निकाली।

ऊपर चढ़ रही छिपकली ठिठककर एक क्षण के लिए वहीं रुक गई, लेकिन फिर वह धीरे-धीरे ऊपर बढ़ी। शायद फिर से छत की उसी दीवार से चिपकने के लिए।

# दरख़्तों में छिद्र

प्यारी सुधा दी, दिल्ली

यथोचित 17 सितंबर, 2006

जिंदगी के कितने रंग हैं, क्या आपको पता है? कलियों को असमय झरते तो देखा है न आपने? पर क्या ऐसी कली भी देखी, जो न खिले और न झरे। एक अदम्य जिजीविषा में वह डाली के रक्त पान से अमरत्व को लालायित हो। आरक्त भी और मटमैला भी, रसहीन भी और रस से लबरेज भी। सुगंधित भी और गंधहीन भी। आपको लग रहा है न कि मैं ऐसी पहेली तो कभी नहीं बुझाती, पर रात के दो बजे भी मेरे भीतर जो बेचैनी है, उससे मैं छटपटा रही हूं। रूपेश की नाक बज रही है। अभी एक घंटा पहले आए, तो शायद काफी थके थे। मैंने एक-दो बातें कहनी चाही, तो झल्ला उठे। सुबह वे उठेंगे, तो मैं कॉलेज में पहला लेक्चर ले रही होऊंगी। अमोघा भी पढ़ते-पढ़ते सो गई है। घर की दीवारों में, बिस्तर में बॉलकनी में हर जगह मौन अजीब ढंग से पसरा हुआ है। कितने दिनों नहीं, कितने महीनों या वर्षों से, पता नहीं। सबको आगे बढ़ना है। घर में सबके आगे बढ़ने के लिए मेरी खामोशी तो जरूरी ही है न!

कभी-कभीं तो इन्हें हवा के कारण पर्दों की फड़फड़ाहट भी नागवार गुजरती है, पर हवा तो हवा है, स्वच्छंद, स्वतंत्र, बिल्कुल मनमौजी। मेरी तरह तो नहीं। उसे कैसे रोकूं? वैसे जब एयर कंडीशनर ऑन रहता है, तो चारों ओर शीशा लगा ही रहता है, पर मैं क्या करूं। गांव की ठहरी। बंद-बंद में मन घुटता है। आप सोच रही होंगी कि में फिर रोना लेकर बैठ गई, पर उस दिन आप के काफी बंद रहने पर भी आपमें मुझे अपना अक्स दिख ही गया, इसलिए इस चिट्ठी को आप डस्टबिन में तो नहीं डालेंगी, ऐसा मुझे लगा है। वैसे आपके द्वारा इसे डस्टबिन में डालने की घटना मेरे लिए अप्रत्याशित नहीं होगी। अब तो इसकी आदत पड़ चुकी है।

खैर, सुधा दी, आज दो महीने की छुट्टियों के बाद मैं कॉलेज गई। कॉलेज की प्रथम मंजिल पर, प्रिंसिपल चैंबर के ठीक बाहर एक कमसिन-सी औरत बेचैनी से इधर से उधर टहल रही थी। उसकी चोटी लंबी थी, पर बड़ी बेतरतीब।

शायद लापरवाह थी वह अपने प्रति, क्योंकि उसकी एड़ियों में गहरी दरारें थीं। मैंने गौर किया कि उसकी नजरें बार-बार ऊपर के क्लासरूम की ओर उठ रही थीं। उन नजरों में जो बेचैनी थी, वह मैं आपको क्या बताऊं। जैसे शिकारी की बंदूक से डरी हिरणी अपने नवजात छौने को ढूंढ़ रही हो या दिल्ली बम ब्लास्ट के बाद का खौफ हो उस मां की आंखों में, जिसने एकलौता बच्चा खो दिया हो। वह अपने पास रखे बेंत के बड़े बैग को उठाती और फिर वहीं रख देती, जैसे कोई ऊहापोह हो, कोई असमंजस या कोई डर।

मुझसे तो रहा नहीं गया। दीनू वहीं खड़ा था। अरे वही अपना चपरासी दीनानाथ। उससे मैंने पूछ ही लिया। उसने जो बताया, सुनकर रोंगटे खड़े हो गए।

निश्चय ही दीनू की खुसपुसाहट उस ओर तक पहंच रही होगी, पर उसका चेहरा बिल्कुल भावहीन था, जैसे इन बातों की उसे आदत हो। उसकी उम्र देखकर लगता ही नहीं था कि उसकी बेटी इतनी बड़ी हो सकती है कि बी.ए. में पढ़ रही हो। शायद वह गांव की होगी। वहां तो आज भी रजस्वला होते ही कन्या दान करके लोग पुण्य कमाते हैं।

हां दीदी, मेरे घर में भी ऐसा ही हुआ। उसकी भी लंबी कहानी है, फिर कभी बताऊंगी। अभी वह औरत और उसकी बेटी मेरी आंखों में कैद हैं, इस तरह कि मेरी नींद ही उड़ गई है।

स्टाफ रूम में पहुंची तो इसी की चर्चा थी। मसलन, प्रिंसिपल ने क्यों ऐसी लड़की का एडमिशन लिया। सभी लड़कियां डर रही हैं। अगर रोग संक्रामक हुआ तो...

"मेरी भी बेटी उसी क्लास में है। भई मैंने तो उससे कह दिया है कि वह उससे सटे नहीं।"

"उसके पास कोई बैठना नहीं चाहती।"

"ये प्रिंसिपल भी न।" कॉलेज को आश्रम बना दिया है।"

मुझे देखते ही डॉ. माथुर बोली, "डॉ. वर्मा को अच्छा है। उसमें इनकी क्लास नहीं है। अरे! वह तो लेक्चर के बीच में पहुंच जाती है। सॉरी मैडम ज्योति को दवा देनी है। पूरी क्लास की अटेंशन उधर ही रहती है।"

"जो भी हो इस समस्या का हल होना ही चाहिए।" एक साथ कई झल्लाए स्वरों ने मुझे मधुमक्खियों के छत्ते के निकट पहुंचा दिया।

सुधा दी, इंटेलेक्चुअल्स के चेहरे भी ऐसे मोके पर देखने लायक होते हैं। मानव मन के कितने रंग, कितनी रेखाएं हैं। मैं तो हर दिन जैसे उलझकर रह जाती हूं।

मेरा लेक्चर बी.ए. फर्स्ट इयर सेक्शन बी. में था। सीढ़ियों से नीचे उतर रही थी कि ज्योति दिखी। उसकी मां उसे इस तरह जूस पिला रही थी, जैसे वह कोई आठ महीने की बच्ची हो। मैं कुछ क्षण वहां खड़ी रही, तो वह मेरे भाव को समझ गई। वह मुस्कराई तो पीले चेहरे पर नीली नसें ऐसी उभरीं, जैसे पतली-पतली लताएं गलती से एक-दूसरे से उलझकर किम-कर्तव्यम की मुद्रा में हों।

वह बोली, "मैडम, ज्योति के गले की नली काफी पतली है। वह अन्न नहीं खा सकती। केवल जूस, दूध और दवा ही इसका भोजन है। कभी-कभी सूजी का हलवा दूध के साथ काफी पतला करके देने की कोशिश करती हूं, पर ठीक से गटक ही नहीं पाती।"

उस औरत की आंखें नम होकर बरसने को आईं, लेकिन उसने बरसने नहीं दी। होंठों पर जबरन ओढ़ी हुई मुस्कान ऐसी थी कि क्या बताऊं, याद आते ही मन की बड़ी विचित्र दशा हो जाती है। मैं भी हार्ट की पेशेंट हूं। उस दृश्य से बचना चाहती हूं, पर वह तो मेरी पुतली में समा गया है।

दीदी, उसके शरीर में कहीं भी त्वचा नहीं है। हड्डियों के ऊपर मांस है, इस तरह कि छूते ही गड्ढे पड़ जाते हैं। उसके पिता ने इलाज के लिए पैसे देने बंद कर दिए, काफी पहले से। कहा, "यह तो ठीक होने से रही, फिर इसके पीछे पैसे क्यों फेंकता रहूं।"

ज्योति की मां फिर से कंसीव करना नहीं चाहती थी। उसे डर था कि दूसरा बच्चा आने से वह ज्योति को समय नहीं दे पाएगी। सबसे बड़ा डर था कि उसके इलाज के लिए पैसे मिलने बंद हो जाएंगे।

क्या कहूं? इस संसार को देखने पर उस पर विश्वास तो करना ही पड़ता है, जिसे आपकी बुद्धि लाख नकारती रहे।

सुधा दी आप जानती हैं न कि मैं पुरुष विरोधी नहीं हूं। स्त्रीवाद में भी विश्वास नहीं रखती, पर आज मैं यह कहने से अपने को रोक नहीं पा रही हूं कि पुरुष बेहद प्रैक्टिकल होते हैं।

ममता...हां सुधा दी, ज्योति की मां का यही नाम है। उसने दो हजार के वेतन पर एक स्कूल में नौकरी कर ली। उसी स्कूल में, जिसमें ज्योति पढ़ रही थी। वहां रहकर वह उसकी देखभाल भी कर लेती थी।

लेकिन ज्योति के पिता। हां दीदी, देह की मांग। संवेदना तो थी ही नहीं, फिर ममता तो। दिन भर स्कूल और फिर आते ही ज्योति। बिस्तर पर जाते ही उसके अंग-अंग टूटते थे। एक दिन गुस्से में आकर ज्योति को उसके पिता ने पलंग से नीचे धकेल दिया।

सुधा दी, उसके मांस तो कपड़ों के दबाव भी बर्दाश्त नहीं कर पाते हैं, फिर धकेले जाने से नीचे गिरना तो...

ममता तो जैसे पागल-सी हो गई। पल-पल पति के गुस्से का डर। मैके आई, तो वहां भी सबकी भौंह पर शिकन।

एक दिन मां बोली, "कब तक इस निर्जीव चीज में जान फूंकने के लिए अपनी गृहस्थी का सत्यानाश करेगी।"

बाबूजी ने समझाया, "मेहमान समझदार हैं। अगर उन्होंने कोई निर्णय लिया है, तो सोच-समझकर ही लिया होगा। फिर ऐसी बच्ची का क्या ठिकाना। इससे क्या वंश चलेगा? उम्र तो किसी के लिए बैठी नहीं रहती। न तुम्हारी रहेगी और न मेहमान की।"

ममता क्या बोलती। अथाह समुद्र में किधर से रास्ता ढूंढ़े, वह नहीं जानती थी। उसे तो यह भी पता नहीं था कि रास्ता किधर-किधर से जाता है। वह बी.ए. पास तो थी, पर जहां एक छोटी-सी पोस्ट के लिए हजारों उम्मीदवार आते हैं और नौकरी उसी को मिलती है, जिसके लिए पहले से ही सबकुछ तय रहता है, वहां उसे कौन पूछता।

वह दो वर्षों तक भटकती रही। आखिर एक दिन मिले सुरेश गुप्ता। नेतागिरी करते हैं। सौंदर्य के पारखी भी हैं। उन्होंने उसे पुष्कर मिश्रा से मिलाया, जो उन्हीं की तरह रसमिजाज हैं। एक एनजीओ में अच्छे पद पर भी हैं, लेकिन आदमी कुछ भी सेट करे, सबसे बड़ा सेटर तो है ऊपर वाला।

पुष्कर निकला ममता का एक क्लास मेट। सुधा दी, कुछ तंतुओं का जुड़ाव वक्त तोड़ नहीं पाता।

पुष्कर ने ही उसकी सहायता की पर...जिस व्यक्ति की चर्चा दूर तक हो...हां दीदी, आप ठीक समझ रही हैं। आजकल किसी की अच्छाई की चर्चा कहां होती है। काजल की कोठरी किसी को बख्शती है क्या? लोग निकल भी जाएं, पर वहां किसी को जाते जो किसी ने देख लिया, वह मान ही नहीं सकता कि उसमें दाग नहीं लगा।

पर, ममता तो ज्योतिर्मय है। पति ने दूसरी शादी कर ली, पर उसे उससे भी कोई शिकायत नहीं है। कहती है, वे भी अपनी जगह सही हैं।

सुधा दी, है न हैरानी की बात? अब आपसे बात करके मन थोड़ा हल्का हो गया, तो जम्हाई आने लगी। रात लगता है बीत ही चुकी है। फिर भी देखूं, शायद थोड़ी नींद आ जाए। घड़ी में अलार्म लगा लेती हूं। वैसे कल मेरा पहला लेक्चर बारह बजे है।

आपकी सुष्मिता

प्यारी सुधा दी, दिल्ली

प्रणाम 20 अक्तूबर, 2006

आपकी प्रतिक्रिया मिली। मेरी चिट्ठी पढ़कर आप सारी रात सो नहीं पाईं। मुझे दुःख है, पर मन जब न तो जमे और न पूरी तरह पिघले, तो बेइंतहा दर्द होता है।

महात्मा बुद्ध ने कहा मध्यम मार्ग उत्तम मार्ग है, पर सुधा दी, मन का यह मध्यम मार्ग!

वैसे आपको क्या बताऊं, आपने तो इसी में आधी जिंदगी जी है।

दीदी, आपने गलती से मेरी टीसती नस को हाथों से दबा दिया है। उस दिन पता नहीं कैसे मैंने आपको लिख दिया। उसे भूलने के लिए तो मैंने वर्षों कोशिश की है। उसे भी याद करके मैं कई रात छटपटाती रही हूं। इतनी कि बिस्तर पर हजारों सिलवटें पड़ गईं। उस पर रूपेश की चिड़चिड़ाहट। सच दीदी, हम कभी-कभी कितने अकेले हो जाते हैं। इतने कि कोई अपना कहने को ही नहीं रहता। आप कहेंगी कि मैं भी कितनी पागल हूं। दर्द को भला कौन बांटेगा।

हां दीदी, मैं ऐसी ही हूं। रूपेश के बार-बार समझाने पर भी अपने को बदल नहीं सकी।

आपने जिसके बारे में पूछा है, वह कोई और नहीं, मेरी सगी बहन थी प्रमिला। मुझसे चौदह साल बड़ी। मेरे अतीत का वह हिस्सा, जिसे दर्द की तरह मैंने वर्षों पिया है।

दादी से सुना, रजस्वला हुई तो मां के पास काफी रोई थी कि उसे कोई बीमारी हो गई। बाबूजी ने भी उसका रोना सुना था। गांव में हमारे पुराहित थे रतनेश्वर पाठक। मैंने जब उन्हें देखा तो बूढे हो गए थे। जब घर में सत्यनारायण प्रभु की पूजा हो, तो मां उनके लिए आठ सेर दूध का दही जमाती थी और उनके खाने के बाद कनतरी (बड़ा सा मिट्टी का बर्तन) में कुछ भी बचता नहीं था। वैसे दही के साथ और भी चीजें होतीं थीं जैसे चिऊड़ा, गुड़, तरकारी और फुलाए चना की घांटी (चटनी)। एक दिन पाठक जी दीदी के लिए रिश्ता लाए। उस समय गांव में जमीन-जायदाद वाला हो, तो वही होता था खानदानी। फिर चौदह-पंद्रह साल का कौन लड़का नौकरी करने वाला मिलता। मेरे घर की आधी जमीन तो बिक ही चुकी थी। बाबूजी को डर था कि पता नहीं बाद में क्या होगा, इसलिए उन्होंने वह रिश्ता तय कर लिया। जब दीदी, ससुराल गई, तो मेरा जन्म भी नहीं हुआ था।

उस समय मेरी उम्र लगभग छह साल की रही होगी। मैं गांव के ही स्कूल में दूसरी कक्षा में पढ़ती थी। हर दिन वहां बैठने आसनी ले जाती थी, क्योंकि तब वहां बेंच ओर डेस्क नहीं थे।

एक दिन स्कूल से लौटी तो मैं काफी दुखी थी, क्योंकि मेरी क्लास के एक बदमाश लड़के ने मेरी आसनी पूरी तरह फाड़ दी थी।

रास्ते भर सोचती रही कि रात में मां जब चूल्हे के कोयले में पानी डालेगी, तो कहूंगी कि बोरी में कपड़ा डालकर सिल दे, पर जब घर पहुंची, तो वहां का दृश्य कुछ और ही था। सबके चेहरे पर मुर्दनी छाई थी।

प्रमिला दी आई थी। बेटी के आने पर दुःख। है न आश्चर्य की बात?

दीदी से मेरी यह दूसरी मुलाकात थी। बाबूजी कहते थे कि उसे ससुराल वाले विदा ही नहीं करते हैं।

लेकिन इस बार दीदी शायद भागकर आई थी, क्योंकि उसके बाल बिखरे थे और साड़ी भी घर में ही पहनने वाली थी। काफी मुचड़ी हुई, ठीक दीदी के चेहरे की तरह।

सब कुछ देखकर बड़ा अजीब-सा लग रहा था। पहली बार तो दीदी ऐसी नहीं लगी थी, पर इस बार क्यों?

मेरी नजर गांव की एक-एक करके आती और नीचे बिछी दरी पर चुपके से गाल पर हाथ रखकर बैठती बूढ़ी और जवान स्त्रियों पर रुक-रुक जाती।

मैंने मां से पूछा कि दीदी को क्या हुआ, तो उन्होंने रोते हुए ही डांटा, "कुछ नहीं। जा अपना काम कर।"

पर, उसके बाद दीदी कभी ससुराल नहीं गई।

सुधा दी, मैं आठवीं कक्षा में थी कि वीणा ने बताया...।

वीणा मेरे साथ पढ़ती थी, पर उसकी रुचि पढ़ने से अधिक गांव की कुछ खास खबरों में थी।

गांव में वैसे अब भी कुछ खबरें काफी खास होती हैं। शायद इसलिए भी कि वहां शहर की तरह, कुछ भी छिप नहीं पाता।

अब मैं कैसे कहूं। सुनकर तो मैं काफी देर तक कुछ बोल ही नहीं पाई। घर तक का दस मिनट का रास्ता लगा, मीलों दूर हो गया है।

मां ने पूछा, "कुछ खा क्यों नहीं रही हो।" तो मेरा गुस्सा सातवें आसमान पर था।

पता नहीं यह गुस्सा क्यों था? आज सोचती हूं तो लगता है कि शायद इसलिए कि दीदी का सच मुझे दूसरों से मालूम चला।

लेकिन यदि अपनों से ही पता चला तो मैं क्या कर लेती।

वैसे अपनों की क्या परिभाषा है, यह मुझे अभी तक पता नहीं है। लोग कहते हैं कि जिससे खून का रिश्ता हो, पर नहीं दीदी, मैं इसे कैसे मान लूं?

बोर्ड एक्जामिनेशन के बाद मैं दिल्ली आ गई, मामाजी के पास। एक दिन बाबूजी की चिट्ठी आई कि घर पर जीजाजी आए हैं। सच क्या है, उन्हें पता चल गया है। काफी शर्मिंदा हैं, पर बाप को नहीं छोड़ सकते, क्योंकि सारी जायदाद उन्हीं के नाम है।

कितनी कुढ़न हुई, बता नहीं सकती, पर इससे अधिक डर हुआ कि अगर दीदी चली गई, तो क्या होगा। जीजाजी हमेशा घर में तो बैठे रहेंगे नहीं और उसका वह बुड्ढा ससुर...।

मैं उस दिन भी रातभर नहीं सो पाई।

दूसरे दिन बलबीर ने (मेरी प्रिय सखी) मेरी आंखें देखी तो, कहना शुरू कर दिया, "देख लो इस पढ़ाकू को। एक्जाम में अभी छह महीने हैं, लेकिन अभी से आंखें फोड़ रही है।"

उस बेचारी को क्या पता था कि मैं जिंदगी की किस अंधेरी गुफा में हूं।

घर की बात, वह भी ऐसी। मैं भला किसी को क्या बताती?

पर दीदी का और मेरा मन कितना मिलता था, यह बाद में पता चला। दीदी ने ससुर के साथ रहने से साफ इंकार कर दिया। कहा, 'अब मैं उन्हें ससुर की तरह आदर तो नहीं दे सकती।"

सुधा दी, समाज ने रिश्तों के नाम तो दे दिए, लेकिन केवल नाम रिश्ते हो सकते हैं क्या?

जिस दिन दीदी के इस निर्णय पर दुःख व्यक्त करते हुए बाबूजी की दूसरी चिट्ठी आई, उस दिन मैं इतनी खुश थी कि बता नहीं सकती।

दो महीने तक तो सबकुछ ठीक रहा, फिर अचानक तार आया कि बाबूजी नहीं रहे।

उनका ब्रेन हैम्ब्रज हुआ था।

बेचारे बाबूजी। जिंदगी उन्हें हर समय तोलती ही रही और वे तराजू पर बैठे अपने भीतर की घुटन को चुपके-चुपके पीते रहे।

भैया तो थे, लेकिन बाबूजी तो नहीं बन सकते थे न।

सच पूछिए तो अब मैं और दीदी दोनों ही अनाथ हो गई थी। फर्क यह था कि मैं कुंवारी थी और दीदी न कुंवारी थी, न विधवा और न सधवा ही रही थी।

अब तक हमारी जमीन का बंटवारा नहीं हुआ था। चाचू ही अब सबकुछ थे।

रूपेश के साथ मेरी शादी मामाजी ने करवाई। जब अमोघा हुई, तो इन्होंने कहा, दीदी को कुछ दिनों के लिए बुला लो, तुम्हारी हेल्प हो जाएगी।

पर, सुधा दी, मुझे लगा दीदी समझेगी कि वक्त ने उसे नौकरानी बना दिया।

वह जिस मोड़ पर खड़ी थी, वहां न ठोस जमीन थी और न कोई ऐसा रास्ता ही था, जिस पर दूर तक चला जा सके।

फिर काम निकल जाने पर मैं क्या कहती? कहती कि दीदी, अब गांव लौट जाओ?

मां बूढ़ी हो गई थी। आंखों से कुछ सूझता ही नहीं था। कई बार मन हुआ कि रूपेश से कहूं कि मां की आंखें दिखा दे, पर वे जिस तरह तब जोड़-जोड़ कर पैसे का हिसाब रखते थे, कुछ कहने की हिम्मत ही नहीं हुई।

कई बार मैंने रूपेश से यह भी कहना चाहा कि गांव में सभी कहेंगे कि मैं अपनी मां को भी नहीं पूछती, पर उन्हें जैसे मेरा मन पढ़ना आ गया था। मेरे बोलने से पहले ही बोलने लगते। 'वहां भैया हैं, चाचाजी हैं। जब वे लोग उनका ध्यान नहीं रख सकते, तो तुम तो बेटी हो।'

इच्छा होती कि कहूं कि अमोघा भी तो बेटी है, तो क्या आपका खयाल रखना इसका फर्ज नहीं होगा, पर कह नहीं पाती थी, आखिर तब मैं पूरी तरह उन पर आश्रित थी। कैसे कहती?

और एक दिन भैया की चिट्ठी आई कि दीदी डिप्रेशन की शिकार हो गई और पूरी तरह...

अब मेरी आंखों के आगे प्रमिला दी नहीं, दिल्ली की सड़कों पर घूमती वह लड़की थी, बाल को पूरी तरह बिखराए, कभी हँसती और कभी रोती, जिसकी कहानी हर न्यूज चैनल पर चली थी।

उसके साथ कई लोगों ने रेप किया था, पर पुलिस किसी को क्या पकड़ती? उसमें वह भी तो शामिल थी।

उस दिन पहली बार मैंने रूपेश से लड़ाई की और अमोघा को लेकर गांव चली गई।

प्रमिला दी अब नहीं थी। अब तो केवल उसका बेजान, पर जिंदा शरीर था।

मां परेशान रहती, पर वह कपड़े को तब तक फाड़ती, जब तक थक नहीं जाती। अब न उसे अपने ससुर का डर था और न किसी और का। शरीर का अधिकांश हिस्सा उघड़ा ही रहता। दीदी को अचानक यह क्या हुआ?

इसका किसी के पास कोई जवाब नहीं था। मां ने बताया कि एक दिन रात में अचानक यह चिल्लाई और फिर बेहोश हो गई। जब होश में आई, तो इसे कोई होश ही नहीं था।

मुझे लगा कि और भी कुछ है, जो मां छिपा रही है। साइकोलॉजी मेरा सब्जेक्ट था। मैं दीदी की हरकतों को देखने लगी। बार-बार वह अपनी फटी साड़ी ठेहुने से ऊपर उठाती और हँसती।

एक दिन शाम के समय हम लोग बरामदे में बैठे थे कि भैया और चाचू आए, दीदी ने जैसी हरकत की, उसे क्या बताऊं। मैं तो उन दोनों से कुछ देर तक आंखें ही नहीं मिला पाई।

चाचू तो उसी समय चले गए, पर भैया दीदी को लगातार डांटे जा रहे थे और वह ही, ही, कर हँस रही थी।

मैं एक सप्ताह तक वहां रही और जो कुछ मैंने निष्कर्ष निकाला, उस पर मुझे ही विश्वास नहीं हो रहा था।

एक दिन मैंने मां से कहा। वह फुसफुसाई, "प्रमिला ने पहले शिकायत तो की थी, पर मैं क्या बोलती। हल्ला होता, तो घर की इज्जत।"

"क्या भैया को सबकुछ मालूम है?"

"पता नहीं, शायद...।"

"शायद मतलब...?"

"हां, वह जानता है।" मां ने सिर पर आंचल डालकर चेहरा घुमा लिया था।

मैं मां की इस अनकही बेबसी को पहचानती थी, क्योंकि ऐसा पहली बार नहीं हुआ था।

लेकिन, मुझे भी पता नहीं क्या हो गया। जबड़े को जैसे किसी ने भीतर से जकड़ लिया था।

उस दिन मैं उफनती रही, भीतर ही भीतर रोती रही, पर बोल कुछ भी नहीं पाई।

चाचू के हिस्से का अनाज हमारे ही घर आता। चाचू अकेले थे और मां के घर सब मिलाकर चार...भैया ने बी.ए. के बाद पढ़ाई नहीं की। अभी बेरोजगार थे।

भैया मुझे छोड़ने स्टेशन तक आए, पर मैं उनसे खिंची रहीं।

दिल्ली पहुंचकर मैंने एक प्रण लिया कि अब कभी गांव नहीं जाऊंगी।

सुधा दी, आप हँसेंगी कि यह कैसी कायरता थी।

पर मैं कायर ही हो सकती थी, क्योंकि तब मेरे पास और कोई हथियार नहीं था।

जब अमोघा पांच साल की हो गई, तब मैंने कॉलेज ज्वाइन किया।

इस बीच मां की कई बार चिट्ठी आई कि "मैं अमोघा को देखना चाहती हूं। इतने साल हो गए। एक बार आ जाओ।"

लेकिन मैंने व्यस्तता का बहाना बनाया।

फिर प्रमिला दी की मृत्यु का फोन आया।

मैंने सोच लिया कि प्रमिला दी तो काफी पहले मर गई थी और उसे मारने वालों में कई लोग थे और कोई बाहर के नहीं।

सबने मुझे निष्ठुर कहा। कहा कि मुझे घमंड हो गया है। मैं चुप रही।

आज प्रमिला दी की मृत्यु को बीस साल हो गए हैं। मां भी नहीं रही। मैंने उसे कितनी बार दिल्ली बुलाया, पर वह वहां की ही जमीन से चिपकी रही। बाद में उसने भी मुझे बुलाना छोड़ दिया था। गांव के कुछ लोग यहां रहते हैं। उन्होंने बताया था कि प्रमिला दी की मृत्यु के बाद मां पूरी तरह टूट चुकी थी। वह जब कुएं से निकाली गई, तो उसकी फूली हुई अधनंगी लाश को देख मां बिल्कुल खामोश हो गई थी।

सुधा दी मैं गुनाहगार हूं मां की। प्रमिला दी की भी। उसका इलाज हो सकता था, पर जब तक मुझे नौकरी मिली, वह लाइलाज हो चुकी थी, पर मैं मां को खुशी दे सकती थी, लेकिन मैं अड़ी रही। मां भी क्यों मेरे पास आती। आखिर वह मेरी मां थी।

आज सब कुछ मेरे सामने है, जैसे मैं कोई फिल्म देख रही होऊं। मैं उसी में जीने लगी हूं पर इससे निकलने के लिए छटपटा भी रही हूं। सुधा दी, रिश्ते किससे बनते हैं? समाज का बंधन या खून का संबंध? क्या ऐसा नहीं लगता कि आज जिस दरख्त के खोखलेपन पर हम रो रहे हैं, उसमें छेद तो हमने ही किए हैं? मौन रहकर? खामोशी तो अंधेरा ही बढ़ाएगी न? मेरे शरीर की सारी नसें टनटना रही हैं। अब कुछ देर सोना चाहती हूं।

आपकी सुष्मिता

*(नई धारा : अगस्त-सितंबर, 2008)*

# मुक्ति

श्रीकृष्ण अर्जुन से कहते हैं--

*"ज्ञेयः स नित्यसन्नयासी यो न द्वेष्टि न काङ्क्षति।*
*निर्द्वन्द्वो कि महाबाहो सुखं बन्धात्प्रमुच्यते।"*

लेकिन क्या इस उत्तर आधुनिक युग में राग और द्वेष से ऊपर उठकर आकांक्षारहित व्यक्ति बन पाना संभव है? बाजार के इस दौर में द्वंद्वों से मुक्ति क्या इतनी आसान है? कर्मयोगी आज कौन हो सकता है? क्या आप हो सकते हैं? (आज तो संन्यासी दिखने वाले भी विदेशी बैंकों में अपना अकाउंट खुलवा रहे हैं।) अगर नहीं तो फिर क्या इस संसार के बंधन से मुक्ति किसी को नहीं मिलेगी और सभी प्रेतयोनि में भटकते ही रहेंगे अपनी इच्छाओं के बवंडरों के बीच?

ऐसा समीकरण था कि एक्स-वाई का सही मान निकल ही नहीं पाता था। हर बार अंत तक आते-आते रमेश की आंखें सिकुड़ने लगतीं। उसकी पेशानी की रेखाएं गाढ़ी हो जातीं और हाथों से अपने सिर को दबाए वह उस समीकरण को खूब गौर से देखता कि कहां उसने भूल की है।

पर, सोचते-सोचते जब उसके सिर की नसें टनटनाने लगतीं तो वह उसे यों ही अधूरा छोड़ उठ जाता।

मुंडेर पर थोड़ी देर तक किरणें रुकी रहीं, लेकिन फिर नीचे लुढक पड़ीं।

आईने में बड़ी डरावनी तस्वीर उभरी, धंसी और निर्जीव आंखों वाली, उसके लंबे-लंबे हाथों में कई रंगों के फूल थे, नीले, पीले, लाल, सफेद...पर उसने उन्हें बड़ी निर्ममता से मुट्ठी में मसल दिया। उसके चितकबरे जूते और खोल-सी पतलून में कई चेहरे थे, जो हँस रहे थे, व्यंग्य से, उपहास से। उनकी आंखों में कीचड़ था, उसमें कुछ के पैर धंस रहे थे। पर, सबके पैरों में वही जूते थे फटे और चितकबरे-से।

धूप में काफी जलन थी, पर अभी तो उसे काफी चलना था। उसके चेहरे पर उभरी खिन्नता की रेखाएं धूप में पारे की तरह चमक उठीं। भीतर कुढ़न थी, दुःख था, अपमान की चोट थी और यह अहसास था कि उसने वहां जाकर गलती की।

कितना इंसल्ट हुआ, उसने सोचा। आज इन्सानों की कद्र उनके पैसे और उसकी ड्रेस से होती है। सूट-बूट और टाई से। एक गहरी सांस लेकर उसने अपनी चप्पल देखी। डेड़ साल पहले उसने इसे सब्जी बाग से खरीदी थी, पनचानवे रुपये में।

''यह कुछ भी करने वाला नहीं है। फॉल्स इगोइस्ट है। देखो, शिरीयांश अमेरिका चला गया, पर इसका तो, आई.क्यू ही नहीं है। क्या करेगा। पता नहीं इसने पीएचडी कैसे कर ली।''

मां चैत में नीमतितुआ बनाती थी, बैंगन में नीम के पत्ते डालकर। पता नहीं कैसे बैंगन में वह पिल्लू रह गया, जिसे उसने खा लिया और फिर कंठ में उंगली डालकर...।

जोर से हवा चली और धूल का भभाका उसके खुरदरे चेहरे से टकराते हुए उसकी आंखों में घुसने लगा। आंखों के साथ मुंह में भी धूल की कचकचाहट भर गई। उसने बंसत को कोसा। पता नहीं कवियों को इसमें कौन-सा सौंदर्य दिखता है।

उसके भींचे होंठ बुदबुदा रहे थे जैसे गांव के पन्नालाल के बुदबुदाया करते हैं आगरा से वापस लौटने पर। उसने अपनी लाल पड़ रही आंखों को जबरन खोलने की कोशिश की और अपने चेहरे को रुमाल से झाड़कर आगे बढ़ने लगा।

दाहिनी तरफ एक व्यक्ति चाक घुमा रहा था। उसके सामने मिट्टी के बर्तनों का ढेर लगा था।

'यह संसार कागद की पुड़िया।

बूंद परै घुल जाना है।'

शायद कहीं टेप बज रहा था या वही व्यक्ति ट्रांजिस्टर पर कबीर का यह पद सुन रहा था।

"यह संसार कागज की पुड़िया कैसे हो सकता है..." उसने सोचा। "यह तो अरबों-खरबों अजगरों का संसार हैं, जिनकी जीभें लपलपाती हैं, लीलने के लिए।"

उसके भीतर से कांपती, सहमी-सी आवाज निकली आशियाना नगर का कितना भाड़ा है?

"चार रुपये। चलना है?"

"अढ़ाई रूप, ये...में...?"

ऑटो की झल्लाई हुई घरघराहट के बीच ऑटो वाले के खीझे हुए स्वर उसके कानों में काफी देर तक गूंजते रहे, "कहां-कहां से चल आते हैं ये सब। टाइम खोटा करने...।"

ऑटों में बैठी सवारियों के चेहरे पर वही कृत्रिम मुस्कान और उपहासात्मक मुद्रा का लिबास था, जैसे कि पन्नालाल को देखने पर अक्सर लोगों का होता है।

उसके सामने से एक अजनबी गुजरा है। उसके चेहरे पर झेंप, ग्लानि, क्षोभ और भय की आड़ी-तिरछी रेखाएं हैं, जो धूप में दूर से ही चमक रही हैं।

वह उसे पीछे से देखता है। उसे उसका सब कुछ बड़ा जाना-पहचाना लगता है। वह अपने दिमाग पर जोर डालता है कि वह कौन था, पर उसे कुछ स्मरण नहीं आता; लेकिन उस युवा चेहरे की झुर्रियों, उसकी छटपटाहट और उसकी बेचैनी को देखकर उसे लगता है कि उस अजनबी से उसका कोई गहरा रिश्ता है।

वह अपनी आंखों को फैलाकर अपने होंठ सिकोड़ता है। उस अजनबी की फटी चप्पल से निकल रही आवाज उस तक साफ-साफ पहुंच रही है। "ऐसा लड़का तो अपनी प्रॉब्लम में ही उलझा रहेगा। नो, ही इज नॉट फिट फॉर दिस कंपनी..."

उसे लगा कि वह थकने लगा है, लेकिन नहीं वह थकेगा नहीं। वह अपनी गर्दन को झटकता है। सामने चौड़ी सड़कें हैं। अनगिनत गाड़ियां भाग रही हैं। वह अजनबी भी भाग रहा था, जमाने भर का दर्द लेकर।

उसने एहसास किया कि केवल वही है, जो रेंग रहा है। उसे कोफ्त होने लगी। कितना बौना है वह। क्या मायने हैं उसके अस्तित्व के। क्या वह भी गाड़ियों की इन घरघराहटों की तरह है या पन्नालाल बन गया है, जिसे देखकर लोगों की केवल भौंहें सिकुड़ती या तनती हैं।

चलते-चलते जैसे कोई अंगारा पैरों से छू गया है।

ट्यूटर, गाइड और कीमती किताबों के बीच यह कौन खड़ा है? चेहरे पर विजयी मुस्कान लिए...यह तो शिरीयांश है।"

"मैं हर महीने दस हजार केवल बेटे की पढ़ाई में खर्च करता हूं।" मामाजी का दर्प उसके सामने गर्म हवा के झोंके की तरह गुजरता है।

"बेटा बाबूजी को आंखों से अब कुछ नहीं सूझता। किसी तरह उनके मोतियाबिंद का ऑपरेशन करा लो इस बार। कहीं गिर-विर पड़े तो। बुढ़ापे का शरीर है।"

अब मां रोती नहीं है। उसकी आंखें सूख गई हैं।

वह हिसाब जोड़ता है। इस बार अखबार में यह लेख छपा है। इसके लगभग दो सौ होंगे। शायद आकाशवाणी में भी प्रोग्राम मिल जाए। श्रीवास्तव साहब ने कहा तो है, उसके भी पांच सौ और कोचिंग में लगभग...।

सब कुछ जोड़ते-जोड़ते उसे लगता है कि हिसाब अधूरा रह गया या वह अंक गणित का कुछ सूत्र ही भूल गया।

सामने से एक बीस-बाईस साल की लड़की गुजर रही है। तीन-चार लड़कों ने उसे घेर लिया है। "कि हो, हमरा साथ चलैकबा कि, सिनेमा भी दिखाईब..."

कई लोग आ-जा रहे हैं। कुछ लोग उस लड़की को देखकर मुस्कराते हैं और कुछ आगे बढ़ जाते हैं यह सोचकर कि कौन इस पचड़े में पड़े।

एक लड़का उस लड़की का हाथ पकड़ने के लिए आगे बढ़ा है, जिसे देखकर वह भीतर से गुर्राया है। उसकी आवाज भी बाहर निकली है, लेकिन गुर्राहटभरी नहीं, किंकियाती हुई।

वे लड़के तो उसे देखकर हँस रहे हैं। वे उसे देखकर डर क्यों नहीं रहे? क्या वे भी उसे पन्नालाल ही समझते हैं?

वह देखता है कि आकाश का पूरा शरीर पसीने से चिपचिपा गया है, ठीक वैसे ही जब वह ट्रेन की द्वितीय श्रेणी में कहीं परीक्षा या इंटरव्यू देने जाता है और

ठसठसाती हुई भीड़ के बीच खड़ा-खड़ा पसीने में नहा जाता है। पसीने की दुर्गंध उसके भीतर भरने लगी है और उसका मन करने लगा है कि एक बार फिर वह अपने कंठ में उंगली डाले।

"बेटा रमेश पढ़ रहे हो क्या?"

वह अभी-अभी कोचिंग से पढ़ा कर लौटा है और अपने कुछ लेखों को देख रहा है।

"बेचारा! हमेशा पढ़ता ही रहता है। बेटा कभी-कभी बाहर घूम-फिर भी लिया करो।"

उसे मिसेज शर्मा के स्पर्श से अचानक मां की याद आती है। सालभर हो गए, वह घर नहीं जा पाया। वह जाने-आने के फिजूल खर्च से बचना चाहता है। इन पैसों को वह घर भेज देता है, जिससे वहां की समस्या थोड़ी-सी सुलझ जाती है।

मां इसे समझती है, इसलिए घर बुलाती नहीं है, पर अपने को किस-किस तरह से रोकेगी वह।

फोन पर मां कलपती है। "बेटा बाबूजी को पथरी हो गई किडनी में। पेशाब करते समय खूब खून गिरता है।"

वह चुपचाप सुनता है, जवाब नहीं देता। कभी-कभी मां सोचती है कि फोन डिसकनेक्ट हो गया और रिसीवर रख देती है।

"बेटा तुम्हारा तो मैथ था न। जरा शैलू को रोज एक घंटा देख लिया करो। तुम्हारा भी मन बहल जाएगा। अरे, मैं तो भूल ही गई बेटा, बड़ी भुलक्कड़ हूं मैं।" मिसेज शर्मा हँसती है। 'मेरा गैस खत्म हो गया है और घर में कोई है ही नहीं। मैं किससे कहूं, आज तो मुझे तुम्हारे इस छोटे वाले सिलेंडर से ही काम चलाना पड़ेगा।"

"तो ले जाऊं न मैं इसे? कल शाम तक गैस का सिलैंडर आ ही जाएगा। और हां जो पांच-दस रुपया होगा, ले लेना अंकल से। संकोच नहीं करना बेटा।"

मिसेज शर्मा उसके बिना कुछ बोले ही गैस का सिलेंडर उठाकर चली गई हैं और वह अंधेरे में आंखें फाड़े उन्हें देख रहा है। उसने संजय गांधी जैविक उद्यान में अजगर का बच्चा देखा है, बेचारा किसी को खा क्या पाएगा, लेकिन उसकी जीभ हमेशा लपलपाती जरूर रहती है।

"मालूम है, शर्मा आंटी किसी को हरी मिर्च तक नहीं दे सकती। जरा मांगकर देखना कभी।"

उसके सामने प्रशांत खड़ा है। बेचारा गांव से आया है। शर्माजी ही उसे ले आए थे यह बोलकर कि पटना में ही उसका एडमिशन करा देंगे।

पटना में भी नौकरी की समस्या तो हमेशा बनी ही रहती है और शर्माजी के बेटे को तो कभी अपने दोस्तों से फुरसत ही नहीं मिलती है।

''अरे प्रशांत सब्जी नहीं है। अभी तक तू गया नहीं है लाने?''

''आंटी मेरी एक्जाम है, पढ़ना है।''

''अरे पढ़ लेना न, बस आधे घंटे में तो तू आ ही जाएगा।''

''अरे प्रशांत, शैलू की सहेली आई है, उसके पापा बहुत बड़े ऑफिसर हैं, एस.पी.। उसके लिए जरा समोसा ला देना बेटा...''

''अरे, तुमने लाइट क्यों जलाकर रखी है? रोशनी चुभ रही है आंखों में। रातभर सबको जगाए रखेगा क्या?''

बेचारा प्रशांत। किसी तरह वहां रहकर उसने बी.ए. पास किया, लेकिन मिसेज शर्मा बातों-बातों में हर आने-जाने वाले से यह चर्चा जरूर करती हैं कि हमने ही प्रशांत को यहां रखकर पढ़ाया।

''हम यहां नहीं रखते तो प्रशांत पढ़ पाता क्या? मेरे मालिक ही तो उसे गांव से उठाकर लाए थे, लेकिन देखिए, आज पढ़-लिख गया तो हमें पूछता तक नहीं। यह भी नहीं कि पर्व-त्योहार में मिलने आए। गिफ्ट-विफ्ट देना तो दूर की बात है।''

वह भी मिसेज शर्मा का यह कैसेट कई बार सुन चुका है।

''बेटा, अब मैं आदमी नहीं रह गया। मेरे ही घर वाले मुझे आदमी नहीं समझते।''

''अजीब छोटाहा है, यह सब। दरिद्दर सब...सूप, गुड और चूड़ा के लिए जो सौ रुपये दिए, वह भी खा गया। देखो जरा, सौ रुपये में बस, इतना ही चूड़ा और गुड़।''

''दूर-दूर-दूर-छीः-छीः-छीः...।'' पन्नालाल को देखते ही सुमित्रा चाची चिल्लाने लगती है।

पता नहीं, कभी-कभी पन्नालाल को क्या हो जाता है। वैसे, वह हर समय आदमी से तो दूर ही रहता है, लेकिन कभी-कभी चाहने लगता है कि कुछ देर वह आदमी के पास रहे, लेकिन आदमी उसके पास कैसे रह सकता है। उसकी दृष्टि में तो उसके कपड़े फटे और बरगद की जटाओं की तरह बाल है और फिर हर आदमी का तो अपना स्टैटस भी होता है।

"मां वह सामान क्यों नहीं भेजा तुम लोगों ने निशि दी की शादी में?" वह हांफने लगा है।

"मेरा करम ही फूटा है, क्या करूं..."

वह अपनी मां को देखता है। वह तुलसी चौरा को लीप रही है।

"कितना इनसल्ट हुआ तुम्हें पता है?" बोलते-बोलते वह रो पड़ा है। पन्ना लाल भी रोता है, लेकिन किस बात पर, इसका उसे ज्ञान नहीं रहता।

"बेटा, मंटू ने तो सौ रुपये ही दिए थे। तेरी मामी को तो बोलने की आदत है। उसे लगता है कि अब भी पांच रुपये में ही सूप मिलता है और दो रुपये किलो चूड़ा।"

वह मां का चेहरा देखता है, उसके चेहरे पर दर्द, ग्लानि, टूटा अभिमान और न जाने क्या-क्या है कि वह उसे देख नहीं पाता।

संजय गांधी जैविक उद्यान में अजगर के साथ गेंडा भी है, जो गर्मियों में हमेशा पानी में ही डूबा रहता है। एक बार वह प्रशांत के साथ वहां गया तो उसने उसे नजदीक से देखा। उसकी चमड़ी बड़ी मोटी थी, बिल्कुल काली। प्रशांत बोला, इस पर अगर लाल रंग का पेंट लगा दिया जाए तो कैसा हो। इस पर दोनों देर तक हँसते रहे।

आदमी गेंडा बन सकता है क्या? कैसे बनेगा? प्रशांत भी नहीं बना। उसने शर्माजी के घर को छोड़ दिया।

वैसे घर तो पन्नालाल ने भी छोड़ दिया है। बाबूजी कहते हैं कि उसकी पीठ की खाल काफी पतली है, क्योंकि नीम की एक ही छड़ी में वह उधड़ जाती है।

जिन्हें हम कहते हैं कि वह हमारा अपना है, उसके सामने हम खुद ही अपनी खाल को मोटी बना लेते हैं। उसकी तरफ से हम चौकन्ने भी नहीं रहते, लेकिन परायों के सामने हम शुरू से ही चौकन्ने रहते हैं, इसलिए हमारी खाल गेंडे की तरह नहीं बन पाती।

प्रशांत तीन साल तक मछुआ टोली में सब्जी बेचता रहा ठेले पर और अभी उसने एस.टी.डी. बूथ के साथ सुधा दूध का भी बूथ खोल लिया है।

मिसेज शर्मा जब वहां जाती हैं तो सुधा का गुलाब जामुन और रसगुल्ला लेना नहीं भूलतीं। प्रशांत अब उनके यहां जाता तो नहीं है, लेकिन मिठाई के पैसे उनसे नहीं लेता।

उसके सामने लेख पड़े हैं, पर वह उन्हें पढ़ नहीं पा रहा है।

"रमेश भैया, आपके पास थोड़ा दूध है? मां ने पूछने भेजा है। अरे यहां तो काफी है। मेरा रॉकी सुबह से भूखा है। आज कोई गया ही नहीं दूध लाने। मैं थोड़ा-सा दूध ले लेती हूं, ठीक है न भैया?"

वह देखता है कि बर्तन में केवल एक कप चाय के लिए दूध रह गया है। शैलजा पूरा उठाकर ले गई।

उसने आज एक लीटर दूध लिया था। सोचा था कि दूध-ब्रेड से वह अपना काम चला लेगा।

डिसकवरी चैनल दिखा रहा है—छोटी मछली भागती फिरती है, पर भागे, भागकर जाएगी कहां।

कल वह गया था निशि दी के यहां। उनके देवर आए थे। किचन में उनके पैर छूने गया तो निशि दी ने झट से मछली की कढ़ाई ढंक दी।

गांधी चौक से महेंद्रू लौटते समय वह सोचता रहा कि क्या वह वहां मछली खाने गया था?

"रमेश, मेरे चिंटू को ट्यूशन पढ़ा दो, जो पैसे दूसरे से लेते हो, वही हमसे ले लेना।" निशि दी की बातों से हमेशा उसके भीतर का शीशा चनका ही है और चनका हुआ शीशा कभी ठीक नहीं होता।

"रमेश मामा आ गए। मामा हमारे लिए टॉफी..."

वह पलंग और कुर्सी को पकड़-पकड़कर अपनी ओर आते चिंटू को गोदी में उठा लेता है। चिंटू उसके चेहरे को सहलाकर टॉफी के लिए फिर हाथ फैलाता है।

"रमेश को हमने कहा कि चिंटू को पढ़ा दो, लेकिन नहीं पढ़ाया। अरे, पढ़ाने के पैसे ले लेता, मैंने तो कहा ही था।"

उसने कई बार चाहा कि चिंटू को पढ़ा दे, लेकिन जब-जब वह इसके लिए निशि दी के यहां जाने निकला, उसके भीतर का चनका शीशा टूटकर उसे चुभ गया, ऊपर से लेकर नीचे तक, जिससे उसके पैर उधर बढ़ ही नहीं सके।

"अरे साले साहब, मोजा तो सस्ता मिलता है, फिर फटा हुआ मोजा क्यों पहनते हैं? कहिए तो खरीद दूं?"

मामीजी मुंह पर उंगली रखकर हँसती है। "भाई साहब तो हमेशा घर में ही बैठे रहे, कभी काम तो किए ही नहीं। कभी कोई आया तो सौ-पचास दें दिया। रमेश को तो शुरू से ही, इसी तरह के कपड़े पहनने की आदत है।"

“सब तो नोचने-खसोटने में ही लगे हैं। इन लोगों को शर्म भी नहीं आती क्या?” निशि दी उसको देखकर थोड़ी सकपका गई है।

गांधी चौक से निकलकर वह मेन रोड पर चल रहा है। बारी पथ में खुली नालियां बहती हैं। उसके फेफड़े में अब तक उसकी बदबू बनी हुई है।

वह सड़क पर संभलकर चल रहा है। अब तो नौ बजते-बजते पटना में भी निकलना मुश्किल है। फिर आज तो उसे कोचिंग से एक हजार रुपये भी मिले हैं।

सुबह के अखबार में उसने पढ़ा कि शिंजिनी और ऋषि का खून हो गया है। चाय की दुकान पर काफी स्टूडेंट्स थे। बगल में ही पटना यूनिवर्सिटी का हॉस्टल भी है।

“यह खून कैसे हुआ है, यह तो सबको पता है, पर अपराधी को पकड़ेगा कौन? यहां तो अपराधी ही शासन कर रहा है।”

“लोग वोट देते हैं, तभी तो ऐसे लोग शासन करते हैं।”

“तो क्या करेंगे? अपनी जान तो सबको प्यारी है न?”

“एक-एक कर पैसा जोड़ते हैं और पूरा गांव जल जाता है। आप किस गांव के हैं जी? आपको पता नहीं है कि कैसे बूथ लूटा जाता है।”

“अरे, शिंजिनी के ऊपर तो कब्बे से उसकी नजर थी। मारने से पहले रेप हुआ है। पढ़ा नहीं है आपने क्या?”

“किसने किया है रेप?” किसकी नजर थी उस पर?” एक बीस-बाईस साल का लड़का अचानक बोल पड़ता है। वह कुछ-कुछ हांफ भी रहा है। जैसे वह कोई भयानक सपना देख रहा हो।

“नाम बोलकर मरना है क्या? अरे दीवार के भी कान होते हैं। हमीं लोगों में से तो कोई कबाब पहुंचाते-पहुंचाते एमएलए बन जाता है, आप जानते नहीं हैं क्या?”

उसे लगता है कि वह पक्षियों के किसी लोक में पहुंच गया है। चें...चें ...चें...ट्विट...ट्विट...गुटरगूं...और फिर पंखों की तेज फड़फड़ाहट।

पन्नालाल कभी-कभी छोटा-छोटा पत्थर उठाकर फेंकता है, पता नहीं किसको मारने, लेकिन इसके बाद वह अपने बालों को जोर-जोर से नोचने जरूर लगता है। उस समय उसके चेहरे पर बेबसी होती है और गुस्सा भी।

एक आदमी पीपल के पेड़ से उतर रहा है। यही तो जहानाबाद में था बंदूक हाथ में लेकर। उस बार वहां बीस घर जल गए। बूढ़े, बच्चे, औरतें...सबके सब खून से लथपथ। उसका एक पैर पेड़ पर है और दूसरा किसी के आंगन में। वह कुछ-कुछ पन्नालाल की ही तरह है, लेकिन उसकी तरह उत्तेजना में कांप नहीं रहा है, पर इसके साथ यह दूसरा कौन है? इसका चेहरा भी तो पहचाना लगता है।

"हो श्याम भाय जी, आप तो हमारी ही तरह बेचैन हैं। कभी पेड़ पर और कभी श्मशान में भटकते हैं। आपको भी मुक्ति नहीं मिली न?"

"अरे कलुआ, नेता लोग पारी खेलते हैं, जानते नहीं हो क्या?" उसके भीतर छटपटाहट है। "खैनी है क्या तुम्हारे पास?"

"इतना बड़ा नेता और खैनी नहीं?" कलुआ हँसता है।

"ऐसे भी अगर जहानाबाद में हमला नहीं होता, तुम्हारे ग्रुप का, तो सारी जमीन पर तो हमरा बेटवा कब्जा करिये लिया था।"

"लेकिन उस साउथ इंडियन को मरवा कर आपको क्या मिला? बेचारा। कभी-कभी ही तो ईमानदार ऑफिसर देखने को मिलता है।"

"अरे, मैं मरवाना थोड़े चाहता था, पर क्या करता।"

वह आदमी अपने सूखे होंठों को अपनी लंबी जीभ से तर करने लगता है। खैनी के बिना उसे चैन नहीं मिल रहा है, लेकिन वह किसी को कोई ऑर्डर नहीं देता।

मरने के पहले तो यह ऐसा नहीं था। यह तो खैनी को थूकने के लिए भी ऑफिसर को पीकदानी पकड़ाता था।

"अब जानबूझकर कोई फांसी पर थोड़े चढ़ेगा। अरे जब सब अंधा है ही, तो अंधा ही रहने दो, लेकिन उस ऑफिसर को तो सींग निकलने लगा। चला सबकी आंखें ठीक करने।"

वह देखता है कि उन दोनों के हाथ आसमान को छू रहे हैं। जब वे जिंदा थे, तब भी तो वे यही चाहते थे कि वे आसमान को छूते रहें।

आजकल पता नहीं क्या हो गया है रमेश को कि वह रात में सो ही नहीं पाता। सपने में वह अक्सर प्रेतात्माओं को बातें करते देखता है। वह उनकी बातों को सुनने और उन्हें पहचानने की कोशिश में भी लगा रहता है।

लोग कहते हैं कि श्राद्ध अच्छी तरह करने से मुक्ति मिल जाती है, लेकिन अब किसके पास इतना समय है। जब जिंदा व्यक्ति के लिए नहीं है तो मरे हुए व्यक्ति के लिए कैसे होगा।

कभी-कभी वह सपने में चिल्लाने भी लगता है, 'अब बहुत हो गया मामाजी, बस और नहीं...'

'निशि दी तुम चुप रहो। बस अब एक शब्द भी मत बोलना।'

बाबूजी रो रहे हैं। "अब अपमान सहन नहीं होता। सबने मुझे उठल्लू समझ लिया है।"

उसने एक पंडित से सलाह ली है, जो ज्योतिषी भी है, वहीं बारी पथ में। उन्होंने बताया है कि अभी उसका राहू और शनि खराब चल रहा है...जिससे तनाव रहेगा ही।

कुछ दिनों पहले वह कुम्हरार चला गया...वहां के पार्क में। उसने सोचा कि मन थोड़ा बहल जाएगा। उसने टीवी में देखा है, गोवा में समुद्र के किनारे तो...लड़का, लड़की सब नंगधड़ंग ही लेटे रहते हैं।

लेकिन उसके सामने फिर वही सहमी लड़की कैसे आ गई?

"कि हौ चलैकबा कि? सिनेमा भी देखाईब..."

वह देख रहा है कि उस लड़की के चारों ओर सड़क छाप मजनूं खड़े हैं। उन मजनुओं के भीतर से जिराफ की तरह एक लंबी गर्दन निकलती है, जिसके ऊपर चबूतरे की तरह बना हुआ एक चेहरा है, शायद पढ़े-लिखे आदमी का, पर यह तो अधेड़ है, चार बच्चों का बाप भी होगा, लेकिन इसकी शक्ल तो एक पब्लिक स्कूल के डायरेक्टर से मिलती है। अरे, यह तो वही है, पर इसकी जीभ तो...

संजय गांधी जैविक उद्यान में अजगर का बच्चा बड़ा हो गया है। सांप तो काफी जल्दी बढ़ता है।

लेकिन यह क्या, जिराफ की गर्दन में एक और सिर उगा। यह बूढा है, लेकिन रावण की तरह दिखता है।

कहीं बगल से सहमी-सी आवाज निकलती है। यह तो फेमस डॉक्टर है, कंकड़बाग में। इस आवाज में दूसरा स्वर भी मिल गया है। इसने तो उपन्यास भी लिखा है गजब का विद्वान है, क्या अंग्रेजी बोलता है। बर्नाड शॉ को काफी पढ़ा है इसने।

लेकिन वह अपना सिर तो पेंडुलम की तरह हिला रहा है।

'फेमिना पढ़ती हो न, यह सब नैचुरल है। पढ़ा-लिखा आदमी इन सब चीजों में माथा-पच्ची नहीं करता। आगे बढ़ना चाहती हो या नहीं?"

अरे, उसकी तो जुबान भी है।

रमेश देखता है कि उस सहमी लड़की के चेहरे पर कई आंखें हैं। कुछ में आंसू हैं, तो किसी में चांद छूने की चाह हिलोरें मार रही है, लेकिन यह क्या धीरे-धीरे सभी आंखों से आंसुओं की धार। अजगर की जीभ लपलपा रही है। वह भूखा कैसे रहेगा। वह भूखा तो रह ही नहीं सकता।

रमेश थक गया है। कोचिंग में आज एक्ट्रा क्लास थी, अचानक मोहन जी की तबीयत खराब हो गई।

यहां किसी टीचर की तबीयत खराब होती है, तो उस सब्जेक्ट का दूसरा टीचर फायदा उठा लेता है। उसे भी कम से कम दो सौ तो मिल ही जाएंगे। इन एक्स्ट्रा क्लासों के।

बाबूजी कहते हैं, "पन्नालाल पहले बहुत संवेदनशील था, लेकिन अब तो। अब वह आदमी रहा ही कहां।"

वह थोड़ी देर आराम करना चाहता है, लेकिन मिसेज शर्मा ने शैलजा को उसके पास भेज दिया है। वह उसे अलजेबरा समझा रहा है, लेकिन बुद्धि काम नहीं करती, जिससे एक्स, वाई का सही मान नहीं निकल पा रहा है।

कल शाम को उसे दिल्ली भी जाना है संपूर्ण क्रांति से। वहां परसों इंटरव्यू है और उसे परसों ही लौट आना है। कोचिंग में जितनी क्लास छोड़ेगा, उतना हर्ज।

कभी-कभी उसे अपने ऊपर गुस्सा आता है कि वह कुछ बोल क्यों नहीं पाता। मिसेज शर्मा उसका क्या बिगाड़ लेंगी। ज्यादा से ज्यादा कहेंगी कि मकान खाली कर दो, फिर क्यों बर्दाश्त करता है वह उन्हें? जब इन्होंने पांच सौ किराया बढ़ा ही दिया तो फिर अब क्या।

"बेटा देख रहे हो महंगाई किस तरह बढ़ रही है। लगता है महंगाई केवल इन्हीं के लिए बढ़ी है। ऊपर से भैया-भैया करके शैलजा..."

उसके भीतर फिर वही नीमतितुआ भर गया है, पिल्लू वाला, लेकिन अभी वह कंठ में उंगली भी नहीं डाल सकता।

गांव में मकान बन रहा है। पन्नालाल ईंटें ढो रहा है। ही-ही-हा-हा-वाह! पन्नालाल, वाह!

शैलजा चली गई है और वह बिना खाए-पीए ही सो गया है। लाइट भी जल ही रही है।

अचानक बल्ब से कोई निकला है। वह उसके कान के पास कह रहा है, 'तुम्हारे बाबूजी की तबीयत काफी खराब है। अब वे नहीं बचेंगे। उनके अंतिम दर्शन कर लो।'

उसके पीछे कोई दूसरा निकला है। वह साधु की तरह दिखता है। 'नहीं, बच जाएंगे तुम्हारे बाबूजी। पर, इन्हें पटना ले जाओ। पी.एम.सी.एच. में भर्ती कर दो।"

वह रुपये गिन रहा है। पांच सौ और कुछ खुदरा...। दो सौ तो उसे गांव आने-जाने में लगेंगे। वहां से बाबूजी को लाने में लगभग डेढ़ सौ, लेकिन बाबूजी अकेले कैसे आएंगे, मां भी तो आएंगी।

"देखो शिरीयांश को।"

बल्ब से तीसरा आदमी निकला है। यह आदमी तो मामाजी हैं।

"तीन लाख रुपये खर्च किए हैं इसने एम्स में। मेरा जब बाई पास सर्जरी हुआ, हार्ट का।"

उसकी नींद टूट गई है। वह पसीने से तरबतर है। उसे लगता है कि उसके पैरों के नीचे की जमीन खंडहर बन गई है। वहां अंधेरा पसरा हुआ है और चमगादड़ों ने उसे दबोच लिया है।

"बेटा! अब मैं आदमी नहीं रह गया। तुम्हारे चाचा और मामा मुझे आदमी की तरह नहीं देखते।"

वह बाबूजी के सूजे हुए चेहरे और छलछलाई हुई आंखों को देखता है। बाबूजी की एंड़ी फट गई है और धोती भी।

पन्नालाल के भी कपड़े फटे रहते हैं, लेकिन वह तो बेवजह भी रोता है, जैसे आंसुओं को नियंत्रित करनेवाली नसें फट गई हों।

सहसा दीवार का शीशा तोड़ते हुए बाबूजी निकलते हैं। वह देखता है कि बाबूजी ब्लैक कलर के सूट में उसकी ओर बढ़ रहे हैं। मां हँस रही है।

"तेरी दादी कहती थी कि मेरा यही बेटा सबसे सुंदर था, जिससे इसके बाबूजी ने इसका नाम रखा अनुपम।"

सुबह की पीली धूप उसके चेहरे पर पड़ी है और वह हड़बड़ाकर उठ गया है।

"क्या वह जमीन पर ही बैठे-बैठे सो गया था?" रात में उसे लगा कि यह जमीन खंडहर बन गई है, लेकिन यह तो ठोस है।

वह अपने एयरबैग में सामान भर रहा है। संपूर्ण क्रांति वहीं से खुलती है, जिससे वह लेट नहीं रहती।

गणेशजी की वंदना कर वह एयर बैग उठाता ही है कि मिसेज शर्मा सीढ़ियों से उतरकर तेज-तेज कदमों से वहां आती हैं, "बेटा रमेश तुम्हारे बाबूजी नहीं रहे। घर से तुम्हारे लिए फोन था।"

उसके हाथ से एयर बैग छूट गया है। वह देख रहा है कि बाबूजी ब्लैक सूट में उसकी ओर बढ़ रहे हैं। उसके समीप आ रहे हैं।

"बेटा, तुम्हारे बाबूजी को...पेशाब करते समय खूब खून गिरता है।"

बाबूजी आसमान में उड़ रहे हैं।

"बेटा, बाबूजी जीना चाहते हैं, लेकिन, खूब दर्द भी होने लगा है अब तो।"

बाबूजी टहल रहे हैं तेज-तेज कदमों से, कभी पीपल के पेड़ पर, कभी आंगन में।

"अब क्या, सब दर्द से मुक्ति मिल गई।" मां कलप रही है।

वह श्रद्धापूर्वक बाबूजी का श्राद्ध करने बैठा है। मन को भटकने नहीं देता। सामने दीया जल रहा है। पंडितों के संस्कृत-शब्दों की ध्वनि से वहां का वातावरण गूंज रहा है, लेकिन इस दीया में ये आंखें किसकी हैं? राग-द्वेष का द्वंद्व और अदम्य जिजीविषा।

पन्नालाल रो रहा है, हँस रहा है, दौड़ रहा है, कपड़े फाड़ रहा है। वह भी बेचैन है।

रमेश पंडितों द्वारा बोले हुए मंत्रों का उच्चारण कर रहा है। उसमें उसकी सांसों से निकली सिसकती हुई मौन आवाज भी मिलती जा रही है। यह आवाज है 'हे ईश्वर, अब मेरे बाबूजी को मुक्ति दे देना।"

# मां

'मेरी मैना, मेरी बुलबुल, मेरी सोन चिरैया, मेरी गोरैया तेरे पंख होंगे, पर तू उड़ना नहीं। तू संगीत सीख, पर गाना नहीं। मेरी लाडो, तू यहीं रह चांदी के पिंजरे में। तेरे पिता से कहकर मैं तेरे लिए सोने का पिंजरा मंगवा दूंगी, पर वहां तुम उड़कर मत जाना। तेरी डोली तो मोतियों से सजेगी मेरी परी रानी।''

इस धरती पर जब उस चिरैया ने पहली बार अपनी आंखें खोलीं, तो अपनी परंपरा के अनुसार उसकी मां ने उसे सीने से चिपकाते हुए यही कहा।

पर उस चिरैया के पंख उगे, तो वह बेचैन कि उड़ूं कैसे। सूरज उगे, तो वह देखे दूर गगन में उड़ते परिंदों को। हवा चले तो टहनियों के झूले पर चोंच से चोंच मिलाए चिड़ा-चिरैया के जोड़े, उसकी आंखों में बस जाए। फूल खिले तो नन्हें से चोंच खोल दाना खाते जीव को देख उसके भीतर एक अनजानी-सी सिहरन दौड़ जाए।

एक दिन उस चिरैया के पिता ने उसका मन टटोल लिया। उसका चेहरा गर्मी के दोपहर का सूरज हो गया। उसकी मां घबराई ''न मेरी बुलबुल तू ऐसा न करना।''

उस चिरैया ने भोलेपन से पूछा, "कैसा नहीं करना मां? मैं तो तेरी बुलबुल हूं न, फिर तू मुझे गाने क्यों नहीं देती?"

"तू मेरी सोन चिरैया है। इसलिए मुझे संभालकर रखना है मेरी परी रानी।"

"मां मैं परी हूं न? तो तू मुझे दुनिया से छिपाती क्यों है? परी तो उड़ती है न, तो फिर तू मुझे उड़ने क्यों नहीं देती?"

"मेरी लाडो, तू मेरी गोरैया है। बाहर की गर्मी तुझे बेहाल कर देगी।"

"नहीं मां, मैंने दूसरी गोरैया को तो सामने के फ्लैट की खिड़कियों पर चहकते देखा है। वह तो गर्मी से परेशान नहीं होती।"

उसकी मां ने कान पर हाथ रख लिए, "न, न मेरी मैना खिड़की की ओर भूलकर भी नहीं देखना।"

"ठीक है मां, नहीं देखूंगी, पर मैं तेरी मैना हूं न, तो फिर मेरी अच्छी मां! तू मुझे गाने दे न। देख मेरे भीतर का राग अकुला रहा है। प्रश्नाकुलता मुझे बेचैन कर रही है। मेरे मन की रागिनियां मुझे जीने नहीं देतीं। मेरी मां मुझे इस चांदी के पिंजरे से आजाद कर दे। यहां मेरा दम घुट जाएगा।"

उसकी मां ने भय से इधर-उधर देखा। उसे लगा कि दहकता सूरज उसके ही नहीं, उसकी उस चिरैया के भी अस्तित्व को खत्म कर देगा। उसने पिंजरे साहित उस चिरैया को अपने दोनों हाथों में थाम लिया और कांपती आवाज में बोली, "मेरी लाडो, फिर कभी ऐसा मत कहना। तेरी तरह मैं भी पिंजरे के भीतर हूं, जो तुझे दिखता नहीं है, मेरी बच्ची।"

उस चिरैया की आंखें आश्चर्य से फैल गईं। उसने सोचा कि उसकी मां तो इधर-उधर आजादी से फुदकती रहती है। फिर वह पिंजरे में कैद कैसे है? उसने मासूमियत से पूछा, "तेरा पिंजरा चांदी का है या सोने का मां?"

उसकी मां ने पहले जोर-जोर से कई सांसें लीं। फिर बोली, "मेरा पिंजरा तपते हुए लोहे का है मेरी सोन चिरैया।"

"लेकिन मुझे तो कहीं कोई पिंजरा नहीं दिखता।"

"मैंने कहा न, यह तुझे नहीं दिखेगा, पर मैं इसी पिंजरे में कैद हूं मेरी लाडो।"

"लेकिन तपते हुए पिंजरे में तू रहती कैसे है मां?"

"रहना तो पड़ता ही है मेरी नादान बच्ची। यही तो दुनिया की रीति है।"

"मां इसमें तो तेरे सारे पंख झुलस जाएंगे।"

“मेरे असली पंख तो कब के झुलस गए मेरी नन्हीं जान। अब जो ये पंख तू देख रही है न, वे तो कृत्रिम पंख लगे हैं मेरी बच्ची।”

“मां तुम तो इतनी बड़ी हो। फिर इस पिंजरे को तोड़ क्यों नहीं देती?”

“नहीं तोड़ सकती मेरी भोली गौरैया। इतनी शक्ति नहीं है मुझमें।”

“लेकिन क्यों मां?”

“इस पिंजरे को मेरी मां ने मुझे सौंपा है मेरी प्यारी बेटी।”

“अच्छा तो मेरी नानी भी तपते हुए पिंजरे में रहती थीं?”

“हां मेरी बच्ची। उसका पिंजरा तो और भी तपता था।” उसकी मां ने अपने आंसू पोंछे।

“क्या उन्हें भी यह पिंजरा उनकी मां ने दिया था?’

“हां, मेरी बच्ची।”

“और क्या उन्हें भी वह पिंजरा उनकी मां ने दिया था।”

“हां, हां मेरी लाडो।” उसकी मां हांफने लगी।

वह चिरैया एक मिनट चुप रही। उसकी मां ने उसे देखा और उसके मुंह से एक आह निकल गई।

“मां, यह पिंजरे का खेल कब से चल रहा है?”

“कई सदी हो गई मेरी बच्ची।” उसकी मां ने गहरी सांस ली।

“लेकिन कब तक चलेगा मां?”

उसकी मां व्याकुल हो गई। उसे प्यार करते हुए बोली, “घबरा मत मेरी मैना। तुझे तपते हुए लोहे के पिंजरे में मैं नहीं रहने दूंगी। तेरे लिए अगर पिंजरा होगा, तो सोने का ही होगा।”

“लेकिन पिंजरा तो पिंजरा ही है न मां, चाहे लोहे का हो या सोने का।”

उसकी मां ने उसे दोनों हाथों से थामा और सिसक पड़ी।

रात का सन्नाटा आंगन में पसरा हुआ था। चांदनी में वह चिरैया हरसिंगार के झरते फूलों को देख रही थी। अचानक पिंजरे का द्वार खुला और चिरैया किसी स्पर्श में बंधी बाहर निकली। उड़ते-उड़ते वह हरसिंगार के बाग में पहुंच गई। वहां सुगंध ही सुगंध थी। चिरैया विभोर हो गई। उसने सामने देखा। दो तरफ बालुओं से घिरी हुई नदी किल्लोल कर रही थी। वह खुशी से चहक उठी। उसने संगीत की धुन सुनी, तो उसके पैर थिरक उठे। उसके भीतर का राग मचल उठा। वह मदहोश हो गई। अचानक उसकी तंद्रा टूटी और वह चिल्लाई ‘मां’।

वह अपने पिंजरे में लौट आई, लेकिन उसने देखा कि उसकी मां का पूरा शरीर लहूलुहान है। उसका चेहरा सूज गया है। वह चीख उठी, "मेरी मां तुझे क्या हो गया?" उसकी मां की टूटती आवाज निकली, "तू कहां चली गई थी मेरी लाडो?'

"मां मैं पिंजरे से कैसे निकली, मुझे कुछ पता नहीं। मुझे कुछ याद भी नहीं है। वह किसी शक्ति की डोर थी मां कि मैं हरसिंगार के बाग में पहुंच गई।"

"फिर क्या हुआ मेरी लाडो?"

"ऐसा कुछ नहीं हुआ मां, पर मैं संगीत की धुन पर थिरक उठी। फूलों की खुशबू से मेरा पोर-पोर महक उठा।"

"फिर?" उसकी मां की आवाज कांप उठी।

"फिर तो कुछ नहीं हुआ मां। आजादी कितना सुख देती है, यह मैंने जान लिया। पिंजरे के बाहर की दुनिया तो बहुत सुंदर है। स्वर्ग क्या सचमुच होता है मेरी मां?"

"क्या तेरे साथ कोई और भी था मेरी बुलबुल?"

"हां था मां। उसने मेरा हाथ थामा तो मेरे हर अंग में संगीत बजने लगा।"

"फिर?" उसकी मां की आंखें भय से फैलने लगीं।

"कुछ नहीं मां। उसने कहा कि वह मुझे कई तरह के फूलों के बागों की सैर कराना चाहता है और मैंने कह दिया कि कल फिर आऊंगी। मैंने ठीक किया न मां?"

उसकी मां उस चिरैया को अपने सीने से लिपटाकर सिसक पड़ी।

उस दिन चिरैया के पिंजरे में दो ताले लगाए गए।

रात आई। हरसिंगार के फूल झरने लगे। हवा गुनगुनाने लगी। पिंजरे के द्वार खुल गए। कोई अदृश्य शक्ति थी या कोई सम्मोहन था, जो निरंतर उसे अपनी ओर खींच रहा था। चिरैया आसमान में उड़ने लगी।

वह गुलाब के बाग में पहुंची। हरी-हरी घास पर फुदकने लगी। उस दिन उसे यह दुनिया पहले दिन से ज्यादा खूबसूरत लगी। वह नशे में चूर थी। स्वयं को भूल गई थी। अचानक उसका नशा उतरा। दूर आकाश में बादल का कोई टुकड़ा गरज रहा था। उसके मुंह से चीख निकली 'मां'।

उस दिन उसकी मां का शरीर पहले से अधिक रक्तरंजित था। उसकी आंखें खुल नहीं पा रही थीं। वह चिरैया ग्लानि और दुःख से भरकर उससे लिपट गई।

उसने निश्चय किया कि अब वह फूलों के बागों में कभी नहीं जाएगी।

उस दिन चिरैया के पिंजरे में तीन ताले लगे। वह चिरैया उन तालों को अपनी गोल-गोल आंखों से देखती रही। जब सभी चले गए, तो उसकी आंखों से आंसुओं की धार बहने लगी।

अचानक हरसिंगार की सुगंध से वातावरण महक उठा। वह चिरैया सिहर उठी। ताला टूटा, वह चुप रही। पिंजरे के द्वार खुले, वह चुपचाप रही। उसे लगा कि कोई अदृश्य शक्ति उसे बाहर खींच रही है। चिरैया के शब्द उसके भीतर घुटने लगे। उसकी आंखों में अपनी मां की पीड़ा के अहसास का दर्द झांकने लगा, लेकिन वह आगे बढ़ती गई। आज वह मोगरे के फूलों के बाग में पहुंची। अचानक आकाश से कुछ बूंदें टपकीं, जैसे उनके ऊपर स्वागत के फूल बरसे हों। झरने झरते रहे। चिरैया के भीतर प्रश्नाकुलता तो थी, लेकिन वह अपनी आंखें मूंदकर अपने भीतर और बाहर की रागिनियों को सुनती रही। इसी तरह रात के चार पहर बीत गए। अचानक उस चिरैया के भीतर बेचैनी भरने लगी। ऐसी बेचैनी, जिसका अहसास उसने पहले कभी नहीं किया था। वह बेतहाशा अपने पिंजरे की ओर भागी।

आज उसके पिंजरे के पास उसकी मां नहीं थी, उसके पिता थे। चिरैया भय से कांप उठी। उसने वहां और भी कई चिड़ों को खड़े देखा। सबके सिर पर पगड़ी थी। उनकी आंखें बड़ी विचित्र थीं। चिरैया का पूरा शरीर थरथरा उठा। उसने आज से पहले बाज को कभी नहीं देखा था।

उस दिन चांदी का पिंजरा हट गया। तपते हुए लोहे के एक पिंजरे में चिरैया को पकड़कर धकेल दिया गया। ताप से उसके पंख झुलसने लगे। उसे मां की बात याद आई "मेरे शरीर पर तो ये कृत्रिम पंख हैं मेरी बच्ची।"

उस दिन वह चिरैया दाना नहीं खा सकी। मां को देखने वह छटपटाने लगी। उसकी कटोरी भी सुबह से खाली थी। उसने 'मां! मां!' कई बार पुकारा, लेकिन उसकी मां नहीं आई। उस चिरैया का मन आशंका और भय से छटपटाने लगा। उसने निश्चय किया कि आज अगर वह फूलों के बाग में गई, तो फिर लौटकर कभी नहीं आएगी। अपने साथ वह अपनी मां को भी ले जाएगी।

उस चिरैया ने आकाश को देखा। तारे चमक रहे थे। उसने अपने आसपास उन चिड़ों को भी देखा, जिनकी आंखों में आग की लपटें थीं। रात बीतने लगी, पर उस दिन वह चिरैया हरसिंगार की खुशबू अपने भीतर महसूस नहीं कर सकी।

कई दिन बीत गए। उस चिरैया ने अपनी मां को नहीं देखा था। उसका मन व्याकुल था। भयानक दिखने वाले चिड़े उसके आसपास ही रहते थे। एक दिन वह 'मां मां!' पुकारकर जोर-जोर से रोने लगी। थोड़ी देर में उसने देखा कि उसकी मां लड़खड़ाती हुई उसके पिंजरे के पास आ रही है। अरे, उसकी एक टांग तो टूटी हुई है। वह जोर से चिल्ला उठी "मां तेरी एक टांग कहां गई?"

उसकी मां ने उसके तपते हुए पिंजरे के भीतर जाने की कोशिश की, पर जा नहीं सकी। टूटे हुए स्वर में बोली, "मैं गिर गई थी, मेरी बच्ची।"

"कहां मां, कैसे?"

"मेरी बात छोड़। तू यह बता कि तूने दाना खाया या नहीं?" उसकी मां ने बड़े लाड़ से कहा।

उस चिरैया को दो दिन से दाना नहीं मिला था, पर वह अपनी मां से सच नहीं बोल सकी। उसने मुस्कराकर कहा, "हां, मां मैंने खा लिया। देखो, मेरी कटोरी खाली है न।"

उसकी मां की आंखों से झर-झर आंसू गिरने लगे।

उस चिरैया ने यह नहीं कहा, "रोओ मत मां।" वह सोचती रही कि मां की दूसरी टांग भी टूट गई, तो क्या होगा?

दिसंबर का महीना था। चिरैया जानती थी कि जाड़ा बीतते ही उसके सारे पंख झुलस जाएंगे। उसने अब उस पर सोचना छोड़ दिया था, लेकिन उसने महसूस किया कि थोड़ा परिवर्तन तो हुआ है। तपता हुआ पिंजरा उसे उसकी मां ने नहीं दिया, पिता ने दिया है।

ठंडी हवा के झोंके चिरैया को अच्छे लगे। उसने गर्दन ऊपर करके आकाश को देखा। बादलों के बीच चांद मुस्करा रहा था।

अचानक चिरैया ने खुशबू का अहसास किया। वह सिहर उठी। उसने देखा कि पगड़ी वाले सभी चिड़े एक ओर बैठे कुछ विचार कर रहे हैं। उसका पिता भी वहीं है।

चिरैया का मन आशंका और घबराहट से कांप उठा। फिर उसने सोचा कि वह तो अदृश्य शक्ति है। तुरंत तीन-तीन ताले तोड़ देती है। उसके सामने भला ये चिड़े क्या टिकेंगे। अच्छा है। अब मैं मां को भी यहां नहीं रहने दूंगी।

दूसरे ही क्षण उसके मन में शंका उठी, "पर मां का पिंजरा भी तो अदृश्य है। भला वह कैसे खुलेगा?"

चिरैया को लगा कि इतने दिनों से ठीक से दाना नहीं मिलने पर भी उसके भीतर काफी शक्ति है। वह उड़ने में इन पगड़ी वाले वृद्ध चिड़ों को तो आसानी से हरा सकती है।

तभी किसी ने चिरैया को होले से छुआ। चिरैया ने देखा कि पिंजरा खुला है, लेकिन वह मां को यहां कैसे छोड़ेगी? उसकी तो दूसरी टांग भी तोड़ देंगे ये चिड़े। उसके कृत्रिम पंख भी नोच लेंगे। नहीं, वह मां को अकेले यहां नहीं छोड़ सकती। उसने जोर से पुकारा। 'मां! मां तुम कहां हो? जल्दी आओ।'

आपस में विचार कर रहे पगड़ी वाले चिड़े चौंक उठे। उन्होंने देखा कि एक चिड़ा चिरैया को लेकर तेजी से पूर्व दिशा में उड़ गया।

उसके पिता की आंखों से लपटें उठीं। पगड़ी वाले चिड़ों ने अपने बड़े-बड़े डैने फैलाए ओर उसी दिशा में उड़ने लगे।

चिड़ा रास्ते में चिरैया से बोला, "तुम काफी मूर्ख हो। अभी तुम्हारे साथ मुझे भी मरना पड़ता।"

चिरैया ने पीछे देखा तो उसकी आंखें भय से फैल गईं। वह घबराकर बोली, "चिड़ा जल्दी उड़ो। ये पगड़ी वाले चिड़ों के डैने बड़े भयानक हैं।"

चिड़ा ने उन वृद्ध चिड़ों को देखा और कलाबाजी दिखाकर नीचे-ऊपर, दाएं-बाएं, ऊपर-दाएं, नीचे-बाएं करने लगा।

सभी पगड़ी वाले वृद्ध चिड़े भ्रमित हो गए। वे उत्तर दिशा में बढ़ने लगे। चिड़ा हँसकर चिरैया के साथ दक्षिण दिशा में उड़ गया।

छह महीने बीत गए। चिरैया उस चिड़ा के साथ काफी खुश थी। एक दिन वह आमों की डालियों पर झूल रही थी कि उसने उस गोरैया को देखा, जो सामने वाले फ्लैट की खिड़कियों पर मस्त रहती थी। महीनों बाद किसी परिचित को देख उसका मन खिल उठा। वह तेजी से उड़कर उसके पास आई, लेकिन गोरैया से उसने अपनी मां के बारे में जो सुना उससे वह बेचैन हो उठी। उसने निश्चय किया कि वह चुपके से मां से मिलने अवश्य जाएगी। चिड़ा ने उसे बहुत रोका, पर चिरैया नहीं रुकी। विवश होकर चिड़ा भी उसके साथ-साथ उड़ने लगा।

चिरैया की मां सुबह जगी, तो आंगन में चारों ओर खून फैला था। 'यह क्या हो गया?' उसने सोचा। तभी उसकी नजर अपनी चिरैया पर पड़ी, जिसकी गर्दन एक ओर लुढ़की हुई थी। एक चिड़ा उससे लिपटा हुआ था, जैसे सारे वार वह अपने ही ऊपर रोक लेना चाहता हो।

चिरैया की मां बेहोश हो गई। जब उसे होश आया तो खाकी वर्दी वाले तीन चिड़े उसके सामने थे। एक ने पूछा, "आपको किसी पर शक है? किसने अपनी बच्ची को मारा होगा?"

चिरैया की मां ने वीरान आंखों से शून्य में देखा। फिर कांपते स्वर में बोली, "नहीं, मुझे किसी पर शक नहीं है। किसने मेरी लाडो को मारा, यह मैं नहीं जानती।"

दूसरे ने पूछा, "आपके पति चिड़ा ने इज्जत की खातिर यह खून किया है। क्या यह सही है?"

चिरैया की मां ने कहा, "नहीं।"

तीसरे ने पूछा, "आपके पति चिड़ा ने आपकी चिरैया को तपते पिंजरे में डालकर उसके लिए पहरेदार बैठा दिया था। क्या यह सच है?"

चिरैया की मां ने कहा, "नहीं।"

"क्या यह सच नहीं है कि आपकी एक टांग तोड़ दी गई और आपको भी मारा-पीटा गया?"

चिरैया की मां ने टूटते स्वर में कहा, "नहीं, और सीलन वाली दीवार की तरह वह नीचे गिरी। एक उसे उठाने के लिए उसके समीप गया, लेकिन तब तक उसकी आंखें उलट गई थीं।

उन तीनों चिड़ों ने एक-दूसरे को देखकर गहरी सांस ली। एक बोला, "यह सौ फीसदी ऑनर किलिंग का ही मामला है, लेकिन यहां तो गवाह जुटाना ही मुश्किल है।"

# मौन तख्ती

आज का अखबार मेरे सामने है। एक आलेख पढ़ता हूं, जिसका शीर्षक है–'खिलाफ बोलना मना है।' मैं मन ही मन इस शीर्षक के सभी शब्दों को दोहराता हूं और मेरा मस्तिष्क धरती से लेकर आकाश के बीच चकर-घिन्नी की तरह डोलने लगता है। राकेश कहता है, "मैं ऊपर बैठे लोगों के खिलाफ बोलूं तो क्या और कैसे? उम्मीद तो रखनी पड़ेगी। कुर्सी पर बैठे, तो सब मानुष एक समान। सत्ता मिले, तो मानुष-मानुष एक समान और विपदा पड़े तो मानुष, अमानुष सब एक समान।"

राकेश तैंतालीस साल का है। वह जिद्दी है। पूरे देश में इंटरव्यू देने घूमता है। पीएच-डी के बाद अब डी.लिट् कर रहा है। इसके लिए अक्सर वह रात भर जागता है। उसके बाबूजी कहते हैं, 'क्या करोगे, आंखें फोड़कर? क्या मिलेगा इससे? अब कुछ कमाओ-धमाओ। देखते नहीं हो? मैं भिखारी हूं अपने भाइयों की नजरों में। ताना सुनता हूं कि "शहर से अगर गांव जाओ, तो अपना ही खर्चो। भैया तो हाथ फैलाए ही खड़े रहते हैं।" राकेश अपने बाबूजी की लाल आंखों के दर्द को समझता है, लेकिन उनकी तरह क्लर्क नहीं बनना चाहता। कहता है, 'न

घर में इज्जत है और न बाहर! हर जगह कुत्ते की तरह दुम हिलाते रहो।' ये चाचा सब भी न! पैसा है, तो बड़े-छोटे का अंतर भी खत्म हो गया। सब्जी का थैला उसके बाबूजी ढोएंगे, क्योंकि पैसा उसके चाचा ने दिया है।

राकेश तीन-चार घरों में ट्यूशन भी पढ़ाता है, लेकिन गांव में लोग पढ़वा तो लेते हैं, पर पैसा मांगों तो कहेंगे, "बबुआ अगला महीना ले लिहो न। पैसवा कहीं भागल जाए छै की। अरे घरों कऽ पैसा घरै मऽ छै नी।"

इधर से राकेश को रात में नींद नहीं आने की बीमारी हो गई है। वह विक्षिप्त-सा कभी-कभी बड़बड़ाता भी रहता है, "मैं अपना गॉड फादर कहां से लाऊं? तीन बुलावे, तो तेरह सौ आवे और वह भी..." मैं जानता हूं कि "वह भी..." के बाद कौन-कौन से शब्दों का आतंक उसके भीतर है, इसलिए कभी पूछता नहीं कि 'वह भी...' के आगे तुम क्या कहना चाहते हो राकेश?

अब प्रमोशन के बाद राकेश के बाबूजी एग्रीकल्चर डिपार्टमेंट में बड़ा बाबू हैं। हर दिन सात बजे सुबह की ट्रेन से शहर जाते हैं। उनके चेहरे को देखिए, तो लगेगा कि कई मकड़ियों ने वहां अपना जाला बना लिया है। गांव में लोग उनसे कहते हैं, "अरे बृजनंदन बाबू, राकेश को इस तरह नौकरी थोड़े मिलेगी। मुख्यमंत्री या शिक्षामंत्री से पैरवी कराइए।" सुनकर उसके बाबूजी हँसते हैं, लेकिन लगता है कि उनके भीतर का जमा दर्द उसमें पिघलने लगा है। "न नौ मन तेल होगा और न राधा नाचेगी। अरे जिंदगी कोई कविता, कहानी है क्या? लेकिन इसको समझ में नहीं आता, तो क्या करूं। वैसे जब नहीं रहूंगा, तब समझ जाएगा। अभी तो इस जहाज को चलाने के लिए मैं जिंदा हूं ही न।"

अपने बाबूजी की बातों से राकेश भीतर से तड़पता है। उसका मन कहता है, "उड़-उड़, अपने पंखों को फैला, जा सारा आकाश तेरा।" लेकिन एक पिंजरा है मां का। राकेश इससे निकल नहीं पाता।

मेरे सामने राकेश का सारा जीवन है। जहां-तहां कई रंगों के पंजे हैं। उसकी धरती, उसका आकाश, दैत्यों से बादल, सब कुछ मेरे भीतर है, जिसे मैं पन्नों में पिछले एक साल से उतार रहा हूं, लेकिन मेरे पिताजी सुदर्शन चक्र की तरह मेरे सृजन के पीछे रहते हैं।

पिताजी घर के मुखिया हैं। जो कुछ वे कहते हैं, घर में सबको मानना ही पड़ता है। मेरे घर की दीवारों पर हमेशा एक मौन तख्ती लटकी रहती है, जिस

पर बड़े-बड़े काले अक्षरों में लिखा है, 'खिलाफ काम करना मना है।'

मेरा सृजन-स्थल घर से काफी दूर एक कुएं की जगत है। कुएं का पानी खारा है, जिससे कोई पानी भरने यहां नहीं आता। जब कहानी आगे बढ़ती है, तो यहीं पर पढ़कर मैं इसे राकेश को सुनाता हूं। राकेश के भीतर हिमालय है। अनेक ग्लेशियर हैं, नुकीली चट्टानें हैं, जंगल को काटने वाले माफिया हैं और पता नहीं क्या है कि मेरे मन की इंद्रधनुषी कल्पना खुरदरी फटी जमीन में ही अपना आकार पाना चाहती है।

मेरा उपन्यास एक-तिहाई पूरा हो गया है, लेकिन मैं चिंतित हूं। राकेश भी परेशान है। मैं पूछता हूं, "कोई कमी लगती है क्या इसमें?" वह दूर आकाश को देखकर गहरी सांस लेता है। "तेरे बाबूजी तो पांडुलिपि को देखते ही फाड़ देंगे।" मैं घर से निकलता हूं तो यही बेचैनी मेरे भीतर भी रहती है। राकेश मेरी आंखों में देखते हुए कहता है—"इसे ऐसी जगह छिपाना पड़ेगा, जहां न तेरे घरवालों की नजर जाए और न मेरे।" मैं कुछ सोचते हुए बोलता हूं, "फूस के छप्पर में बांसों के पीछे छिपा दूं? छौनी तो बरसात के पहले होगी नहीं, तब तक इसका कुछ उपाय कर लिया जाएगा।" राकेश को भी वह जगह सुरक्षित लगती है। वह जानता है कि मेरी मां बीच-बीच में मेरी आलमारी ठीक करती है। ठीक करने के साथ यह चेक भी करती है कि कुछ गलत किताबें या एलबम तो वहां नहीं रखे हैं। इसलिए वहां रखना ठीक नहीं है। छप्पर में तो वैसे भी बहुत-सी चीजें खोंसी रहती हैं, जिससे इस पांडुलिपि पर किसी की नजर पड़ने का भी खतरा नहीं है।

कई लोग मेरे आसपास खड़े हैं। मेरे हाथ में शॉल और माला है और राष्ट्रपति मुझे तीन लाख का चेक दे रहे हैं। मां कह रही है, 'देख लिए न, आखिर मेरा धनंजय आपकी इज्जत बढ़ाया न। आप तो कहते थे कि यह केवल कागज बर्बाद करता है।" मुझे लगता है कि मैं चौकी से ऊपर उठ रहा हूं। उठ नहीं रहा, उड़ रहा हूं। "अरे, गोविंद सिंहजी का बेटा है। काफी बड़ा साहित्यकार है। सरकार की तरफ से सम्मान भी मिला है।" मैं आकाश में पहुंच गया हूं, बिल्कुल रुई जैसे बादलों के बीच कि मेरी चौकी धप्प से जमीन पर गिरती है और मैं लड़खड़ाकर गिरते-गिरते बचता हूं। मां पुकार रही है, 'अरे, धनंजय, उठ न। चाय बन गई है। कुल्ला तो कर ले।"

एक दिन घर में पड़ोस की एक महिला आई। उन्हें हम लोग झुन्नी मौसी कहते हैं। मां ने छोटी बहन विनीता को पुकारकर कहा, "बिन्नी, मौसी को चाय पिलाओ और साथ में पापड़ भी तल लेना।" अब बिन्नी परेशान कि गोयठा या लकड़ी वह कैसे सुलगाए। वह दिल्ली में चाचाजी के पास रहकर पढ़ रही थी, छुट्टियों में वह गांव आई थी। झुन्नी मौसी दो बार कह चुकी 'बिटिया देर हो, तो मैं चलती हूं। फिर कभी तुम्हारे हाथ की चाय पीऊंगी।" पर, मां ने उन्हें हाथ पकड़कर बैठा लिया, "नहीं दीदी, बिन्नी बड़ी होशियार है, तुरंत चाय बना लेगी।' इधर बिन्नी लकड़ी पर मिट्टी का तेल डालकर माचिस मारे, तो लकड़ी तो जल जाए, लेकिन केतली का पानी सनसना भी नहीं पाए कि लकड़ी बुझकर धुआंने लगे। उसने 'मां-मां' पुकारा भी, लेकिन मां तो गांव की बातें सुनने में व्यस्त थी। झुन्नी मौसी बोल रही थी 'अरे उ पुष्पा की मां है कि कसाइन, पता नहीं। कल रात पुष्पा की छाती पर चढ़ गई और बोली कि इ हमरो बेटी नए छेकै, इ तऽ सौत छेकै सौत। सौतन बनी कऽ छाती पर मूंग दली रहलो छै इ। छिनार कहीं की।' और पैर से ऐसा धक्का दी कि बेचारी दूर जाकर गिरी। उ तो संजू की मां दौड़ती हुई पहुंची नहीं तो कि पता शायद मारिए के छोड़ती उ कसाइन अपनी बेटिया को। उसकी तो जिंदगी नरक बना दी है उ मौगिया (औरत) ने। ऐसी भी मां होती है क्या?' झुन्नी मौसी के होंठ और शरीर लरजने लगे।

मां ने अपने सिर का पल्लू आगे खींचा और मौसी के हाथ पकड़कर फुसफुसाई 'पुष्पा की मां पगला गई है क्या दीदी। इतनी सुंदर और मेहनती बेटी को इस तरह मारती-पीटती है। उस दिन उसे जबरदस्ती कुआं में धकेल रही थी। हो क्या गया है उसको? उ सगी मां है, सौतेली भी नहीं, फिर ऐसा क्यों करती है? आखिर पुष्पा की मां को क्या वैर है अपनी इस बेटी से।"

"अरे धनंजय की मां।" झुन्नी मौसी फुंफकारी, "असल बात यह है कि पुष्पा अपने बाप की चहेती है। बहुत मानता है उ अपनी इस बेटियां को। जब भी आता है, उसके लिए कपड़ा-लत्ता, स्नो पाउडर सब लेकर आता है। अब बोल रहा है, 'मौसी, पुष्पा को पटना ही ले जाऊंगा, अब वहीं पर इ पढ़ेगी। यहां दिन भर इधर-उधर बेकार में भटकती रहती है।"

"अच्छा तो है, पटना में रहकर कुछ पढ़-लिख लेगी। अब तो शादी के लिए भी लड़का देखिए तो, उसको भी पढ़ी-लिखी ही लड़की चाहिए। वैसे पुष्पा तो

बिन्नी के साथ ही थीं। पढ़ने में भी अच्छी थी, लेकिन उसकी मां का रवैया शुरू से ही पुष्पा के साथ अच्छा नहीं रहा।''

''अरे, उसकी बहिनिया की शादी हो गई न। तो काम कौन करता। अब तो वह चाहती है कि हगकर भी आए तो पुष्पा ही उसका पिछल्लू धोए। छीः!' झुन्नी मौसी ने सिर झटककर मुंह बनाया जैसे पुष्पा की मां के हगने से वहां दुर्गंध फैल गई हो।

मां बोली, ''अंधेर ही है और क्या। अगर सौतेली हो तो कुछ कहा भी जाए, लेकिन यहां तो कोखजाई के साथ ही...'' अचानक उसे याद आया कि अभी तक चाय नहीं बनी। अभी वह पुकारती ही कि 'अरे बिन्नी बीरबल की खिचड़ी पका रही हो क्या?' कि बिन्नी चाय और पापड़ लेकर चौखट के पास आती दिखी।

शाम में जब मैं ट्यूशन पढ़ाकर लौटा तो आदतन छप्पर में मोटे बांसों के बीच खोंसी हुई पांडुलिपि को देखने गया, पर वहां वह नहीं थी। मुझे लगा कि जरूर पिताजी ने उसे वहां देख ली है और अब मेरी खैर नहीं। मैं कमरे में चौकी पर बैठकर कल्पना करने लगा कि पिताजी क्या कहेंगे और कैसे मैं उनका सामना करूंगा कि तभी रसोईघर में मिट्टी के चूल्हे पर मेरी नजर पड़ी। किसी कॉपी का कुछ हिस्सा नीचे से झांक रहा था। थोड़ी-थोड़ी जली लकड़ियां इधर-उधर पड़ी थीं। मैंने उस कॉपी को चूल्हे से बाहर खींचा, तो राख हुए कागज उड़-उड़कर मेरे मुंह और मेरे कपड़े पर गिरने लगे। मैंने देखा कि तीन सौ पृष्ठों का वह उपन्यास अपने कथानक के क्लाइमेक्स पर पहुंचकर आग में स्वाहा हो गया था। मेरे हाथ-पांव कांपने लगे। हताशा से भरा मैं इधर-उधर झरकर बिखरते कागज के उन छोटे-छोटे टुकड़ों को देखता रहा कि अचानक पिताजी उधर आए। मुझे उस तरह खड़े देखा तो कड़कते हुए स्वर में बोले, ''क्या हुआ धनंजय? बेवकूफों की तरह जला हुआ कागज अपने चेहरे पर क्यों उड़ा रहा है?'' उस समय मेरा क्रोध बाबूजी के गुस्से की कल्पना पर हावी हो गया। उनकी बातों का जवाब न देकर मैं वहीं से चिल्लाया, ''किस बेवकूफ ने ऐसा किया है? मां, बिन्निया इधर आओ। सबके सब जाहिल और गंवार ही हो क्या इस घर में? सुनते ही मां और बिन्नी दौड़ती आईं। गुस्से से मेरा पूरा शरीर हिल रहा था। ''यह किसकी बेहूदगी है?'' मैंने कॉपी ऊपर उठाई, तो जले कागज झरझराकर फिर मेरे मुंह पर गिरने लगे। ''इतने दिनों की मेहनत तुम लोगों ने राख में मिला दी।'' अब मेरी आवाज थरथराने

लगी। मेरा चेहरा भी आंसुओं से भींगने लगा। मां हतप्रभ थी। उसे तो कुछ पता ही नहीं था, लेकिन बिन्नी का चेहरा सफेद हो गया।

हुआ यह कि बिन्नी से जब लकड़ी नहीं सुलगी, तो उसने अपनी दृष्टि चारों ओर दौड़ाई और बांस के बीच अटकी उसे मेरी कॉपी दिख गई। वैसे वह मेरी लिखावट तो पहचानती थी, पर कॉपी के वहां रखने का औचित्य उसे कुछ समझ में नहीं आया, क्योंकि सारी महत्त्वपूर्ण कॉपियों को तो मैं लकड़ी की आल्मारी में रखता था। उस समय वह ज्यादा माथा-पच्ची भी नहीं करना चाहती थी, क्योंकि झुन्नी मौसी कई बार चाय के लिए उसे पुकार चुकी थी। बिन्नी ने हड़बड़ी में मेरे उपन्यास की पांडुलिपि को रद्‌दी कागज समझा और चाय बनाने के लिए उसे चूल्हे में झोंक दिया।

बिन्नी बोल रही थी और उसकी बात सुनकर मां खिलखिलाकर हँस रही थी। पिताजी भी ठहाके लगाने लगे थे। हँसी का जब दौर थमा तो पिताजी बिन्नी को शाबाशी देते हुए कहने लगे, "अच्छा किया बिन्नियां तूने। कोई काम न धाम, खाली बैठकर कहानी, कविता और उपन्यास लिखेगा। क्या होगा यह सब लिखकर पूछो इससे। क्या इससे केवल इसका भी पेट भर सकेगा?"

मैं न कुछ बोल सका और न ही फिर रो सका। केवल हक्का-बक्का सा कभी उन सबको और कभी उस जगह को देखता रहा, जिसे मैंने सबसे सुरक्षित मान लिया था। उसी दिन मुझे तेज बुखार हो गया। बुखार तो दो-तीन दिन में ठीक हो गया, लेकिन मेरे मस्तिष्क में शायद कोई गड़बड़ी आ गई, क्योंकि उपन्यास की मुख्य कथा, प्रासंगिक कथाओं, उसके पात्रों आदि के साथ फूस का वह छप्पर, बांस के पीछे का वह छिपा हुआ हिस्सा और चूल्हे में जली पांडुलिपि की झरती हुई राख से आगे मैं कुछ सोच ही नहीं पाता था। शायद मेरा मस्तिष्क उसी जगह स्थिर हो गया था।

यह कोई मानसिक बीमारी थी, जिसका इलाज भी होता ही होगा। आज तो नई-नई बीमारी कुकुरमुत्ते की तरह पनपती हैं और उसके लिए दवाई भी खोज ली जाती है, लेकिन पिताजी को पता नहीं क्यों लगता रहा कि मुझे किसी तरह की बीमारी नहीं है। मैं गलत संगति में पड़ गया हूं कि बी.ए. के बाद पढ़ना ही नहीं चाहता। मैं तो एक्टिंग कर रहा हूं, ताकि काम नहीं करना पड़े और न जाने क्या-क्या...पर, बाहर के लोग मुझसे सहानुभूति दिखाते। हालांकि उनकी सहानुभूति

केवल सामने तक ही होती होगी। पीछे वे मुझ पर हँसते ही होंगे, यह मेरा पूरा विश्वास है, लेकिन वहां एक थे श्रद्धेश्वर पंडाजी। लगभग साठ साल के वृद्ध थे। गांव में लोग उन्हें सिद्धेसर पंडा कहते थे। वे हर दिन वहां के मंदिर में भगवान विष्णु को दूध से नहलाते (कोई न कोई यजमान उन्हें दूध दे ही जाता), उन पर सुगंधित पुष्प अर्पित करते। फिर कभी पूरी और बुंदिया का भोग लगाते, तो कभी सुगंधित कतरनी चावल और दाल का। दाल और चावल का भोग बड़ा स्वादिष्ट होता। पिताजी श्रद्धेश्वर पंडाजी के यजमान थे, इसलिए पंडाजी भोग मेरे भी घर पर पहुंचा दिया करते थे।

एक दिन पता नहीं श्रद्धेश्वर पंडाजी को क्या सूझी। उन्होंने घर आकर भगवान विष्णु पर चढ़ाए हुए ताजा गेंदा-फूलों की माला मेरे गले में डाल दी। कुछ मंत्र पढ़कर मेरे सिर पर अपना दाहिना हाथ रखा। फिर बोले, "रोज सुबह-शाम भगवान विष्णु का स्रोत पढ़ा कर। भगवान ने चाहा तो तेरा कल्याण होगा।" मैंने महीनों बाद इस तरह का स्पर्श अपने सिर पर महसूस किया था। पता नहीं, उस स्पर्श का क्या जादू था कि मैं हर दिन सुबह-शाम विष्णु-स्रोत का पाठ करने लगा। चार वर्ष बीत गए, लेकिन मेरा मस्तिष्क जिस जगह था, वहीं स्थिर रहा।

मेरी मां ने भी पिताजी की तरह मान लिया कि मैंने जान-बूझकर अपने भविष्य को अंधकारमय बना लिया है। उसे आशा थी कि मैं कमाऊ पूत बनूंगा, लेकिन जब उसे लगा कि मैं तो निठल्ला बैठा पिताजी की ही रोटी तोड़ रहा हूं, तो उसकी सारी ममता बिन्नी पर केंद्रित हो गई।

पर, अभी पता नहीं क्या हुआ। मैंने जैसे ही आज का अखबार उठाया, मोटे और काले अक्षरों में लिखी हुई उस हेडलाइन पर मेरी दृष्टि रुक गई और जल्दी-जल्दी मैं उसे पढ़ने लगा। पढ़ने ही नहीं लगा, उस पर सोचने भी लगा कि, "खिलाफ बोलना मना है, क्यों? फिर प्रजातंत्र को ही हटा दो। कोई मंत्री अगर राज्य में विकास नहीं करेगा, तो मीडिया तो खिलाफ बोलेगा ही। आखिर मीडिया लोकतंत्र का मजबूत स्तंभ है।" चूकि पांच साल तक मेरा मस्तिष्क एक ही जगह स्थिर रहा था, इसलिए मुझे पता ही नहीं था कि इधर मीडिया का मैनेजमेंट भी गठबंधन की सरकार की तरह है। वहां तो खतरे ही खतरे हैं, जहां विचारधारा, जाति, क्षेत्र आदि की दुकानें चलती हों। अगर मेरा मस्तिष्क ठीक रहता, तो अब तक मैं सोच चुका होता कि भारत में प्रजातंत्र के लिए अब केवल मौखिक

संविधान है, लिखित नहीं और कानून-व्यवस्था रखी है दंतेवाड़ा के घने जंगलों में।

राकेश मुझे गौर से देख रहा था। वह डर गया कि मैं जोर-जोर से स्वालाप कर रहा हूं कि अब मैं पूरी तरह पागल हो गया, लेकिन जब मैंने अखबार में लिखे उस लंबे लेख को दिखाकर बताया कि यह तो मंत्रीजी की तानाशाही है। बताओ मीडिया में उनके खिलाफ बातें आएंगी, तो क्या वे मीडिया को विज्ञापन देना बंद कर देंगे?" तब तो खुशी से कुछ देर तक उसके मुंह से आवाज ही नहीं निकली। वह मुझे ऊपर से नीचे तक छूकर देखने लगा। फिर मेरा हाथ पकड़कर चहकते हुए बोला, "भगवान विष्णु पसीज गए रे। अब तो तेरा मस्तिष्क हर जगह दौड़ने लगा।" मैंने भी उसी लहजे में कहा, "दौड़ने ही नहीं लगा, विश्लेषण भी करने लगा रे, बिल्कुल समाजशास्त्री और मनोवैज्ञानिक की तरह।" राकेश बोला "भगवान विष्णु की कृपा हुई। अब तुम नारद मुनि की तरह जहां चाहो, भ्रमण करो।" मेरी भी खुशी का ठिकाना नहीं था। आज मुझे अहसास हुआ कि पिछले पांच वर्षों से मैं अपाहिज था। मैं सबसे पहले दौड़ा अपने पिता के पास। लेकिन यह क्या? मां उनके सामने बैठी थी, जैसे कोई मुजरिम हो। पिताजी दहाड़ रहे थे। मेरा मस्तिष्क नोट करने लगा। पिताजी कह रहे थे, "मैंने कहा था न कि बिन्नी अब कहीं नहीं जाएगी, तो तुमने मेरी अनुपस्थिति में उसे दिल्ली क्यों भेजा? तुम्हें पता है न कि दिल्ली में वह क्या गुल खिला रही है। तेरे कारण, आज केवल तेरे कारण मेरा सिर गांव वालों के सामने झुक गया है। लोग तो कह रहे हैं कि उसका अपेंडिक्स का ऑपरेशन नहीं हुआ था। उसने अबॉर्शन कराया था। क्या तू लोगों के मुंह पकड़ेगी। फिर यहां के राधेश्याम ने उसे कालिंदी उद्यान में किसी लड़के के साथ देखा था। छीः मुझे तो बोलते हुए भी शर्म आती है।" मेरे पिताजी ने ऐसा मुंह बनाया, जैसे मां ने करैले की सब्जी में ढेर सारा नमक डालकर उन्हें कौर बनाकर खिला दिया हो। "ऐसी औलाद से तो निर्वंशी अच्छा। बड़ी मन्नत मानकर पैदा किया था न इन दोनों को। ले अब फल भुगत।" मैंने देखा कि मां के भीतर कुछ उबल रहा है, जिससे वह बेचैन लगी। जैसे वह उल्टी करना चाह रही हो, पर भीतर का डर उसे ऐसा करने से रोक रहा हो। मैं याद करने लगा। बिन्नी को मां कुछ समझा रही थीं लेकिन बिन्नी चट्टान की तरह सख्त थी। उसके जाने के बाद मां आंसू पोंछते हुए बुदबुदाई थी, "आज के बच्चे न, कुछ भी अनर्गल बकते रहते हैं। पाल-पोसकर इतना बड़ा कर दो और कहेंगे..."

मैंने याद किया कि 'क्या कहेंगे' यह मां ने नहीं कहा था, लेकिन क्या पता कहा भी हो। उस समय तो मेरा मस्तिष्क एक ही जगह स्थिर था, लेकिन वे बातें मुझे याद कैसे हैं? मैं सोचने लगा तो महसूस हुआ कि बहुत-सी बातें मेरे स्मृति-पटल पर बेतरतीबी से पड़ी हुई हैं। वे एक पर एक चढ़ी हुई बेलों की तरह हैं, कुछ झाड़ियों की तरह निरर्थक उगी हुई और कुछ उन बेलों और झाड़ियों में फंसी, बाहर निकलने के लिए छटपटातीं और आतुर।

मैंने देखा पिताजी वही अखबार लेकर पढ़ने बैठे थे। और वही मोटी काली हेडलाइन मां को जैसे हिदायत दे रही थी, 'खिलाफ बोलना ही नहीं खिलाफ काम करना भी मना है।' मैं सोचने लगा किसके खिलाफ, पिताजी या बिन्नी के? यदि मां पिताजी के खिलाफ नहीं रहेगी, तो बिन्नी के खिलाफ होगी, लेकिन यदि बिन्नी के खिलाफ होगी तो क्या होगा? बिन्नी ने मां से ऐसा क्या कहा था कि मां की आवाज कांप उठी थी? मां ने उसके कंधे झकझोरते हुए क्यों कहा, 'अरी चांडाल! क्या तुझे फांसी पर लटकते देखने के लिए तेरे जन्म के लिए मैंने इतने सारे व्रत रखे।''

मैं एक दूसरे में गुंथी, अटपटी स्मृतियों में कुछ देर तक उलझा रहा। मैंने मस्तिष्क पर जोर दिया तो पता चला कि अभी दो दिन पहले पिताजी ने बिन्नी को खूब डांटा था। इतना कि उनका ब्लडप्रेशर काफी बढ़ गया था और वे बेहोश हो गए थे, लेकिन मुझे आश्चर्य तो यह याद करके हुआ कि बिन्नी ने पिताजी के खिलाफ बोलना कैसे सीख लिया।

जब पिताजी खामोश हुए, तो मैंने मां को देखा। वह अपमान और दर्द के आंसुओं को पीने में लगी थी। थोड़ी देर तक मैं मां को देखता रहा। बेचारी मां, मुझे कितना समझाती थी। जब मुझ पर कोई असर नहीं हुआ, तभी तो वह मेरी तरफ से हताश हो गई और अपने भाग्य को कोसने लगी। बेटा तो बुढ़ापे की लाठी है, लेकिन यदि कोई उसे थाम ही नहीं सके, तो फिर उससे मोह किसलिए? मेरी मां कोई वर्किंग लेडी तो थी नहीं कि अपना बुढ़ापा सुरक्षित मान लेती।

पिताजी फिर से शुरू हो गए थे। इधर से उनका ब्लडप्रेशर काफी बढ़ गया था। लेकिन एकतरफा बोलने और किसी को अपने सामने न बोलने देने की तो उनकी पुरानी आदत थी। मैंने सोचा, मुझे कुछ कहना चाहिए। एकतरफी बात उचित नहीं है। मां को भी कुछ बोलने का अधिकार तो मिलना ही चाहिए। कोर्ट में भी कई मंत्रियों के लिए फैसला भले ही पहले से तय होता है, पर प्रतिपक्षी

को बोलने का अधिकार तो मिलता ही है। लेकिन यह कैसे कहूं? पिताजी मुझ पर ही दहाड़ उठेंगे, 'बेहूदा, नालायक! तुझे इतना भी पता नहीं कि घर कोर्ट नहीं होता और मैंने तुझे सिखाया था या नहीं कि दो बड़े जब बोल रहे हों तो बीच में नहीं बोलना चाहिए।' मैं गहरी-गहरी सांसें लेने लगा कि क्या करूं, कि तभी मां पर मेरी नजर पड़ी। अब उसके आंसू नहीं निकल रहे थे। शायद उसने मुझे वहां देख लिया था। मेरे और बिन्नी के सामने रोने पर पहले भी उसका आत्मसम्मान आहत होता था। हमेशा वह अपने आंसुओं को थियेटर के आर्टिस्ट की तरह छिपा लिया करती थी।

मेरा मस्तिष्क बहुत दिनों के बाद जकड़न से मुक्त हुआ, तो पिताजी ने मुझे सबसे पहले दिल्ली भेजा। यहीं मेरी छोटी बहन बिन्नी आई.ए.एस. की तैयारी कर रही थी। एक साल पहले उसने चाचाजी के घर को छोड़ दिया था। मां ने बताया, चाची कहती, 'दिल्ली में अपने परिवार का ही खर्च चलाना मुश्किल है। ऊपर से ये अनचाहे मेहमान। लोगों के एक्सपेक्टेशन्स तो बहुत हैं, लेकिन जब हम लोगों को काम पड़ता है, तो कोई झांकने तक नहीं आता। सब लूट-खसोटकर एक दिन हम लोगों को खा जाएगा।' तनाव के कारण बिन्नी ठीक-से पढ़ नहीं पाती। अब उसने हौजखास के इधर एक फ्लैट लिया है। चार लड़कियां हैं, सभी बाहर से ही आई हैं। किराया चारों में बंट जाता है।

मैंने महसूस किया कि पांच वर्षों तक मेरा मस्तिष्क सक्रिय तो नहीं था, लेकिन अड़ोस-पड़ोस का जीवन अब भी मेरी स्मृतियों में संचित है। 'कल्हे से पेटावा में बड़ा दर्द छै जी। चैन नय पड़ी रहलो छै।' मेरे घर से ही सटा हुआ कन्हैया भैया का घर है। अपने घर के पिछवाड़े बैठने पर उनके घर की प्राइवेसी में आसानी से सेंध लग सकती है। भौजी पेट-दर्द से छटपटा रही थी, लेकिन नेनुआ को हँसुआ से काट-काट कर स्टील की थाली में रख रही थी। कन्हैया भैया पास ही खटिया पर लेटे थे और हँसकर कह रहे थे, 'काम करै कऽ मन नय रहै छौं तऽ पेटवा मऽ दर्द शुरू हो जाय छै। ठीक कहै छिए नय? वैसे गोली त नहिये खैले हैबो'। 'खैले छिलियै जी, लेकिन दरद जरा भी कम नय होय छै।' पीड़ा से भौजी का गोरा चेहरा बिगड़ गया था।

भौजी का यूट्रेस सड़ गया था। पटना के डॉक्टर के. सिंह ने कैंसर की संभावना बताकर उन्हें दिल्ली या मुंबई ले जाने के लिए कहा, लेकिन कन्हैया भैया

उन्हें गांव ले आए। दर्द से चीखती भौजी को देखकर एक दिन झुन्नी मौसी खूब गरजीं। 'मौगी केवल सुख लूटने के लिए चाहिए। है न कन्हैया? यह तो मर ही जाएगी। फिर तुम दूसरी मौगी ब्याहकर ले आना। इसके इलाज में पैसा क्यों खर्चोगे। है न? तो मार दो न चूहे की दवाई देकर। बेचारी को इस दरद से छुटकारा तो मिलेगा।' लेकिन कन्हैया भैया के कानों पर जूं तक नहीं रेंगी। वे भौजी के मरने का इंतजार करते रहे और बरसी होते ही सोलह साल की एक नई दुल्हन को ब्याहकर घर ले आए, उनका छोटा बेटा केवल एक साल चार महीने का था, जिसे उनकी दस साल की बड़ी बेटी संभाल नहीं पा रही थी।

विक्रमशिला में काफी भीड़ थी। स्लीपर श्रेणी में रिजर्वेशन के बावजूद हम लोग सिमटकर ही बैठे थे। वैसे भागलपुर से पटना तक तो यह लोकल ट्रेन ही बनी रहती है।

ट्रेन में समय काटने के लिए कभी-कभी देश, प्रशासन और गंभीर विषयों पर भी चर्चाएं होती हैं। खिड़की के पास बैठे एक व्यक्ति बोल रहे थे, "भाई, जहां महिलाओं का शासन हो, वहां सुशासन की उम्मीद तो करना ही बेकार है। अब देखिए, एक ओर महंगाई आसमान छू रही है, लोग भूख से बिलबिला रहे हैं और दूसरी ओर लोग नोटों की माला पहनने और अपनी मूर्ति बनवाने में लगे हैं।" "अरे, महिलाओं के बारे में कुछ मत कहिए। हम लोग घर में भी उनसे त्रस्त हैं और बाहर भी।" दूसरे सज्जन हँसे। पहले सज्जन ने कहा, "अरे उन लोगों को दिमाग ही नहीं होता है। वीमेन इम्पावरमेंट के नाम पर उन्हें अधिकार मिलता जा रहा है और वे इसका दुरुपयोग कर रही हैं। अब तो घरेलू हिंसा संबंधी जो कानून बना है, उसका दुष्परिणाम भी देख लीजिएगा।" तो जहां महिलाओं का शासन नहीं है, वहीं पर कौन-सा सुशासन है। महाराष्ट्र, असम किस राज्य के बारे में आप ऐसा कह सकते हैं?" मेरी तमतमाहट देख उन दोनों ने एक दूसरे को मुस्कराकर देखा और बाहर देखने लगे।

'महावृष्टि चलि फूटि किआरीं। जिमि सुतंत्र भएं बिगरहिं नारीं।' गांव के बुजुर्गों की जुबान पर उस समय ये पंक्तियां अनायास ही आ जाती हैं, जब वे किसी लड़की या स्त्री को अपनी कल्पना के अनुरूप नहीं पाते। विष्णु मंदिर के एक ओर पक्के का बड़ा-सा चबूतरा बना है। हर दिन शाम में वहां गांव के कुछ लोग जमा होते हैं। पास ही शिवालय भी है, जहां रात के आठ बजते ही गांजा

का प्रसाद बंटता है। दिनभर पेड़ के नीचे बैठे आसपास के घरों की गतिविधियों पर चर्चा करने वाले युवा भी वहीं पहुंचते हैं। कभी-कभी जब नशा काफी चढ़ जाता है तो वे या तो वहीं लुढक जाते हैं या किसी तरह घर पहुंचकर मृत की तरह चौकी पर पड़े रहते हैं या फिर अपनी पत्नियों पर गालियों की पुष्पवर्षा करते हैं। उनकी धर्मपत्नियां भी तीखी प्रतिक्रिया व्यक्त करती हैं, पर नशे के कारण वे उन्हें सुन नहीं पाते।

ट्रेन पटना क्रॉस कर गई थी, जिससे भीड़ खत्म हो गई। मेरे आसपास बैठे सज्जन अब नक्सलियों की चर्चा करने लगे। एक ने हँसकर कहा, "क्या पता इस ट्रेन की पटरी भी उड़ जाए और हम दिल्ली पहुंचने के बजाय कहीं और पहुंच जाएं।" दूसरे ने कहा, "अरे पहले तो मुंगेर, जहानाबाद, गया आदि में ही खतरा रहता था, लेकिन अब तो देश में हर जगह यह संकट है, बेचारी सरकार करे भी तो क्या। इन लोगों से निबटे या बेरोजगारी और महंगाई से।" "अब तो अमेरिका भी खुलकर कहने लगा कि महंगाई बढ़ाने में भारत जैसे देशों का हाथ है।" "कहे, पर विश्वबाजार तो उसी की मुट्ठी में है।" "अरे तो अमेरिका इस सच को नहीं जानता क्या? विश्वपूंजी और शस्त्र पर उसका अधिकार है तो अपना आतंक तो वह दिखाएगा न। बेचारा सद्दाम हुसैन! अपने देश के लिए अच्छा करने चला, तो बेमौत मारा गया।"

आजकल मंदिर के चबूतरे पर अखबार भी आने लगे हैं। नक्सलियों और रणवीर सेना के औचित्य पर भी खूब बहसें होती हैं। उस दिन श्रद्धेश्वर पंडाजी का बेटा कह रहा था, "सहदेव यादव घर से भाग गया है।" चबूतरे पर कई बुजुर्ग दबी जुबान से कहते हैं, "अभी सेना के जो सत्तर जवान मारे गए, उसमें सहदेवा का भी हाथ था।" "लेकिन नक्सलियों को मासूम लोगों से क्या दुश्मनी है भाई, पता नहीं। वह तो गरीबों को भी मार रहा है। नक्सलवाद तो शोषण के विरुद्ध की लड़ाई थी न? फिर कहीं बम से ट्रेन की पटरी उड़ा देता है, तो कहीं बस को। बेचारा वह गरीब! उसके परिवार के छह लोगों को किस तरह बेरहमी से मार दिया।" श्रद्धेश्वर पंडाजी की आवाज कांप उठी। "और ये नेता सबको तो देखिए, कहते हैं कि मुखबिर बनेगा, तो नक्सली मारेगा नहीं?"

जगदीश चाचा गांव के हाई स्कूल में इतिहास के शिक्षक हैं। आजकल वे मंदिर के पास ही रामेश्वर सिन्हा के घर में किराए पर रहने लगे हैं। वे बोले, "अरे

सब वोटों के लिए खेल हैं पंडाजी। अब देखते चलिए, इस देश में और क्या-क्या होता है। आज जो जहां है, वहीं भ्रष्टाचार फैला रहा है। काम करे कोई और उपलब्धि बटोरे कोई और। पुलिस विभाग तो भ्रष्ट है ही, अब सेना में भी कुछ ऐसे लोग पहुंच गए हैं।''

''इस देश को अब भगवान ही बचाए।'' श्रद्धेश्वर पंडाजी गहरी सांस लेते हैं। जब आजादी मिली थी, तो हमने सोचा कि अब सब ठीक हो जाएगा, लेकिन देखिए, भागलपुर में ही देखिए न। आठ बजे के बाद निकल सकते हैं आप? आत्मा कांपती हैं, पता नहीं कब कहां से कौन-सी हवा उठेगी। अब पेट भरे या नहीं, लोगों के घर में हथियार भरे रहते हैं। अब तो गांव में भी राजनीति होने लगी है। उन लोगों के खिलाफ बोल सकते हैं क्या?'' वे फुसफुसाए। रात के सन्नाटे में और गहराई आ गई। जगदीश चाचा बोले, ''उन लोगों के खिलाफ क्या, अब तो हर जाति को लेकर खूब राजनीति होती है पंडाजी। लेकिन दलित दलित करके, दलित भी दलितों का खूब शोषण कर रहे हैं। अब यही देखिए न, करोड़ों रुपये के नोटों का हार...'' सुनते ही चबूतरे पर बैठे लोगों का ठहाका गूंजा और कुछ देर पहले की चिंता का नामोनिशान मिट गया।

रात हो गई और ट्रेन में खर्राटों के स्वर गूंजने लगे। मैं सोचने लगा कि बिन्नी से सीधी बात क्या उचित है? अगर राधेश्याम की बात गलत हुई, तो बिन्नी जरूर कहेगी, ''आप भी न भैया, पिताजी के खोल से बाहर नहीं निकल पाए।'' हो सकता है, बिन्नी अपने सब्जेक्ट के ऊपर डिस्कशन के लिए किसी लड़के के साथ कहीं गई हो और राधेश्याम ने देख लिया हो। बिन्नी पंद्रह वर्षों से दिल्ली में है। अब वह गांव की लड़की तो है नहीं कि हर निर्णय के लिए दूसरों का मुंह देखे। ये पिताजी भी न, कभी गांव के केंचुल से बाहर ही नहीं निकल पाते।

दिल्ली के बारे में मैंने सुना तो काफी था, पर इसे नजदीक से पहली बार देख रहा था। सुबह से डीटीसी की बसों से चलने पर भी दो सौ के नोट निकल गए। गाड़ी पर चढ़ते समय पिताजी ने आग उगलती आंखों से कहा था, 'सबसे पहले बिन्निया की असलियत का पता लगाना और कुछ ऐसा-वैसा हुआ, तो घसीटकर ले आना। समझे कि नहीं? और अगर तुमसे नहीं हो, तो मुझे फोन कर देना। उसकी लगाम तो अब कसना ही पड़ेगा।'

वैसे राधेश्याम से मुझे चिढ़ है। मैं जानता हूं कि वह अच्छा व्यक्ति नहीं है, लेकिन पिताजी का कहना है कि हमारे लिए अच्छा और बुरा कौन है, यह केवल वक्त ही बता सकता है। पर यह तो वे भी जानते हैं कि राधेश्याम पढ़ा-लिखा नहीं है। उसके परिवार में किसी ने पढ़ने की कोशिश भी नहीं की। उसके बड़े भाई चावल-दाल की दुकान चलाते हैं। आए दिन उनके और उनके पिताजी के बीच वाक्-युद्ध होता है और फिर लाठियां निकल जाती हैं। उस टोले के सारे लोग जमा हो जाते हैं। फिर खूब तमाशा होता है। बिन्नी तो कुछ गांव वालों की आंखों की किरकिरी है। अब भी वे यही सोचते हैं कि जब कलछुल-छलनी चलाना ही है, तो लड़कियां ज्यादा पढ़-लिखकर क्या करेंगी।

मैं मंडी हाउस मेट्रो स्टेशन के बाहर खड़ा था। काफी लोग आ-जा रहे थे। तभी धमाके की तरह कुछ शब्द मेरे कानों में पड़े। 'बरखुरदार, बता सकते हो कि इस लड़की का साइज क्या होगा?' मैं दाहिने मुड़ा। लगभग साठ साल के वृद्ध ने एक युवक का कंधा पकड़ रखा था। उनकी आंखें एक ओर इशारा करके मुस्करा रही थीं, पर वह युवक झेंप रहा था। मेरी दृष्टि सामने गई। पीले रंग की एकदम टाइट गंजी और काले रंग की जींस पहने एक लड़की मस्त चाल से उधर ही आ रही थी। शायद उसे मेट्रो पकड़नी थी। उसकी गंजी काफी छोटी भी थी, जिससे उसकी नाभि और नीचे का हिस्सा साफ दिख रहा था। उसके साथ एक लड़का भी था, जिसने उसके हाथ थाम रखे थे। मैंने महसूस किया कि उस लड़की की पुष्ट छाती का उभार काफी अधिक था, जिससे उधर से गुजरने वाले की मुस्कराती आंखें उस पर टिक ही जातीं। मेरी दाहिनी ओर से उस वृद्ध की खिलखिलाहट गूंजी, "अरे, शरमाओ मत बरखुरदार। तुम्हें पता है, शरीर के साइज के गणित से उसके जीवन के भूगोल और इतिहास का भी पता चल जाता है।"

मैं आश्चर्य से उन्हें देखने लगा। 'क्या पढ़े-लिखे ओर वृद्ध भी इस तरह की बेहूदी और भद्दी बातें करते हैं? और वह भी अपनी बेटी की उम्र की लड़की के लिए?' मैं साहित्य का छात्र था। विद्यापति के कुछ पद और 'कुमारसंभवम्' के श्लोक याद आने लगे। वैसे, इतने दिनों तक एक ही स्थिति में रहने के कारण मेरा मस्तिष्क एक साथ बहुत-सी संवेदनाओं को पकड़ नहीं पा रहा था। कई चीजें मेरी मुट्ठी से फिसलती जा रही थीं।

जेनेयू की तरफ गया, तो वहां के ऊंचे-ऊंचे पेड़ों को मुग्ध भाव से देखने लगा। यहां प्रकृति का कृत्रिम रूप नहीं था। बेतरतीबी में सुंदरता खिल रही थी। थकान का अहसास हुआ, तो कैंटीन में बैठकर सूप पीने लगा। मेरे सामने वाले टेबुल पर दो युवक कोल्ड ड्रिंक सिप कर रहे थे। अचानक एक ने उत्तेजित होकर कहा, "तुमने मेरी जाति को गाली दी है। स्साला मैं तुम्हें छोड़ूंगा नहीं।" "और तूने? तूने क्या किया रे? प्रेम जाल में फंसाकर ब्राह्मण की बेटी से शादी कर ली और अब तू उसे सिगरेट से जलाकर अपना पौरुष दिखाता है।" बोलकर दूसरे युवक ने एक ही सांस में पूरी बोतल खाली कर दी।

"यह हमारा आपसी मामला है।"

"आपसी मामला नहीं, यह भी जाति का मामला है। बता, हर दिन बिस्तर पर तू उसकी भी जाति को गाली देता है या नहीं? उसके बाप-दादा ने तेरे बाप-दादा के साथ क्या किया, यह उसको क्या मालूम। और उन्होंने जो किया, क्या उसकी सजा तू उस लड़की को देगा, जिसने अपना सब कुछ छोड़कर तुझसे प्रेम किया?"

"मैंने तुझसे कहा न कि तू मेरे मामले में दखल नहीं दे।"

"मैं दखल बिल्कुल नहीं देता यदि सुप्रिया ने तुम्हारी असलियत नहीं बताई होती।" "और सुप्रिया को जब उसका पति सिगरेट से जलाता था तब...?"

"तब भी मैं चुप बैठा था क्या? और तूने भी निरंजन से उसके डिवोर्स में उसका साथ दिया था कि नहीं। फिर अब तेरे भीतर वही हैवानियत कैसे जाग गई?"

"देख पारस, अपनी हद में रह। नंदिनी न तेरी बहन है और न तेरे परिवार की कोई है। वह तुम्हारी जाति की या तुम्हारे क्षेत्र की भी नहीं है। फिर तुझे उससे इतनी हमदर्दी क्यों है?"

"शिवा, मैं जाति, क्षेत्र आदि को नहीं जानता। हम लोग इतना पढ़कर भी यदि इसी तरह की सोचते हैं, तो अच्छा था कि गांव में चाय की दुकान खोलकर बैठे रहते। अगर तंग आकर नंदिनी ने आत्महत्या कर ली, तब तुम सोचना कि अंजाम क्या होगा। फिर जब तक तेरी शादी नहीं हुई थी, तब तक तो तुम दोनों काफी अच्छे दोस्त थे। कभी तुम दोनों में हॉट टॉक भी नहीं हुआ। अब क्या हो गया? शादी होते ही यह याद आने लगा कि उसके बाप-दादा ने तेरे बाप-दादा के साथ क्या किया था?" पारस का धैर्य चुकने लगा और उसकी आंखें सजल हो गईं।

शिवा कुछ देर तक पारस के हांफते चेहरे ओर लरजते होंठों को देखता रहा। फिर घुटे हुए स्वर में बोला, ''मैं क्या करूं बोल, जब भी मैं उसके साथ एकांत में होता हूं, तो मुझे पिंकी का लहूलुहान चेहरा याद आने लगता है।''

''क्या?'' पारस उसे आश्चर्य से देखने लगा। 'नंदिनी का इससे क्या रिश्ता है?' पारस के होंठ अभी तक कांप रहे थे। शिवा की आंखें लाल थीं और कोरों में आंसू दिखने लगे थे। पारस संभलकर बोला, ''शिवा वह एक दुर्घटना थी। कार-दुर्घटना। उसमें प्रियम भी काफी दिनों तक हॉस्पिटलाइज रहा था।''

''हां, लेकिन वह तो बच गया न पारस और मेरी पिंकी।'' शिवा ने गुस्से से हाथ हवा में लहराए। पारस के चेहरे पर हताशा और गुस्से के भाव थे। मैं देखता रहा कि आसपास के टेबुल पर बैठे लड़के-लड़कियों के जोड़े ने उन दोनों की ओर एक बार आंखें उठाकर देखा और फिर खाने और आपस में डिस्कशन करने में व्यस्त हो गए।

मैं एम्स के बस स्टैंड पर खड़ा था कि मोबाइल की घंटी बजी। ऑन करते ही पिताजी की कड़कती आवाज आई, ''बिन्नियां का कुछ पता चला?'' मैंने कुछ सहमते हुए कहा, ''अभी तक वहां जा नहीं पाया हूं।'' ''देखो जहां धुआं दिखता है, वहां आग रहती ही है।'' पिताजी ने एक घिसी-पिटी चकर-घिन्नी पकड़ा दी। ''लो अब इस पर नाचो।'' मैं अंदर गुस्से से फनफना रहा था, लेकिन फोन पर घिघियाता रहा, ''जी पता लगाता हूं। देखूंगा। पूछ लूंगा...'' जब पिताजी ने फोन काटा तो जान में जान आई। ''बाप रे ऐसे दो-चार लोग मिल जाएं तो हो गई छुट्टी। हर काम का बट्टाधार।''

लो फ्लोर वाली डीटीसी की बस आ रही थी। पूरी बस लगभग खाली थी। आश्चर्य है कि इस रूट में चलने वाली ब्लू लाइन की बसें तो ठसाठस भरी रहती हैं, लेकिन डी.टी.सी. की बस खाली! खैर, मुझे इससे क्या। 'आज की दिनचर्या : बिन्नी के बारे में पता करना'। मैंने डायरी में नोट कर लिया।

बिन्नी का फ्लैट ढूंढ़ने में अधिक परेशानी नहीं हुई। जब मैं वहां पहुंचा, तो बालकनी में मोटी-सी किताब लिए प्लास्टिक की कुर्सी पर बैठी बिन्नी नीचे से ही दिख गई। एक पेंसिल से वह उसमें अंडरलाइन भी करती जा रही थी। मैंने घड़ी में देखा—सुबह के दस बजकर पंद्रह मिनट हुए थे। कुछ देर मैं नीचे

खड़ा सोचता रहा कि जो लड़की अपने करियर के प्रति इतनी सजग हो, वह वैसी कैसे हो सकती है, जैसा कि राधेश्याम ने गांव में कहा है। मेरे मन में इस समय राधेश्याम और उसके परिवार के प्रति नहीं, बल्कि पिताजी के लिए क्रोध बढ़ रहा था। वे हमेशा उल्टा ही सोचेंगे। कभी मेरे लिए और कभी बिन्नी के लिए। पढ़ते-पढ़ते बिन्नी के चेहरे पर चश्मा चढ़ गया है, यह पिताजी को नहीं दिखता।

बिन्नी को कुछ याद आया और वह अपने कमरे में जाने के लिए उठी कि उसकी नजर मेरे ऊपर पड़ गई। "अरे भइया, आप! आप दिल्ली कब आए?" वह ऊपर से ही चिल्लाई। मेरे ऊपर आने पर उसने प्रश्नों की बौछार कर दी, "घर में तो किसी ने फोन नहीं किया। आपने भी नहीं किया। अचानक कैसे प्रोग्राम बन गया? लेकिन आपका सामान कहां है? वह आश्चर्य से मुझे देखने लगी। उसके चेहरे का भी रंग उड़ने लगा। शायद उसे याद आ गया कि मेरा मस्तिष्क तो एक ही जगह टिका है। शायद उसने समझा कि मैं भागकर दिल्ली आया हूं। लेकिन मैं एकदम उसके फ्लैट तक कैसे पहुंच गया? उसके चेहरे पर कई तरह के प्रश्न आने लगे और वह बौखलाई-सी मुझे देखने लगी। मैं उसकी स्थिति समझ गया। उसकी तरफ बढ़ते हुए मैंने कहा, "बिन्नी अब मेरी मानसिक बीमारी ठीक हो गई। मैं अब हर दिशा में सोच सकता हूं।" उसके मुंह से निकला 'क्या'? तो मैं चौंककर उसे देखने लगा। इस 'क्या' में क्या था? आश्चर्य, डर या और कुछ? लेकिन यह साफ था कि बिन्नी को खुशी नहीं हुई। क्या बिन्नी यह नहीं चाहती थी कि मैं अपने अपाहिज मस्तिष्क से बाहर निकलूं, लेकिन क्यों?

बिन्नी ने मेरे लिए चाय बनाई और दो अंडे के ऑमलेट के साथ चार टोस्ट सेंक दिए। मैं खाता रहा और चाय पीता रहा, लेकिन मेरा मस्तिष्क उलझा रहा। मैं बिन्नी के मुंह से अचानक निकले उस 'क्या' का अर्थ समझने में लगा रहा, जिसमें एक और सवाल जुड़ गया था कि 'बिन्नी ने मां से दिल्ली आते समय क्या कहा था?'

"भइया, क्या आप इसी फ्लैट में रुकेंगे।" बिन्नी के प्रश्न से मैं चौंक गया। मैं उसके चेहरे के भावों को टटोलने लगा कि वह क्या चाहती है? मुझे चुप देखकर बिन्नी झिझकते हुए बोली, "यहां हम लोग चार लड़कियां हैं। रूम दो

ही हैं। फिर भी आप अगर यहां रहना चाहें तो रह सकते हैं, लेकिन...'' ''लेकिन क्या?'' मेरी दृष्टि उसके चेहरे पर गड़ी रही। ''दूसरी लड़कियां ऑब्जेक्शन कर सकती हैं।'' उसकी पलकें झुक गईं। एक पल के लिए मुझे लगा कि बिन्नी मेरी सगी बहन नहीं, कोई दूर की रिश्तेदार है। लेकिन तभी एक अहसास मेरे भीतर जागने लगा बिन्नी के बड़े भाई होने के कारण जिम्मेदारी का अहसास। मैंने पिताजी की ही तरह शब्दों को चबा-चबाकर बोलने की कोशिश की। ''तुम दूसरी लड़कियों के साथ यहां रह रही हो। फिर मैं तुम्हारे साथ इस फ्लैट में कैसे रह सकता हूं। मेरा यहां रहना नैतिकता के भी तो खिलाफ है।'' मैंने देखा कि बिन्नी काफी निश्चिंत हो गई है। वहां से बाहर निकला, तो पिताजी की उस चकरघिन्नी की याद आई। 'आग और धुआं'।

मेरा सामान चाचाजी के घर पर रखा था। मैं चाहता था कि दोपहर का खाना कहीं बाहर ही खा लूं, इसलिए यहां से पैदल अंसल प्लाजा की ओर बढ़ गया। वहां मॉल में घूमते-घूमते दोपहर के दो बज गए तो मैं पैदल ही आगे बढ़कर किसी सस्ते होटल की तलाश करने लगा। लगभग पांच बजे जब यमुनापार चाचाजी के यहां पहुंचा, तो चाचाजी ऑफिस से आ चुके थे। मुझे देखते ही बोले, ''आओ धनंजय, क्या दिल्ली घूम लिए? वैसे पूरी दिल्ली घूमने में एक सप्ताह लग जाएगा।'' मैंने कहा, 'बिन्नी से मिलने गया था। उधर ही मॉल में घूमने लगा। अच्छा है यहां का मॉल। एक ही जगह सारी चीजें मिल जाती हैं।'' ''हां, बिन्नी मिली?'' मुझे लगा कि चाचाजी का उत्साह कम पड़ गया है। ''हां, मैं गया तो बालकनी में बैठी पढ़ाई कर रही थी। उसका फ्लैट तो अच्छा है। साथ में तीन और पढ़ने वाली लड़कियां हैं।'' ''क्या वे लड़कियां थीं वहां?'' चाचाजी ने इस ढंग से कहा कि मैं हैरान होकर उन्हें देखने लगा।

''नहीं, वहां तो केवल बिन्नी ही थी।''

''जानते हो वहां की एक लड़की ने सुसाइड कर ली है।''

''क्यों?'' भय से मेरी आवाज कांप गई।

''उसी का ब्वायफ्रेंड उसे ब्लैकमेल कर रहा था।'' चाचाजी बोलते हुए कुछ झिझके।

''उसके ब्वायफ्रेंड ने अपने मोबाइल से उसकी कुछ तस्वीर खींच ली थी। उसकी नैकेड तस्वीर...'' मेरा मुंह खुला का खुला रह गया। चारों ओर आग की

लपटें थीं और धुआं था। मैं अंदर ही अंदर बड़बड़ा रहा था—आग और धुआं, आग और धुआं, लेकिन आवाज हलक में फंस गई थी।

"वहां रहने वाली दूसरी लड़कियों ने यह फ्लैट छोड़ दिया है, लेकिन बिन्नी वहीं है। जानते हो क्यों?" मुझे लगा कि आग की लपटें मुझे झुलसा रही हैं और धुआं से मेरा दम घुट रहा है। चाचाजी बोल रहे थे "उसी फ्लैट में थर्ड फ्लोर पर पहले केरल का एक लड़का रहता था। बिन्नी के साथ ही वह आई.ए.एस. की तैयारी कर रहा है। अब वह बिन्नी के ही फ्लैट में रहता है।"

अब मेरे भीतर पिताजी की रूह थी। एकदम कड़कती हुई आवाज निकली, "क्या एक ही फ्लैट में...? तो क्या उसके अपेंडिक्स के ऑपरेशन वाली बात गलत थी?" "नहीं, उसमें तो वह मरकर बची। उसी लड़के ने उसे समय पर हॉस्पिटल पहुंचाया था। अगर देर हो जाती, तो पता नहीं क्या होता।"

"क्या होता? बिन्नी ने कह दिया और आपने मान लिया। आप तो जानते हैं न कि वह कितना झूठ बोलती है।" चाची ने चाय के साथ कुछ नमकीन टेबुल पर रखकर चाचाजी की ओर घूरकर देखा। चाचाजी ने केवल नमकीन टेबुल पर रखते देखा तो बोले, "अरे धनंजय भूखा होगा। इसके लिए परांठा वगैरह कुछ बना दो।" मैंने जल्दी से कहा, "नहीं, मैंने बाहर ही खा लिया है।" चाचीजी निश्चिंत होकर मुस्कराईं। फिर कठोर स्वर में बोली, "वह कुछ आई.ए.एस, वाई.ए.एस. की तैयारी नहीं कर रही है। कई लड़कों के साथ उसकी दोस्ती थी। हम लोग मना करते थे, इसलिए गुस्से में वह घर छोड़कर चली गई।"

मैंने चाचाजी को देखा, वे टीवी पर न्यूज देखने लगे थे।

पिताजी ने मुझे जो चकरघिन्नी पकड़ाई थी, उसकी लपटों में मेरा मन झुलसने लगा था। बिन्नी ने मुझसे झूठ क्यों कहा? क्या चाची सच कह रही हैं? पर, राधेश्याम ने तो कहा था कि उसका अपेंडिक्स का ऑपरेशन नहीं हुआ था, लेकिन उसमें तो वह मरते-मरते बची थी।

रात में डाइनिंग टेबल पर चाचाजी बोले, "उस ऑपरेशन का सारा खर्च उसी लड़के ने उठाया था। ही इज वेरी केयरिंग।"

"अरे, उ बोलती, तो क्या हम लोग उसे देते नहीं?" चाचाजी की कड़कती आवाज से रोटी का कौर मुंह में डालते-डालते मैं रुक गया।

"अब बिन्नी कहती है कि वह उसी से शादी करेगी। वैसे तो वह लड़का काफी इंटेलिजेंट है, लेकिन किस जाति का है, यह पता नहीं।" मुझे लगा कि चाचाजी चाची की बातों को इग्नोर कर रहे हैं।

"लेकिन एक ही फ्लैट में एक लड़का और एक लड़की...मकान मालिक को ऑब्जेक्शन नहीं होता?" मैंने अपनी शंका व्यक्त की।

"अरे दिल्ली में आजकल किसे फुरसत है। यहां बगल में क्या होता है, हम लोगों को कुछ पता नहीं चलता। वैसे तुम्हारी चाची को न्यूज लाने और ले जाने का शौक है, इसलिए पड़ोस की थोड़ी-बहुत जानकारी मुझे भी हो जाती है।" चाचाजी ने कनखियों से चाची को देखा और मुस्कराए तो उस समय मेरे भीतर का तनाव कुछ कम हो गया।

खिड़की के शीशे से चांद दिखा। उसकी आंखों से गोले निकलकर मेरी तरफ आने लगे। हवा का बवंडर उठा और गोले बिन्नी और मां की ओर बढ़ने लगे, जैसे वे कलाबाजियां दिखा रहे हों। टिनटिनाटिननन कहीं विंड चाइम बजा। उसी में गूंजने लगे मां के लड़खड़ाते शब्द "और कहेंगे", "अरी चांडाल, तुझे क्या फांसी पर देखने के लिए मैंने इतनी गालियां सुनी हैं?"

सुबह के सात बजे मैं बिन्नी के फ्लैट में पहुंचा, तो वह सो रही थी। जब उसने दरवाजा खोला, तो उसकी निंदियाई आंखों से लाली झांक रही थी। मेरी चौकन्नी नजरें उस लड़के को ढूंढ़ने लगीं। बिन्नी शायद वॉश बेसिन में मुंह धो रही थी और मैं दोनों कमरों और डाइनिंग हॉल में चक्कर लगाकर एक कुर्सी पर बैठ चुका था, लेकिन वहां मुझे ऐसा कुछ नहीं दिखा। हो सकता है कि बिन्नी ने उस लड़के का सामान कहीं छिपा दिया हो। अब उससे सीधी बात तो करनी ही पड़ेगी। वह चाय लेकर आई तो मैंने बिना किसी भूमिका के पूछा, "उस लड़के से तुम्हारा क्या संबंध है?" बिन्नी शायद इसके लिए तैयार थी। उसने कहा, "एक्जामिनेशन के बाद हम लोग कोर्ट मैरिज कर लेंगे।"

"क्या?" मुझे पता नहीं था कि बिन्नी इतनी बेशर्म हो गई है।

"मैंने मां से कह दिया है।"

"और पिताजी?"

"जो आज भी सोलहवीं सदी में जी रहे हो, उनके लिए मैं क्या करूं? क्या अपना जीवन बर्बाद कर लूं?"

''और उसके घर वाले?'' मैंने एक उच्छवास छोड़ा।

'आनंदन उनके लिए कॉनफिडेंट हैं। हमें उनके पेरेंट्स के पास तो रहना नहीं है, फिर हम क्यों माथापच्ची करें?'' उसने बड़े सपाट स्वर में कहा और न्यूज पेपर पर अपनी दृष्टि गड़ा दी।

''लेकिन तुमने मुझसे झूठ क्यों कहा कि यहां तुम्हारे साथ लड़कियां...''

''मैं जानती थी कि चाची से आपको सब कुछ पता चल जाएगा। मैं अपने मुंह से कुछ कहना नहीं चाहती थी।'' उसने मेरी बात काटकर मेरी आंखों में देखते हुए कहा।

''मुझे ठीक देखकर तुम्हें खुशी नही हुई थीं?'' मेरे इस प्रश्न से बिन्नी सकपका गई।

''भैया यह कैसा प्रश्न है?''

''नहीं, मुझे तेरे चेहरे से लगा था।'' मैंने उसके चेहरे पर अपनी दृष्टि गड़ाए रखी।

उसने गहरी सांस लीं, लेकिन कहा कुछ नहीं।

''तुम्हें लगा होगा कि अब पिताजी के साथ मुझसे भी टकराना होगा।'' मैंने उसके चेहरे को पढ़ने की कोशिश की।

उसने मुझे आश्चर्य से देखा फिर धीरे-से बोली, ''हां थोड़ी देर के लिए मुझे लगा था।''

''फिर?''

''आपसे टकराने में घायल होने की संभावना नहीं थी।'' वह धीरे-से मुस्कराई।

मैं चुपचाप उसे देखता रहा। कितना फर्क था बिन्नी और मुझमें। उसके विचारों, संवेदनाओं और जिंदगी को जीने के इस बिंदास तरीके में कृत्रिमता नहीं थी।

मैं सीढ़ियां उतरने लगा तो आनंदन जॉगिंग के सूट में दौड़ता हुआ सीढ़ियां चढ़ता दिखा। बिन्नी ने मुझसे धीरे-से कहा, 'आनंदन' और आनंदन की ओर देखकर बोली, 'भैया'। मैं चुपचाप उसे देखता रहा। मुझे लगा कि पांच साल के अपाहिज मस्तिष्क में मैं बीस साल पीछे चला गया तो पिताजी ने अपना खोल मेरे ऊपर डालकर बीस साल और मुझे पीछे धकेल दिया।

मैं गांव वापस लौटने के लिए प्लेटफॉर्म पर खड़ा था कि पिताजी का फोन आया। 'क्या पता लगा बिन्नियां का? क्या वह सचमुच किसी लड़के से फंसी है?'

पिताजी के इन शब्दों को सुनकर मुझे उल्टी आने लगी। मैंने काफी प्रयत्न से खुद को संयमित करते हुए तीखे स्वर में कहा, 'नहीं फंसी नहीं है, उसने स्वयंवर में सुयोग्य पात्र के गले में वरमाला डाला है।'

'क्या?' पिताजी का आश्चर्य और गुस्से से भरा स्वर सुनाई पड़ा। लेकिन मैंने फोन डिसकनेक्ट कर दिया।

ट्रेन आगे की ओर बढ़ती जा रही थी और मैं सोच रहा था अगर पिताजी अपने खोल से बाहर नहीं निकलेंगे, तो मैं उन्हें उसे अपने ऊपर डालने का भी अधिकार नहीं दूंगा।

रात में जब मैं अपने बर्थ पर चादर बिछाकर सोया तो उस सफेद चादर में घर की दीवारें दिखने लगीं, लेकिन अब वहां से वह मौन तख्ती धीरे-धीरे खिसकने लगी थी, जिस पर मोटे अक्षरों में लिखा था—'खिलाफ बोलना और काम करना मना है।'

• • •